我的男友是條狼（2）END

撒空空＝著

好讀出版

第六章

葉西熙輕聲喚：「阿寬。」阿寬閒閒回道：「嗯。」

葉西熙繼續喚：「阿寬。」阿寬開始狐疑：「嗯？」

葉西熙還在喚：「阿寬。」阿寬忍耐到了極限：「嗯！」

葉西熙坐在廚房櫥櫃上，歪著頭問道：「聽說你喜歡我媽媽。」

「哐噹」——一把菜刀掉在地上。阿寬笑得有點僵硬：「怎麼可能，誰在造謠？」

葉西熙眼睛不懷好意地一瞇：「夏逢泉啊，雖然他自大、無恥、霸道，但還是有個優點，他不會撒謊。所以，你一定是喜歡我媽媽。」阿寬收起菜刀，湊近葉西熙，悄悄說道：「妳想知道逢泉小時候的糗事嗎？」葉西熙點頭如搗蒜：「想想想！」阿寬成功轉移話題：「我告訴妳，他八歲的時候……」

一個冷冷的聲音傳來：「我八歲的時候怎麼樣？」葉西熙和阿寬身子同時一抖，轉頭，看見夏逢泉正靠在門邊，雙手環胸，冷冷地看著他們。阿寬識趣地閉上嘴。葉西熙道：「夏逢泉，你就大方點，讓我知道嘛。」看著葉西熙懸空的腳，夏逢泉微微皺眉，走到櫥櫃前，環住她的腰，將她抱了下來，輕輕放在地上：「妳的腳才剛好沒幾天，還敢爬上去！」

葉西熙摸摸自己的左腿，還有點不可置信：「說來還真神奇，骨折居然一週就癒合了。」阿寬奇道：「狼人的癒合能力本來就很強。西熙，難道妳以前都沒發覺？」葉西熙沾沾自喜：「除了挨子彈那次，我過去也沒受過什麼大傷……不過，自從知道隨便怎麼捅刀子、吞子彈都不會死掉之後，我覺得自己大有東方不敗叔叔的派頭。」阿寬不懷好意地一笑：「妳的意思是，逢泉是楊蓮亭嗎？」夏逢泉揚揚眉毛。

葉西熙趕緊擺手否認：「沒有沒有，絕對沒有這個意思。」阿寬繼續煽風點火：「噢，也就是說，妳的楊蓮亭另有其人？」夏逢泉瞇瞇眼睛。

「當然當然……當然不是。」葉西熙把頭搖得像撥浪鼓，靈機一動，把話題扯回來：「我們現在應該討論的是——阿寬究竟是不是喜歡我媽？」阿寬用鍋鏟撩撩頭髮，一臉得意：「緋聞，絕對的緋聞！想當年，我的女朋友可以組成一個排了，怎麼可能喜歡妳媽媽呢？」葉西熙還不死心：「可是，夏逢泉明明說……」阿寬慢慢地眨動一下眼睛：「西熙，妳的早午晚三餐外加宵夜可是掌握在我手上。別誤會，我並沒有威脅的意思。」

這還不是威脅？葉西熙趕緊閉上嘴。

夏逢泉一邊將她拉出廚房，一邊說道：「好了，別打擾阿寬做飯。」葉西熙不死心，決定從夏逢泉口中套話：「你總該知道阿寬和我媽媽的事吧。」聞言，夏逢泉沉默了，許久後，他開口：「惡魔組合。」葉西熙沒聽明白：「嗯？」夏逢泉冷靜地重複著：「他們兩個，是惡魔組合。」葉西熙好奇：「他們，究竟對你做過什麼？」聞言，夏逢泉看向落地窗外，瞳孔慢慢收縮……

葉西熙有預感那些往事一定異常慘烈，擔心勾起夏逢泉心中的舊恨，來個母債女償，於是趕緊岔開話題：「聽說，最近游子緯又有小動作了？」夏逢泉的臉色瞬間變得嚴肅：「自從他知道妳果眞是不死之身，就開始瘋狂了，畢竟這是他的死穴。他已經下令不計一切代價抓住妳，所以這些日子妳絕對不能單獨出去，明白了嗎？」葉西熙一屁股坐在沙發上，說：「我連外面是什麼樣子都快忘記了。」一邊將墊子抱在懷中，玩著上面的流蘇，突然想到，「要不然，我給他一點血算了。」

夏逢泉走到葉西熙面前，將手放在她身子兩側，俯下身子定定地看著她：「妳眞以為，就這麼簡單！」葉西熙皺眉：「難道很困難？」夏逢泉輕輕咬了一下她的脖子，目光驟然尖銳：「虛元研究後發現，這種方法必得全身換血，才可能成功。而且因為游子緯體內無法產生不怕銀元素的血液，那麼今後的每個月都必須和妳換一次。也就是說，他會把妳囚禁起來，當成造血的工具。」

葉西熙聽得全身發冷：「那我豈不是一輩子都不能離開家了！」夏逢泉問：「悶得慌了？」葉西熙垂下頭，百無聊賴：「當然。每天待在家裡，都快發霉了。」夏逢泉將她拉起來：「去換衣服吧，今天我有空，帶妳出去逛逛。」葉西熙狂喜：「眞的？」夏逢泉看著手錶：「給妳十分鐘，過時不候。」「我馬上就好！」葉西熙說著就衝上樓去。

回到房間，馬上翻箱倒櫃，梳頭、化妝、找衣服穿。找來找去，卻發現最喜歡的那條牛仔褲被徐媛借走了，馬上跑到她房裡準備要回來。實在太興奮了，便忘了敲門，一進去就聽見夏徐媛正背對著自己講電話：「好的，那就後天動手術吧，麻煩醫生了。好，再見。」一等她放下電話，葉西熙便問道：「誰要做手術？」誰知夏徐媛看見她卻像見鬼一樣，睜大眼，呆愣住，隔了好一會兒才試探性地問道：「妳什麼時候進來的？」

「剛才。欸，徐媛，快點換衣服，夏逢泉要帶我們出去玩。對了，上次借妳的褲子是不是還在妳這兒？……哈，找到了。」葉西熙一邊穿牛仔褲，一邊問，「妳還沒回答，剛才誰要做手術啊？」夏徐媛輕描淡寫地笑了笑：「噢，一個朋友。我就不跟你們去了，免得逢泉把我這顆大燈泡給滅了。」

葉西熙疑惑地看著她：「徐媛，妳最近很奇怪啊。」夏徐媛聲音變得有點尖細：「啊，我，我怎麼奇怪了，哪裡奇怪了？我胖了嗎？我食量變大了嗎？」葉西熙懷疑地問道：「沒有。只是，妳最近好像很容易緊張啊。到底怎麼了？」夏徐媛想笑，卻發現自己的嘴角有點僵硬：「我有嗎？沒有吧。」葉西熙還想說什麼，卻聽見樓下傳來夏逢泉的聲音：「還有一分鐘。」夏徐媛連推帶拉地把葉西熙趕走：「老大在催了，妳快去吧！」

葉西熙連忙以百米衝刺的速度來到樓下，剛好時間趕得及。兩人坐上了車，看著久違的外面世界，葉西熙問道：「我們去哪裡？」夏逢泉還挺民主的：「妳說呢？」葉西熙扳著手指，一件一件地說道：「我想去購物，吃東西，看電影。」夏逢泉一口答應：「沒問題。」葉西熙欣喜若狂：「眞的？」夏逢泉微微一笑：「相信我。」葉西熙從沒覺得他的形象這麼高大過：「嗯嗯嗯。」

相信我——夏逢泉是這麼告訴她的。言猶在耳。但實際上卻完全不是這麼一回事，他居然封鎖了夏家名下的某間商場，就留他們兩個人在裡面逛！

葉西熙問：「夏逢泉，你好像答應過我，要陪我購物，吃東西，看電影的。」夏逢泉不慌不忙地解釋道：「沒錯。八樓有電影放映廳，十樓有餐廳，一到七樓全是服裝、首飾，妳可以隨便拿。」葉西熙大叫：「可是，完全沒有購物的感覺啊！」夏逢泉提議：「那我把店員小姐叫回來好了。」葉西熙覺得沒辦法和他溝通：「跟這個沒有關係。逛街就是要享受人多的感覺，像現在這樣，不是和關在家裡沒什麼區別？」夏逢泉鄙夷地看她一眼：「葉西熙，妳還眞是矯情。」

嗚嗚嗚，我沒有。葉西熙欲哭無淚。沮喪之後，葉西熙的小宇宙又開始燃燒了。算了，以後不知何年何月才能再出來呢，今朝有酒今朝醉，抓緊時間逛才是正經。於是，葉西熙開始了瘋狂大購物，看見滿意的，問也不問就拿了。可憐的商場經理，爲求表現，自告奮勇地替她拿東西，手裡提著，懷裡抱著，就差頭上也頂著了。累得滿頭大汗，拚死拚活了一下午，終於捱到葉西熙停下腳步。然後這位他們未來的老闆娘轉過頭，感激地一笑：「謝謝經理，我的購物癮過夠了，麻煩你把它們放回去吧。」商場經理：「……」但內心總結成一句話，就是——她媽媽的。皇命不可違，他只得淒淒慘慘戚戚地把東西一件件放回原位。

夏逢泉問：「好了，現在還想幹嘛？」葉西熙想了想：「去看電影吧，反正我腳也逛疼了，正好能坐坐。」

偌大的放映廳裡，只有他們兩個人。看的是一部青春偶像片，男女主角的演技稍嫌生澀，不過那兩張臉蛋便足夠吸引人。葉西熙的眼睛看著大銀幕，嘴裡吃著爆米花，正忙得不可開交，卻突然察覺夏逢泉……好像一直在看著自己。葉西熙轉過頭去，果然看見夏逢泉用手撐著頭，定定地看著她，眼中有種……溫柔的光。

溫柔？葉西熙趕緊揉揉眼睛，最近視力好像嚴重下降了。夏逢泉突然伸出手來，摩挲一下她的嘴角：「爆米花黏在嘴邊了。」這動作也很……溫柔。難道，她的感覺器官出了問題？葉西熙將眼睛重新移回大銀幕，但一顆心卻移不回來了。怎麼回事？剛剛看著他，居然心臟加速跳動了兩下，不對勁不對勁不對勁啊。

夏逢泉問：「葉西熙，妳覺不覺得，最近我們沒怎麼吵架了。」葉西熙塞了一大把爆米花到口中，含糊地答：「是嗎？」夏逢泉鼓勵：「因為妳最近比較乖，以後好好保持吧。」葉西熙不服氣：「是因為你最近沒這麼霸道的緣故吧。」夏逢泉輕笑，說了聲：「是嗎？」便不再爭辯。

葉西熙再次努力地將注意力投在電影上。誰知道，這時情節發展到高潮，男女主角情不自禁地在滿天星幕下擁吻。葉西熙有點臉紅，故意岔開話題：「那個，我想喝可樂了，你幫我拿一杯吧。」夏逢泉用手枕著下巴，眼中含笑：「我們做過的，可比他們深入多了，妳幹嘛害羞？」葉西熙裝作沒聽見，靠在椅子上，閉上眼：「好累啊，我先躺一躺。」夏逢泉沒再說話，只是接過她手中的爆米花袋。

銀幕上的女主角問道：「你爲什麼喜歡我？」葉西熙也在這時輕聲問道：「夏逢泉，你說過……你喜歡我的。」夏逢泉點頭：「沒錯。」葉西熙睜開眼，轉過身子看著他：「爲什麼你會喜歡我？記得，我們最剛開始認識的時候，你很討厭我的，還總是罵我笨蛋。」夏逢泉坦誠：「因爲從一開始我就想欺負妳。」葉西熙皺眉：「爲什麼？」夏逢泉緩緩說道：「因爲妳媽媽對我做過很不好的事情。」

葉西熙問：「那後來呢？」夏逢泉眨眨眼：「後來，不小心看見妳的裸體，妳也看見了我的，所以就想乾脆跟妳在一起好了。」葉西熙有點失落：「啊，就因爲這個？」夏逢泉用手背撫弄著她的臉頰，柔聲道：「逗妳的。我也不清楚是什麼時候對妳有感覺的。只是，看著妳對游江南那麼好，心裡……很不舒服。」葉西熙恍然大悟：「那時候，你要求我每天早上都替你做檸檬派，是因爲看見……我替游江南做過。」

夏逢泉輕輕抬起她的下巴，解釋著：「我以爲只要和妳結了婚，先把妳拴住，妳的心就會慢慢轉向我。可是……妳卻在結婚當天跑走了。我到處找妳，最後卻發現妳和游江南在一起，妳知道當時我有多憤怒嗎？我等不及了，等不及和妳結婚，我怕妳會再次跑走……所以，我強要了妳。妳怪我嗎？」葉西熙斬釘截鐵地回答：「廢話，當然怪了。」

夏逢泉深深吸口氣：「葉西熙，妳就不能說點符合這種場景的話嗎？」葉西熙想起來還心有餘悸：「可是，我肯定會怪啊，這麼痛，簡直就像撕裂了我一樣！」夏逢泉笑中帶著曖昧：「後來，我不是有補償回來嗎？妳不是很享受嗎？」葉西熙面紅耳赤：「我沒有！我只是好心給你一點面子。」夏逢泉眼中精光一閃：「原來是這樣。那我就今天來補償吧。」夏逢泉一把將葉西熙拉過來，讓她坐在自己的腰上。葉西熙掙扎著：「光天化日，你想做甚？」黑暗中，夏逢泉的眼睛很亮、很亮，他說：「我想要妳。」說完，捧住葉西熙的臉，吻了她。

葉西熙愣住，被他眼睛中的亮、被他聲音中的柔情所愣住。夏逢泉即使展現出柔情，也是帶著強勢的，是她一貫厭惡的強勢。可是，爲什麼自己現在會這麼乖乖聽他的話呢？夏逢泉說，他是不知不覺愛上她的。那麼她自己呢？難道也是一樣，她在不知不覺中已經愛上了他？什麼時候的事情？也許就是那次在沙灘上她拒絕游江南的時候，她想著的，就是他吧。

吻漸漸變深，兩人的舌追逐著，彼此席捲著對方的呼吸，這是他們之間的第一次，第一次沒有強迫，第一次沒有怒火，第一次沒有不甘。只剩下激情，只剩下愛撫，只剩下彼此。

夏逢泉動作熟練地脫下她的外衣外褲，葉西熙渾身只剩一套純白款式的普通內衣。夏逢泉吻著她的肩膀：「爲什麼還是不肯穿我買給妳的？」葉西熙眼中露出一絲狡黠的光：「因爲我是葉西熙，我總有反抗你的時候。」夏逢泉慢慢說道：「是嗎？不過我是夏逢泉，我總會讓妳穿上的。」

他們清楚，兩人之間的戰爭永遠不會停止。可是在這一刻，他們是妥協的，彼此妥協。

夏逢泉的大掌撫摸著她滑嫩的背脊，火熱的手灼燒著她的背。他解開她的內衣，卻並不脫下，就這麼鬆鬆垮垮地搭在身上，有種頹廢的性感。他用嘴將這件障礙撥開，含住她半遮半露的嬌軟，靈活的舌挑逗著她那顆殷紅，不急不躁地劃著圈，誘惑的圈。葉西熙覺得全身似乎有電流游過，有種酥麻的感覺。她緊緊攬住他的脖子，十指不由自主地插入他的髮間，他的頭髮很黑，絲絲分明。兩人身體接觸的每一寸地方，都彷彿有小小的火花在燃燒著。溫度逐漸升高，激情逐漸昇華，情慾逐漸高漲。他們喘息著，急切地想要發洩。夏逢泉拉下自己的拉鏈，讓早已挺立的火熱釋放出來。他撥開她的底褲，揭開她幽密之徑的面紗，然後緩慢地、一寸寸地將自己融入她的體內。

兩人的結合，帶著莫大的快感與歡愉。他們緊緊擁抱著，牢牢抓住對方，激烈地吻著彼此。在黑暗之中，他們隨著律動，一起演出狂野的舞蹈……

浴室中，葉西熙扯著阿寬的圍裙死纏爛打：「阿寬，快告訴我吧！」阿寬滿頭大汗：「妳這孩子，怎麼這麼煩人！沒看見我在通馬桶嗎？」葉西熙繼續扯：「你告訴我，就不煩你了。」阿寬堅守城池：「我不是說了，我和妳媽媽只是好朋友。」葉西熙不滿意：「我不信！阿寬，你一點也不誠實。」阿寬轉過身來，意味深長地看著她：「妳就誠實了嗎？老實說，昨天妳和逢泉去商場裡幹了什麼？」

葉西熙移動了一下目光，答：「沒幹什麼啊。」阿寬一臉壞笑：「別想瞞我，你們一回來，我，就聞到了姦情的味道。是不是……」葉西熙趕緊用手掌扇風，替自己泛紅的臉頰降溫：「你好變態啊，幹嘛問這個？」阿寬一臉不屑：「妳更變態，居然問我和妳媽媽的事情。」葉西熙深深吸口氣：「好，算你贏。讓開，我要上廁所了。」阿寬阻止道：「去其他房間借，沒看見我正在通馬桶嗎？我說，妳怎麼會把護手霜掉在裡面的！真是的，上次是拖鞋，上上次是刮鬍刀，你們這幾個死小孩是嫌我不夠忙是不是？……」

葉西熙不想聽他嘮叨，趕緊跑到徐媛的房間借廁所。誰知正好見她急匆匆地出來，兩人差點撞個滿懷。葉西熙看她全副武裝，渾身上下裹得嚴嚴實實的，上半部的臉以大墨鏡遮蓋，下半部的臉以圍巾包住，頓時起了好奇之心：「徐媛，妳要去哪裡？」夏徐媛支吾著：「沒，我出去逛逛。」葉西熙起疑：「幹嘛這麼神神祕祕的？」夏徐媛微笑：「我，其實……其實我是去和慕容品談事情。」葉西熙笑問：「噢，難怪。咦，你們和好了嗎？」夏徐媛看看手錶：「嗯，還好啦。西熙，時間不早，我先走了。」

葉西熙看著她走出門：「好，小心點。」忽想到自己尿急，趕緊衝進她房間的浴室。解決之後，渾身舒暢。一邊洗手一邊照照鏡子，突然，眼睛餘光瞄到垃圾桶裡的一樣東西。她輕蹙眉頭，蹲下身一看——驗孕棒的包裝盒？再聯想到徐媛最近的怪異情狀，還有那通關於手術的電話，電光火石之間，葉西熙終於省悟——徐媛懷孕了，並且想墮胎！

葉西熙大叫：「阿寬！」阿寬一臉哀怨地走進來：「妳不會又把這裡的馬桶也堵了吧。」葉西熙大叫：「徐媛要去墮胎啊！」阿寬睜大眼：「什麼？」葉西熙著急：「怎麼辦？阿寬！」阿寬忙道：「還能怎麼辦，當然是去攔住她啊！」兩人趕緊衝了出去，開車追趕夏徐媛。

葉西熙指揮著：「阿寬，就在前面，盯緊點啊。欸，左轉左轉，超過前面那輛車，對。欸欸欸欸，她開上右邊線道了！」阿寬努力抑制想打她的衝動：「西熙，拜託妳別這麼慌，會影響我的情緒啊！」葉西熙努力鎮靜下來，又問道：「對不起啦。那你說要不要通知逢泉？」阿寬立刻阻止：「不行！如果被他知道我私自帶妳出來，一定會砍了我。」想到這兒，阿寬懊惱地拍拍腦門，「我為什麼會把妳帶出來呢？」

葉西熙安慰道：「放心。不會有事的……欸，小心別走錯路了，游子緯哪裡知道我今天會外出呢。」誰知話音剛落，阿寬便沉聲說道：「西熙，坐好。」看著一向吊兒郎當的阿寬竟嚴肅了起來，葉西熙心中一驚。同時，也從後視鏡中看見有幾輛車正緊緊追著他們——黑色的車，反光玻璃，看不清裡面的人，顯得更加危險。

阿寬命令：「西熙，馬上打電話給逢泉！」葉西熙依言照做，撥通了夏逢泉的電話。「你們兩個笨蛋！」果然，夏逢泉大發雷霆。但他那沉穩、熟悉的聲音從話筒中傳來，像是有種魔力，讓葉西熙的心安穩了下來。

葉西熙囁嚅：「我們知道錯了。那現在該怎麼辦？」夏逢泉囑咐道：「聽著，現在你們馬上往金山東路的方向走，我立刻來接應你們。」葉西熙正要回答，後面尾隨的其中一輛車卻突然加速，挑釁般追撞了他們一下。葉西熙猝不及防，手一滑，手機跌落在車窗外。

阿寬的聲音變得更加正經：「西熙，抓穩了！」然後，加大油門，將車速提到最高。葉西熙只覺耳邊呼呼作響，頭髮被風捲起，拍打在臉上，節奏是驚惶的。這時，尾隨在後的車也開始加速，慢慢地追上，並且想搶在他們前面。阿寬省悟，那些人是想一前一後挾持住他和西熙，逼迫他停車。雖然不願束手就擒，但現在已是最快車速，再也無法加快。此時，那輛車已經追了上來，擋在他們前面，並慢下速度。

可是出乎所有人的意料，阿寬並沒有停下，反而保持著速度直接衝撞了上去！就在千鈞一髮之際，阿寬化身為狼，揹著葉西熙翻出了車，幾個跳躍，躲在旁邊的安全島上。而那三輛車瞬間撞在一起，只聽「轟隆」一聲巨響，火光滿天，濃煙瀰漫。直到這時葉西熙才發現，自己的背脊都濕透了，終於安全了，可是——

葉西熙愧疚地說道：「阿寬，剛才我忘記把你的衣服拿出來了。」阿寬：「……」葉西熙安慰道：「不過沒關係，反正我的腳也嚇軟了，你正好可以揹我。」阿寬：「……」這算哪門子安慰啊！但沒辦法，誰要他前世造孽，遇上這個禍害呢？

阿寬只得低下頭，讓葉西熙坐在他身上。但是，好重啊！前幾天為了整逢泉，他故意餵了西熙許多吃的，讓她肥了不少，沒想到今天卻害到自己，眞是作孽。而且這個死丫頭嘴裡還一直嘟嘟囔囔地唸著：「阿寬，你跑得好慢啊，我以前看逢泉他們都跑得跟飛得一樣啊！」阿寬：「……」那是因爲有妳這個大秤砣好不好！

公路是修建在山上，周圍有很多茂林。由於擔心明天的社會新聞會播出一狼一人狂奔的驚悚鏡頭，兩人只好跑入一旁的茂林。阿寬爲了證明自己老當益壯，拚命往前衝，葉西熙的眼睛被風吹得睜不開，只能將頭埋在阿寬的背脊上。不過，這種感覺還挺爽的，像在飆車，而且還是一輛智慧型跑車。

可是沒有任何預警地，阿寬忽然停了下來。葉西熙始料未及，差點摔落下去，正想埋怨兩句，一抬頭，卻被眼前的景象所怔住——牠們的周圍，全是狼。茂密的枝葉間，一雙雙綠油油的眼睛都在看著他們。

葉西熙吞口唾沫：「阿寬，拜託告訴我，這是逢泉派來接應我們的人。」阿寬誠實地搖搖頭。

葉西熙縮縮脖子：「這麼說來，他們是來抓我回去當造血工具的？」阿寬殘忍地點點頭。

葉西熙忍不住打了個冷噤。那些狼移動腳步，慢慢朝他們靠近。阿寬回頭看了葉西熙一眼，葉西熙輕輕點頭，然後緊緊摟住他的脖子。接著，阿寬像箭一般衝向左邊的兩條狼，瞬間將牠們撞翻在地。然後一鼓作氣，奮力往前狂奔，速度之快，前所未見。他們背後，十多條狼爭先恐後地追趕著。

爲了儘快甩掉牠們，阿寬選擇走小路的邊緣。葉西熙伏在他身上，頭往下一低，便看見深深的山崖，嚇得趕緊閉上眼。在這一瞬間，葉西熙終於明白，夏逢泉的話全是對的，她應該待在家裡，悶到發霉也比上演奪命驚魂記來得好。但懊悔也來不及了，只能祈禱上帝保佑他們熬過這一關。不祈禱還好，剛祈完禱，便聽見一記槍聲響起，隨即，阿寬身子一歪，踉蹌了一下。

葉西熙回頭，發現阿寬的右腳上赫然出現了個血窟窿！葉西熙急得快哭出來了：「阿寬！你受傷了！」阿寬不理會，只是速度明顯慢了下來，但仍堅持著往前衝。葉西熙掙扎著說：「阿寬，你放我下來，我自己跑！」說著就要放開他，但阿寬卻低頭咬住她的手腕，力度適中，沒傷到她，也不放開她。葉西熙看著自己背後那一行歪曲的血跡，忍不住哭出聲來。

如果她今天沒有出門就好了。爲什麼自己就是不聽夏逢泉的話呢？爲什麼總是這麼不懂事呢？幸好這時他們已經跑到了樹林的盡頭，前方不遠處就是公路，夏逢泉說會在那裡接應他們。阿寬不顧劇痛，加快了速度。葉西熙的心也提到了嗓子眼。可是就在這時，又一記槍聲響起，葉西熙覺得手臂一陣痲木，毫無力氣，還沒弄清楚怎麼回事，手便脫離了阿寬的脖子，整個身子因著慣性像塊布一樣朝山下飄去……

從接到夏逢泉的電話那一刻起，慕容品渾身便結了一層冰。

他用最快的速度查出夏徐媛預約的醫院，接著飛車前往，逕直來到了手術室。「欸，這裡是手術室，你怎麼……」護士正想將慕容品推出去，但一看見他的神色，隨即將接下來的話全吞回了肚子——這個男人渾身散發著熊熊怒火，好可怕。

慕容品走到手術檯前，看見醫生正準備爲夏徐媛打麻醉針。他沉聲道：「你們，全部給我出去。」醫生扶了扶眼鏡：「你是誰啊？你怎麼能進手術室？你知不知道這樣會帶進來很多細菌？你……」慕容品不等醫生說完，便提起他的衣領，一個動作，乾脆俐落地將人丟了出去。

然後，深深吸口氣，轉過身來，看著夏徐媛。夏徐媛雙手交握，放在腹部，平靜地回視著他。兩人誰也不願先開口。手術燈下，慕容品的臉色很不好。一直以來，他都像戴著一張面具，溫文爾雅的面具，但一遇到夏徐媛，這張面具就會自動破碎。這次，也一樣。

慕容品冷聲問道：「妳確定要動手術？」夏徐媛點點頭。慕容品又沉默了，他走到窗前，隔了許久，終於問道：「要怎麼樣，妳才會留下他？」夏徐媛在他背後回答：「你知道的。」

是的，他一直知道她想要的，只是他一直不願意放棄。但現在，已經由不得自己了。慕容品握緊拳頭：「好，我答應妳，如果妳留下孩子，我就和妳離婚。」夏徐媛緊逼一步：「我要現在就辦手續。」慕容品應允，當即找來人手，半個小時內事情便辦妥。捧著那份雙方都簽署了名字的離婚協議書，夏徐媛長吁口氣。終於等到了，從此以後，她又自由了。

慕容品道：「我們走吧。」夏徐媛重新躺回手術檯：「你先走，我還要動手術。」慕容品的眼睛沉了下來：「徐媛，我不覺得妳這樣出爾反爾有什麼意義。」夏徐媛看著他，笑得很好看：「我沒有出爾反爾。忘記告訴你，我的子宮裡有息肉，怕影響胎兒發育，需要動個小手術清理一下。」慕容品突然省悟：「這就是妳今天要進行的手術？」「沒錯，我做夢也沒想到，居然能得到這個。」夏徐媛重重地在離婚協議書上印了個紅唇印。這時，慕容品不知是該上前去親她，還是掐死她。

當夏逢泉趕到的時候，看見的，是倒在血泊中的阿寬，而西熙則不見了蹤跡。

經過檢查，阿寬全身共有五處槍傷，其中最嚴重的當數胸口那處，只差一公分就正中心臟。那些人是冷酷無情、痛下殺手的。

看著尚處於昏迷中的阿寬，慕容品問道：「現在該怎麼辦？」夏逢泉的眼睛結成了冰：「從今天開始，夏家和游子緯正式宣戰。」慕容品訝然：「你是指……」夏逢泉有條不紊地吩咐著：「慕容，我要你想盡任何辦法找到游子緯公司經濟上的漏洞，用法律手段凍結他的財產，分散他的精力。同時，盡可能找到更多的人手監視游子緯，查找他每一所寓宅，找出西熙的下落。」

事不宜遲，慕容品準備立即著手去做。打開病房門，正要走出去，卻看見來了位不速之客——一個邪氣得很好看的男人，游斯人。

慕容品微微一笑：「游先生？眞是貴客。」游斯人薄薄的嘴唇總是似笑非笑：「不論是什麼話，從慕容大律師口中說出，總帶著那麼一點別的意思。」慕容品反唇相譏：「游先生多慮了。只是，你今天來，總不會是因爲關心阿寬的傷勢吧。」游斯人不慌不忙地說道：「我比較關心的是，夏先生會如何爲阿寬、爲葉西熙報仇。」一直沉默著的夏逢泉開口了：「你是想來找我合作嗎？」游斯人微笑，眼睛變得更加狹長上挑：「沒錯，我想我們可以一起對付游子緯。這麼一來，你可以早日救回自己的女人，而我，也可以早日得到游家當家的位置。你說呢？」夏逢泉轉過頭來，平靜地看著他：「我跟你合作。」

當葉西熙再度恢復知覺時，她的第一個感受是，痛；第二個感受是，很痛；第三個感受是，劇痛。全身骨頭像散了架，又重新組裝在一起。那種感覺難受得無法形容，她不由得喚出聲來。

旁邊忽然傳來一個聲音：「妳醒了？」葉西熙睜開眼，看見一個男人，一個很好看的男人。

說實話，雖然夏逢泉很惡霸，夏虛元很變態，游斯人很陰毒，阿寬很大叔，但不可否認，他們全是百裡挑一的大帥哥。所以，混在他們之中的葉西熙應該早就對「帥哥」這種生物產生了免疫力。可是，當她看見這個男人時，還是忍不住在心中暗暗讚歎了一下。

他的五官分開看並沒有什麼特別的，可是聚合在一起，卻讓那張臉帥得驚天動地。那是個很妖孽的男人，眼中的每一縷光、臉上的每一根線條都深深吸引著人。葉西熙驚豔了整整一分鐘，那男人似乎也已經習慣他人仰慕的目光，只是面不改色地任她看著。

終於，葉西熙回過神來：「你是誰？這是哪裡？爲什麼我會在這裡？」那男人依序回答：「我叫一誠，這裡是我的屋子，而妳則是從山上飄下來的。」葉西熙漸漸想了起來。是了，他們遇到游子緯的埋伏，她手臂中槍，鬆開阿寬的脖子，墜落山崖了。難怪全身上下這麼痛，原來是從高空墜下。雖然不死是件好事，但再這麼受傷下去，說不定會痛死。

一誠問：「我也有幾個問題想問妳。妳是逃犯，還是某位富商的禁臠？」葉西熙血液沸騰，但還是謙虛道：「禁臠？怎麼可能，那些禁臠不是都應該長得傾國傾城嗎？」一誠想了想：「說得沒錯，那麼，妳只可能是逃犯。」葉西熙：「……」

葉西熙不解：「請問，你爲什麼會問這個問題？」一誠答：「因爲有一堆人在到處找妳。」葉西熙激動起來：「有人在找我？爲首的是不是一個看上去很跩、實際上也很跩的男人？」一誠側著頭問：「我聽他們在電話中叫首領爲游先生，是那個人嗎？」葉西熙搖搖頭：「不，那是個看上去很毒、實際上也很毒的男人。」一誠輕聲道：「就是那個人在追妳？還好我沒把妳交出來。」

葉西熙請求：「一誠先生……」一誠插話：「叫我一誠就行了，當然，如果妳願意叫『誠』也可以。」一誠看著她，深邃的眼睛開始幻化爲漩渦，帶著吸引。葉西熙趕緊收回目光，使勁揉揉眼睛：「嗯，還是叫一誠好了。那個，可以讓我打個電話嗎？」不知不覺間，一誠已經坐到葉西熙的身邊：「要家人來接妳嗎？怎麼，妳不放心我？」葉西熙連忙否認：「沒有，我沒有這個意思，我只是想報個平安，以免他們擔心。」一誠將手機遞給她：「原來是這樣。」

葉西熙接過手機，撥打了夏家的電話，但卻沒有訊號。葉西熙著急地問：「這是怎麼回事？」一誠輕輕摸著她的頭髮，姿態親暱：「忘了告訴妳，我們這是在深山中，手機訊號很差。」葉西熙越來越覺得這個大帥哥不對勁，怎麼這麼自來熟呢？

葉西熙藉著談話，將身子往旁邊移動了一下：「對了，我昏迷多久了？」誰知一誠像塊牛皮糖似的，也黏了過來：「將近一個月了。」葉西熙感到不可思議：「一個月！怎麼會這麼久！」一誠語帶深意地說道：「西熙，妳可是從那麼高的山上摔下來的，當時全身骨折。如果是正常人，早就到上帝那兒報到去了。」葉西熙忙打哈哈：「是嗎？那我的運氣還真好，居然大難不死。」一誠笑得非常妖孽：「是啊，不知道遇見我，是不是妳的後福。」

葉西熙敷衍般地回報一笑，然後靜下心來，突然覺得有點不對勁：「呵呵，你怎麼知道我的名字？」一誠道：「是妳自己說的。妳在昏迷中告訴我的。」葉西熙有點狐疑，但又想不出什麼所以然來，只道：「是嗎？那個，可不可以麻煩你去我家報個信？我家人會好好報答你的。」一誠側臥著，一手撐著頭，直視著葉西熙，眼中帶笑：「我要什麼，他們都願意給？」葉西熙打包票：「當然當然，你儘管獅子大開口！」

一誠的眼光變得深邃迷離：「那麼，我要妳，可以嗎？」葉西熙渾身僵硬：「啊？」一誠忽然哈哈一笑：「跟妳開玩笑的，看妳，冷汗都出來了。」葉西熙顫抖著抹去一臉冷汗：「呵呵呵，原來是開玩笑啊。」一誠口氣變得認真起來：「也不一定。如果我說的是真的呢？」葉西熙停止呼吸。一誠伸手捏住她的臉頰，往兩邊拉扯：「哈哈，親愛的，看妳，嘴都被我嚇歪了。」葉西熙確定，在那一刻，她心裡燃起了殺人的衝動。

清晨，柳微君穿著白色的軟緞長袍睡衣，坐在梳妝檯前。

她怔怔地看著鏡中的自己，保養得當的容顏，看上去依舊像三十來歲。但眼睛是騙不了人的，她的眼裡盛滿了太多複雜的人事。這一生，她得到了很多，同時，也失去了很多。究竟值不值得，她可能永遠無法知道。

此時，女傭進來整理床鋪，她問：「先生呢？」女傭答：「在書房。」柳微君隨口問了句：「有客人嗎？」女傭支吾著：「是……是游江南少爺來了。」柳微君忽地轉過身來：「江南？他來幹什麼？」女傭小心翼翼地說道：「不知道。我只看見，少爺來的時候臉色很不好。」柳微君沉默了一會兒，忽然站起，快步來到書房前。裡面，她的丈夫和兒子正劍拔弩張地對峙著。

游江南冷冷問道：「你究竟把西熙關在哪裡？」游子緯揚揚眉毛：「你憑什麼說我抓了她？」游江南反擊：「你憑什麼要我相信不是你做的？」游子緯的聲音很溫和，卻透出令人惱火的諷刺：

「我並沒有要你相信。因爲，我們之間的仇怨，也不怕多這一件。」游江南寒著臉：「我來，只是想說一句話。如果你敢傷害西熙，我不會放過你的。」游子緯懶懶地說道：「那麼也就是說，如果我放過她，你也會放棄爲你父親報仇，是這樣嗎？」

游江南的眼睛沉了下來，那琥珀色的眼睛沉靜如海，卻有眾多複雜的感情在內裡翻騰。

像是過了一世紀那麼久，游江南終於開口：「好。」游子緯有點意外：「什麼？」游江南深深吸口氣，腮邊線條繃得緊緊的：「如果，如果你答應從今以後放過西熙，那麼，我會放棄復仇。」游子緯死死地盯著游江南，像在探究他臉上每一絲表情、眼中的每一縷光，隔了許久，突然大笑起來：「沒想到，眞沒想到你會這麼癡情……不過，那個葉西熙不是夏逢泉的女人嗎？就算你的情操再偉大，她也不可能投入你的懷抱吧。」

游江南沒有理會，只是緩緩說道：「雖然你想擁有不死之身，可是這麼做的後果卻會讓你加速接近死亡。」游子緯冷笑：「你在威脅我？」游江南站起身來，冷冷沉沉地說道：「威脅、警告，怎樣說都好，但全都是事實。希望你能想清楚。」說完，沒再看游子緯一眼，轉身走了出去。

來到樓下時，游江南看見了一個人——寬大的落地窗前，她穿著白色睡裙，裙襬垂到了地板，如雲的黑髮鬆鬆地疊在肩膀上。一個優雅、高貴、美麗的女人，他的母親，他殺父仇人的妻子。

游江南垂下頭，準備快步離去，卻聽見柳微君輕聲說道：「怎麼，連媽媽都不叫一聲了？」他停下腳步，淡淡說道：「我想，妳不會高興見到我。」柳微君不理會兒子話中的諷刺，仍道：「你今天心情似乎很不好。」游江南沒有回答。柳微君回過身來，牢牢地鎖住他的眼睛：「你，甘願爲那個女孩放棄報仇，是眞的嗎？那個女孩對你而言眞的這麼重要？」游江南的臉上出現一層寒霜：「很多事情都是有可能的，比如說，妳就爲了游子緯殺夫棄子。」

柳微君美麗的臉龐痛苦而憤怒地扭曲了一下：「是嗎？你就是這樣看待你母親的？」游江南緩緩說道：「很多時候，我都認爲……我沒有母親。」柳微君猛地抬手，重重打了游江南一巴掌。憑游江南的身手，他完全可以躲開，可是他沒有，他靜靜地承受了。「啪」的一聲響，在寬敞的大廳中迴盪。柳微君的身子微微顫抖著，她的手很痛、很麻。游江南面無表情地看著她：「妳不是不希望我復仇嗎？讓游子緯放了西熙，我就永遠離開，永遠不會出現在你們面前。」說完，轉身離開。

柳微君慢慢看向窗外。陽光白晃晃的，光圈漸漸擴大，惶惶，刺眼，持續不斷地向她壓來。她再也支持不住，眼前一黑，暈了過去。醒來時，柳微君發現自己躺在臥室的大床上。游子緯守在她身邊。

柳微君看著丈夫，長歎口氣：「你放了那個女孩吧，這樣，江南也不會再想著報仇了。」游子緯像是沒聽見她的話，只道：「醫生說妳血糖低，需要注意身體。」柳微君閉上眼，疲倦地說道：「子緯，就當我求你，放了那個女孩吧。」游子緯緩緩說道：「十多年前，妳也求我放過游江南。」柳微君激動了起來：「可是，江南是我兒子！」游子緯的聲音不帶任何感情：「所以我放過了他，我沒有對他下手。可是現在呢，他整天想的，就是怎樣手刃我這個仇人。微君，我和他總有一天會碰上，到時候，妳會幫誰？」

柳微君移開眼睛：「我不會讓那種事情發生的。」游子緯逼近妻子，一雙眼睛陰鷙地盯著她：「如果眞的發生了呢？妳會幫誰，我，還是他？」柳微君轉過頭來，眼中滿是冷傲：「我說過，我不會讓這種事情發生的。」游子緯微笑：「果然，還是我愛的那個柳微君，驕傲自私的柳微君。」柳微君皺眉：「爲什麼你就是不肯退一步？放了那個女孩不就好了？」游子緯站起身來，走到窗前，將紫色的天鵝絨簾子一拉：「我不可能放她，因爲她根本就不是我抓的！」

陽光如潮水般湧了進來，瞬間照亮了一切。

游子緯緩緩說道：「當天，我確實派出手下去抓葉西熙，可是在跟蹤途中就被做掉了。所以，她的失蹤和我沒有任何關係。」柳微君狐疑：「你沒有騙我？」游子緯冷哼一聲：「連妳也懷疑，那就難怪夏逢泉他們會一口咬定是我做的了。現在，他正和游斯人聯手，想要搞垮我。」柳微君疑惑：「如果不是你，那會是誰呢？」

游子緯看著窗外，亦久久地沉思著。

Chapter Seven
第七章

雖然和夏徐媛離了婚，但最近實在出了太多事需要幫忙，慕容品於是得以隨意進出夏家。

這天，他剛進門，就聽見廚房傳來一陣乒乒乓乓的聲音。慕容品問坐在沙發上的夏虛元：「怎麼了？你又惹她生氣了？」夏虛元淺淺一笑：「她現在大肚子，惹她沒有勝算。她在替阿寬做飯。」慕容品的眼皮跳了一下：「做飯？」還沒說完，廚房裡便傳出一聲嬌呼，慕容品趕緊衝進去查看。

只見夏徐媛捂住手臂躲在廚房角落，而鍋中的油正劈里啪啦炸得正歡。慕容品走過去把火關了，趕緊轉身查看夏徐媛的傷勢，一邊教訓道：「怎麼樣，燙傷沒？妳怎麼這麼不小心，懷孕了還在廚房亂來。不小心踩滑了跌倒怎麼辦？都要做媽媽的人了，為什麼一點警覺性都沒有……」夏徐媛低頭摸著小腹，語帶哀怨：「寶寶，你聽見了吧，罵媽媽的這個脾氣暴躁又囉嗦的混蛋，就是你爸。」慕容品無奈道：「夏徐媛，算妳狠。」說完，深深吸口氣，將剩下的埋怨硬生生吞進肚子。

夏徐媛擺擺手，下了逐客令：「好了，你出去吧。你在這裡太影響我的廚藝了。」慕容品不移腳步：「不行，妳一個人在這兒太危險。再說，妳的廚藝受不受影響都一個樣。」夏徐媛的手又撫上了小腹，長歎一聲：「寶寶，你聽見了吧，這個男人就是這樣不分晝夜侮辱我的。」慕容品舉手投降：「好，我走。」於是，他只能站在廚房外，小心翼翼地注意著裡面的動靜。

半晌之後，夏徐媛將一大鍋東西端上了桌，然後抹去額頭上的薄汗，長吁口氣：「好了，完工。」慕容品揭開鍋蓋，問道：「這是什麼？」夏徐媛一邊說：「鴿子湯。」一邊拿出一只碗，盛滿。慕容品睜大了眼睛，看著這鍋黑黏黏的東西，瞬間無言以對。夏虛元微笑著，說出了一個很恰當的形容：「很抽象的鴿子湯。」

慕容品問：「妳沒事熬這個幹什麼？」夏徐媛歎口氣：「醫生說，鴿子湯可以癒合傷口，阿寬喝了，會好得快一點。再怎麼說，阿寬會傷成這樣也是我害的，總得做點事情贖罪吧。」慕容品皺眉：「妳確定阿寬喝了，是好得快，還是死得快？」夏虛元用手扇扇鼻子：「妳確定，妳是贖罪，還是增加罪行？」

夏徐媛早已習慣這樣的諷刺，對此毫不理會，只是將那碗湯遞給他們：「喝吧。」兩人同時後退一步：「爲什麼要我們喝？」夏徐媛拿起碗逼近一步：「可能是懷孕的緣故，我覺得這湯頭還挺容易讓孕婦噁心的，所以只好由你們嘗嘗味道了。」夏虛元平靜地指出事實：「和妳懷孕與否沒有關係，是這湯本來就噁心。」夏徐媛寶光璀璨的眼睛輕輕眨了眨：「那，你們是不喝囉？」兩人意志堅定：「沒錯。」

夏徐媛悲涼地說道：「那，只好我喝了。但是我這麼一喝，說不定三天之內就不想吃東西了，到時候我肚裡的寶寶可要餓到了。」聞言，慕容品閉上眼，握緊拳頭，咬緊牙關，然後猛地睜開眼，射出大義凜然的光：「好，我喝！」接著，拿起那碗號稱是鴿子湯，實際上比漿糊還黏稠、散發著惡臭的不明液體，咕嚕咕嚕一口喝了下去。夏虛元拍手，緩緩一笑：「眞是父愛如山啊。」夏徐媛急切地問道：「怎麼樣？怎麼樣？」慕容品沉默著，臉一陣白一陣青一陣紫一陣藍，隔了許久，終於開口：「不太好。」夏徐媛輕蹙眉頭：「怎麼會呢？我很用心做的，雖然賣相差了點，但味道不可能太差的。會不會是你自己的喜好太特殊啦！」慕容品眼中精光一閃：「很有可能，所以，妳需要更多人幫妳試試。」聞言，夏徐媛轉頭，看向夏虛元。

夏虛元不動聲色地一笑：「我可是夏虛元，我可不會受妳的威脅。」夏徐媛嘴角彎出一朵奸詐的笑：「我沒有想威脅你，我只想強迫。」話音剛落，夏虛元便被慕容品從後緊緊抓住。夏虛元靜靜警告道：「我勸你們兩位別亂來。」夏徐媛繼續笑靨如花：「我親愛的弟弟，你就別白費力氣了。」說著，將碗盛得滿滿的，奸笑著朝夏虛元走來，扳開他的嘴，正準備往裡灌，卻被慕容品攔住：「等等，徐媛，妳這麼做是不對的。」

夏徐媛詫異：「慕容品，你居然會這麼有人性？」慕容品很慢很慢地閉了一下眼：「難道妳忘記了，在學校的化妝舞會上，他是怎麼讓我們聲名掃地的嗎？」「沒錯，我該好好感謝他才是。」

夏徐媛轉回廚房，拿了一只特大號的碗，盛滿，端到夏虛元面前，笑得異常嬌媚，「我想，從今天起，你應該深刻體會到『君子報仇，十年不晚』這句話了。」說完，將那碗湯硬生生灌入夏虛元的嘴裡，一滴不剩。

夏虛元也沉默了，臉上依序呈現出彩虹的顏色後，平靜地說道：「你們兩個，會遭報應的。」夏徐媛還是沒被徹底打擊：「你們兩個的口味都不準，再找一個人來試試吧。」慕容品問：「這屋裡還有誰？」夏徐媛轉頭，看向沙發角落，眼中露出一絲殘忍的光——正在睡覺的苦大仇深，突然打了個寒噤。

好不容易等到傷口痊癒，可以起身，葉西熙便動了回家的念頭。但一誠總是阻止她。

葉西熙不解：「爲什麼不讓我走？」一誠摸著她的頭髮，像在撫摸一隻寵物：「我不放心妳一個人出去，外面豺狼虎豹太多了。」葉西熙哀求：「那就麻煩你陪我出去好了。」一誠搖搖頭：「不行。」葉西熙疑惑：「爲什麼？」一誠任性地說：「我懶得走。」葉西熙：「……」

葉西熙下定決心：「不管，我要走！我一定得快點回去。」一誠湊近她，眼神慵懶而迷人：「爲什麼妳總想著要回去呢？難道那裡有什麼人在等妳？」葉西熙避重就輕：「很多人都在等我。」一誠輕笑，彷彿明白一切的樣子：「但總有妳最在乎的人吧。那是個男人嗎？」葉西熙承認：「沒錯。」一誠揚揚眉毛：「妳很愛他？」葉西熙輕咳一聲：「還好。」一誠繼續問：「結婚了嗎？」葉西熙想了想，答道：「沒有，不過快了。」一誠又綻放妖孽般的笑：「沒結婚就有很多種可能吧，妳還有選擇的機會。」葉西熙起疑：「什麼意思？」

一誠溫柔地反問：「那個人，有我長得好看嗎？」問出這句話時，他臉不紅心不跳，不過確實也有這個本錢。葉西熙誠實回答：「沒有。」一誠又問：「他有我溫柔嗎？」葉西熙的聲音低了下來：「……沒有。」一誠繼續問：「他有我紳士嗎？」葉西熙氣勢大弱：「……沒有。」她捶胸頓足，心想：「這個死夏逢泉，爲什麼不表現得好一點，害我連炫耀的本錢都沒有。」

一誠捧著葉西熙的頭髮，拿到手中慢慢把玩：「既然如此，妳有沒有想過拋棄他，選擇我？」說話時，臉上的每根線條都是迷人、魅惑的。葉西熙回答得斬釘截鐵：「沒有想過。」一誠抬起眉毛：「爲什麼？」葉西熙不假思索地回答：「首先，我在拋棄他的同時，就會被他一刀劈下，碎屍萬段。」想到這兒，她渾身的肉都緊了起來。

一誠再度抬起眉毛：「他這麼殘暴？那麼，其他的原因呢？」葉西熙站起身，將自己的頭髮抽離開一誠的手掌，上下打量了他一眼，皺眉道：「第二就是，我和你又不熟，爲什麼要選擇你？」一誠將身子倚在米色的沙發背上，一手撐著頭，眼中閃著含斂的光：「原因剛才我們不是討論過了嗎？我比他好看，比他溫柔，比他紳士。」葉西熙反問：「所以呢？」一誠的聲音很輕，卻有種蠱惑人心的堅定味道，像在催眠：「所以，根據優勝劣汰的原則，妳應該選擇我。」葉西熙不禁失笑道：「可是，世界上還有更多比你好看、比你溫柔、比你紳士的人，按照這種說法，我應該選擇那些人才是。」

一誠定定地看著她，眼中有股灼熱的光：「還有一個理由。那就是，我比任何人都愛妳。」葉西熙「噗嗤」一聲笑出來：「別逗我了。」一誠問：「妳不信？」葉西熙抹去眼角笑出來的淚水：「你要我怎麼相信？我們才認識多久？」一誠道：「愛情，可不是以時間來衡量的。」葉西熙正色：「同時，愛情也不是以言語來衡量的。你到底是誰？」一誠淺笑，笑容慵懶而神祕：「我是一誠。」葉西熙懷疑地看著他：「你知道我在問什麼。你究竟是什麼人？」一誠微笑地重複著：「我叫一誠。」

葉西熙轉身，向門口走去，一邊說著：「一誠，謝謝你救了我，也謝謝你說『愛』我，但現在我要回家了。」與此同時，她感覺到手臂一緊。一誠轉過葉西熙的身子，非常快速地拿出一根繩子。葉西熙根本沒弄清事情是怎麼發生的，眨眼之間手腳便被緊緊捆住，一誠將她抱到床上，放好。葉西熙不由大怒：「喂，你到底想幹嘛？想綁架我嗎？」一誠輕輕撫摸著她的頭髮：「我沒有這個意思，我只是想讓妳愛上我。」

葉西熙大叫：「你瘋了！快放開我！」一誠安慰道：「妳要乖，明白嗎？我不會傷害妳的。」葉西熙怒道：「這還不叫傷害嗎？你究竟有什麼陰謀？」一誠端來一碗熱騰騰的蓮子粥，舀了一勺，遞到她嘴邊：「我只是想讓我們多點時間相處，這樣，妳才會慢慢發現我的優點。看我多疼妳，知道妳最愛吃這個，馬上派人送來了。」葉西熙疑竇叢生：「你怎麼知道我喜歡這個？」一誠輕描淡寫地回答：「妳昏迷的時候說的。」葉西熙哼了一聲：「是嗎？原來我昏迷的時候說了這麼多。」

這時，一陣手機鈴聲響起，葉西熙心中一驚，原來這裡也是有訊號的，這個一誠一直在騙她。一誠放下碗，來到窗前，按下通話鍵，接聽：「嗯，沒錯，繼續製造假象，他們鬥得越厲害，對我們而言好處越多……還有，行程安排好了嗎？嗯，明天來接我們。」儘管一誠故意說得含糊不清，但葉西熙明白了一件事——這是個陰謀。這個一誠，清楚自己的一切。她身陷在陰謀中。

一誠掛上電話，又回到床邊繼續餵她。葉西熙溫順地吃下一口，問道：「你叫誰來接我們？明天我們要去哪裡？」一誠輕輕眨眼：「明天，妳就知道了。」葉西熙很想撲上去咬死他，但此刻受制於人，只得忍住氣，放軟聲音：「你剛才說，想要讓我發現你的優點，但現在你卻用這種粗魯的方式對待我，只會抹黑你在我心中的形象啊。」一誠溫聲道：「我也是擔心妳會跑掉，才會出此下策。」他的眼睛蘊著星辰，聲音含著春風，整個人散發出一股難以言語的魅力，如果此刻有第三人在場，一定會認爲整件事錯在葉西熙。

因此，葉西熙更是滿腔冤屈無以宣洩，氣得血脈翻騰。好不容易稍稍平靜下來，葉西熙深深吸口氣，道：「好，我不跑，可以麻煩你解開繩子了嗎？」一誠坦白地說：「可是，西熙，我不太相信妳。乖，我現在要出去辦點事，很快就回來。對了，晚上妳想吃什麼？」一邊說，一邊摸摸她的頭，燦笑得若無其事。葉西熙咬牙切齒：「吃你的肉！」一誠又摸摸她的臉，語帶寵溺：「真可愛。」不一會兒鎖上了門，駕車順著小道下山。

葉西熙不知該哭還是該笑，這個人，簡直神經不正常啊！她自然不甘受困於此，環視四周，尋找些可以劃破繩子的尖銳東西。可是這個一誠很有警覺心，臨出門前，將所有可用的東西都收走了。正苦於無計可施，眼睛忽瞄到窗戶，爲之一亮。

她下了床，像袋鼠般跳了過去，將手上的繩子放在窗戶的木櫺上，猛力摩擦起來。儘管木櫺的表面很圓滑，但摩擦久了，還是有一定的破壞力，終於，十多分鐘之後，繩子被斷開了。此時，葉西熙的雙手手腕也磨破了皮，鮮血淋漓。但顧不上疼痛，她趕緊解開腳上的繩子，隨後衝到門前——但門鎖得緊緊的。葉西熙眼中精光暴漲，後退兩步，氣沉丹田，忽然大吼一聲，猛地一腳朝門踹去。這一腳威力無比，可憐的木門頓時躺平。

沒有絲毫停頓，葉西熙往樹林中衝去。

亭臺樓榭，曲徑迴廊，池塘石山，小橋飛瀑，每一樣都透著幽意。

夏逢泉的面前擺著一杯剛泡好的碧螺春，熱氣正嫋嫋上升，隔在自己和游斯人之間。夏逢泉問：「你今天找我來，就是要我欣賞你的庭院嗎？」游斯人不慌不忙地抿了口茶：「我確實是想，可惜現在的你沒有這個雅興。聽說，最近游子緯被你整得很慘？」夏逢泉不置可否。

游斯人淡淡說道：「其實，透過這些天的調查，你已經發現葉西熙根本就不是游子緯抓走的，是嗎？你之所以要一直針對游子緯，是爲了出口惡氣，也是想警告那個眞凶，是嗎？」他輕輕放下杯子，茶水碧清，泛起一圈淡淡的漣漪。夏逢泉並不作聲。

游斯人淡淡地微笑著：「但，你還是沒查出那個眞凶是誰，對嗎？」夏逢泉抬起眼睛：「你想告訴我的，就是這個？」游斯人薄薄的唇靜靜地張闔著：「這個眞凶確實神祕，並且心思細密，不露出一點痕跡，還故意用了許多方法把罪都加在游子緯身上。當初，我也派人查過，卻毫無頭緒。可是就在前幾天，我忽然想起，這個人給我一種很熟悉的感覺。小時候，我最討厭一個玩伴，和他在一起，我總是占不了便宜。因爲他比我更毒，而且，他無論做了什麼事都能輕易取得大人的諒解……這個人，應該是我在這個世界上唯一不敢輕易招惹的人。」

夏逢泉沉下了眼睛：「是誰？」游斯人一字一句地說道：「他，就是游子緯唯一的兒子，游一誠。」夏逢泉重複唸著這個名字：「游一誠？」游斯人道：「沒錯。十多年前，游子緯和妻子離婚，娶了柳微君。從此，游一誠便和他母親在義大利定居，可是最近有人看見他在這附近出沒，所以我猜事情應該是他做的。」

夏逢泉問：「他也想擁有不死的體質？」游斯人的眼睛慢慢往上一挑：「我覺得，他會做出更過分的事情。」夏逢泉的聲音冷了起來：「什麼意思？」游斯人頗有深意地說道：「他對不死並不熱中。游一誠是個很驕傲的人，他對每個女人都很好，可是他不愛她們，因爲他認爲她們配不上自己，他最大的心願是娶一個完美的女性。從某種意義上來說，葉西熙，在狼人族群中是個完美的神話。你說，他會想幹什麼呢？」夏逢泉的下顎線條繃得緊緊的，一向平靜如湖的眼睛也泛起了波濤。

游斯人拿起紫砂茶壺，略一傾斜，茶水涓涓流入杯中：「抓緊時間去找他們吧，游子緯這邊，交給我。」夏逢泉站起身，輕聲說道：「替我謝謝徐小姐。」茶水濺了幾滴在桌上，熱氣氤氳成一個個圈，再慢慢消散。夏逢泉已經離開。

徐如靜從隔壁房間走了出來。游斯人抬起頭，微笑：「他果然知道是妳幫的忙。我已經依照妳的意思，把葉西熙的下落告知了夏逢泉，接著我會繼續幫妳對付游子緯。」徐如靜的皮膚依舊如白玉般溫潤，她垂下眼，輕聲道：「謝謝。」游斯人握住她的手，用拇指摩挲著她光滑的手背，突然，猛地一用力將徐如靜拉進懷中。

游斯人低頭望著她，徐如靜清楚看見他右眼傷疤突兀地附在這張邪氣俊逸的臉上，顯出了一種危險的誘惑。他說：「我可不是白幫妳的，記得我們的約定嗎？」徐如靜咬著下唇，直到貝齒將紅唇咬出了白色印記：「只要你能替我父母報仇，我一切都隨你處置。」游斯人撫摸著她的臉頰，喃喃說道：「很好，很好。」

茂密的山林中，葉西熙快速地前進著。

天色已經黑透，四下萬籟俱靜，只是偶有不知名的動物發出一兩聲短促的叫聲，讓人毛骨悚然。儘管又累又渴又怕，葉西熙還是一步不停。現在，那個一誠應該已經發現她失蹤，開始追趕自己了。所以，她必須趕快。

想到這兒，葉西熙腳下更是加快了速度。可是一不留神，被樹藤絆倒，她重重摔在地上。這一摔，後果慘烈，膝蓋、手臂全被劃傷，痛不可當。葉西熙咬住牙，忍住痛，不讓自己叫出聲來。要知道，在這沉寂的山林中一叫，那不等於暴露了自己。於是，葉西熙只能蹲在地上，等待那股劇痛過去。但靜下心來後，卻聽見前方傳來汽車的喇叭聲。

難道是一誠？葉西熙心中一緊，趕緊將身子躲在大樹後面，再偷偷伸出頭去，發現有好幾輛車沿著山道上來，定睛一看，車牌居然是屬於夏逢泉公司的。葉西熙欣喜若狂，瞬間忘了疼痛，站起身，大喊道：「我……」張口才發現，由於長時間沒喝水，喉嚨變得沙啞，趕緊輕咳兩聲。

葉西熙正準備大喊，卻忽然聽見背後有響動。聲音很輕微，就像輕輕踩踏乾枯的樹葉那樣──「啰嚓啰嚓」。葉西熙只覺背後汗毛直豎，她慢慢轉頭，看見了一雙綠油油的眼睛。是一隻狼，一隻白狼。牠的眼睛懶懶地張闔著，透著驕傲，透著冷漠。不是游斯人，也不是游江南。是誰？葉西熙已經沒有時間思考，那隻狼倏地從原地躍起，朝她的方向撲來。葉西熙只覺自己的眼睛忽然漲滿了白色，無邊無際的白色……

最近夏家最值得高興的事，便是阿寬的甦醒。

全家出動，來到病房探望他。看著自己一手帶大的幾個孩子臉上那種欣喜，阿寬感到體內湧過一陣陣暖流，可是，他們接下來的話，卻讓他重新回到冰櫃中——

一向淡定的夏虛元從來沒有這麼激動過：「阿寬，你終於醒了，這些日子我們一直忍受著徐媛做的菜，簡直痛不欲生。你的手腳已經可以動了，做菜應該沒問題，我馬上替你辦出院手續。」

由於懷孕的緣故，夏徐媛的體內荷爾蒙上升，動不動便熱淚盈眶：「阿寬，這實在是太好了。你知道嗎，我的洗面乳掉到馬桶裡一個星期了，嗚嗚嗚嗚，現在好了，一直等著你幫我掏出來呢。」

阿寬：「……」

但還是有比較令人欣慰的，阿寬注意到慕容品懷中的苦大仇深，問道：「咦，苦大仇深是特意來接我的嗎？不枉我替牠做了這麼多頓飯啊。比起那兩個人，真是好太多了。」慕容品平靜地搖搖頭：「牠是來看醫生的……自從灌下一碗鴿子湯之後，牠再也沒有吃過任何東西了。」

阿寬疑惑：「怎麼不送牠去獸醫院？」慕容品回答：「因爲上次去的時候，獸醫院已經警告過，如果他們再看見苦大仇深受傷，就會立即向動物保護協會通報。」阿寬看著奄奄一息的苦大仇深，心中頓時升起了點點安慰——原來在夏家，自己還不算最慘的。

夏逢泉發話：「阿寬才剛醒，你們就讓他清靜一下吧。」一行人不敢再多說，紛紛依言離去。

阿寬深深地看著他：「逢泉，西熙還是沒找到嗎？」夏逢泉搖搖頭，看著窗外，喉結滾動了一下：「山上的小木屋裡發現了一根繩子，經過鑑定，上面的血跡是西熙的。」阿寬安慰道：「別擔心，西熙從來都會逢凶化吉的。」夏逢泉沒有作聲，眼中的神色帶點複雜。

阿寬躺在枕頭上，忽然輕吁口氣：「你知道嗎？在昏迷中，我常常看見茉心。」夏逢泉挑挑眉毛：「姑姑？」阿寬了然地點點頭：「我知道，你對她感情不深。我最常夢見的，是她走的那天，她笑得很開心……很幸福。」夏逢泉摸了摸胸前的狼牙項鍊：「其實，有時候，我很感謝姑姑……謝謝她把西熙生了下來。」

病房中沉默了。

突然，夏逢泉的手機響起，他接聽道：「嗯，確定調查清楚了？……好，馬上準備啓程，我二十分鐘內趕到機場。」阿寬忙問：「找到西熙的下落了？」夏逢泉頷首，臉色鄭重：「游一誠把她帶去了義大利，我馬上趕去。」阿寬呼出一口長氣：「這次回來之後，就正式把你們倆的婚禮辦了吧……逢泉，小心點。」夏逢泉重重地點了一下頭。

義大利羅馬郊區的一座古堡。
灰白的牆體有種古樸的實在，遠離了喧囂，蘊著歷史的沉寂感，帶著神祕，回憶著遠古。天空是明麗的寶藍色，萬里無雲，遠處山澗綠意蔥蔥，古堡前的空地上，嫩草柔軟而可愛。
葉西熙收回目光，看著身邊正優雅喝茶的游一誠，忍不住喊了一聲：「喂。」游一誠放下茶杯，微笑道：「西熙，淑女是不能沒有禮貌的。叫我的名字。」葉西熙瞪著他：「好啊，你叫綁架犯是吧。綁架犯，你究竟打的什麼鬼主意？要抽血就趕快抽，這麼假惺惺幹嘛？」游一誠問：「我爲什麼要抽妳的血？」葉西熙冷哼一聲：「裝什麼蒜，你抓我不就是爲了要和你換血嗎？這樣，你就可以不怕銀子彈了。」
游一誠搖搖頭：「我很滿意自己的血，也很滿意自己的體質，用不著費心去改變。」葉西熙慢慢皺起眉頭：「那你抓我幹嘛？」游一誠道：「原因，我早就告訴過妳的。」葉西熙不可置信：「爲了讓我們多點時間相處？只是爲了這個？就算我發現了你的優點，又怎麼樣呢？」游一誠握住她的手，聲音很溫柔，像在喃喃自語：「然後妳就會接受我，接著就會嫁給我。」葉西熙怔怔地看了游一誠三秒鐘，然後摸摸他的額頭：「你沒事吧？」游一誠放柔聲線：「我是說眞的。」
葉西熙實在不能理解：「爲什麼你執意要和我結婚呢？我們對彼此而言，根本就是陌生人啊。」游一誠臉上露出愛意的笑容：「因爲妳是我心目中最理想的妻子。妳是完美的。」葉西熙疑惑：「你會不會認錯人了？」游一誠緩緩解釋道：「在整個狼人群中，只有妳我能配得上彼此，我們將是最般配的一對，而我們的子女將擁有最優秀的血統。」

葉西熙道：「爲什麼一定要追求什麼完美，完美的東西根本就不存在啊。你說我完美，不外乎就是指我所擁有的體質，可是我其他方面便差得遠了，腦子不靈光，模樣也不算漂亮。所以說，世界上根本就不存在完美的東西。」游一誠依舊興致高昂：「完美是存在的，比如說我。」說出這句話時，他眼睛眨也不眨。葉西熙沉默片刻，長歎口氣：「游一誠同學，你也不是完美的——你腦子有問題。」游一誠毫不在意：「我會把這句話理解成我們在打情罵俏。」葉西熙覺得渾身力氣都被抽走了，這個人，簡直不可理喻。

游一誠看向窗外，嘴邊露出自信而迷人的笑：「看，這裡的景色應該很適合談情說愛。所以說，妳很快就會接受我的。」葉西熙瞥他一眼：「景色是好景色，可惜，人卻不是好人。」游一誠摸摸她的臉，眼中充滿愛意：「妳爲什麼要這麼說自己呢？我覺得妳挺好的。」葉西熙翻白眼：「我是在說你好不好！」

遇上這種超級自信鬼，眞是一點辦法也沒有，葉西熙只能不停地拿頭磕桌子，眞想一頭撞死算了。正磕得起勁，忽聽見一個女人的激動聲音從門口傳來：「一誠，你找的媳婦在哪？那個完美的媳婦呢？」

葉西熙轉頭，看見一位貴婦模樣的女人。妝容完美，衣飾完美，儀態舉止全都完美，整個人無懈可擊。再下一刻，葉西熙終於明白游一誠這麼變態的原因——所以說，家庭教育一定要好。

胡安妮步伐優雅地走了過來，將鉑金包遞給葉西熙，輕蹙眉頭：「新來的女傭嗎？怎麼連制服也不穿，沒規矩……喏，先替我放好包包，再倒杯茶來。」胡安妮轉身看著兒子，興奮地問道：「兒子啊，聽說你把那個完美的女人找回來了。能被我兒子看上的，一定是位美麗嫻雅、多才多藝的大家閨秀，快別藏著，讓我看看。」游一誠微笑：「媽，妳已經看到了。」胡安妮左右張望：「沒有啊？」游一誠進一步說明：「就在妳面前。」胡安妮使勁地眨眨眼：「我還是沒有看見。」游一誠將她的脖子轉向葉西熙：「就是她。」胡安妮怔怔地看著葉西熙，三秒鐘後，不負眾望地暈了過去。

胡安妮躺在床上，雙眼無神地喃喃說道：「當意識到自己買了二十件貂皮大衣，三十個鱷魚皮包時，我就明白，總有一天這些慘死的動物會來報復我。只是沒想到，牠們會這麼毒，居然塞給我這麼一個媳婦，像個來當女傭的鄉下丫頭，丟在人群中根本就看不見……」葉西熙遭受到不小的打擊：「我有這麼差嗎？」游一誠柔聲道：「當然不是，熙，妳是世界上最美的女人。」葉西熙心花怒放：「真的嗎？」

胡安妮受不了，喊出了眞相：「一誠，你是不是中邪了？這個女人，沒臉蛋，沒身分，沒氣質，要什麼沒什麼，你居然還能昧著良心誇她？」葉西熙不服氣：「阿姨妳也沒多完美好不好。雖然妳有點氣質，有點身分，但是妳的臉蛋一點也不符合美學黃金分割，妳的五官根本就和我們普通人一樣，是隨便長的。」胡安妮從鼻子中哼出輕蔑的一聲：「妳以爲我會聽妳胡說八道嗎？」

游一誠輕輕將葉西熙拉出門外，握住她的肩膀深情說道：「熙，妳先出去。別擔心，我會讓媽同意妳進門的。」葉西熙氣得想吐血：「我根本就不願意進你家門好不好！說得好像我在求你似的。」游一誠大量地笑笑：「我知道妳今天受委屈了，所以才會說這種氣話。我不會在意的。」葉西熙：「……」

送走了葉西熙，游一誠回到母親的臥室。一看見兒子，胡安妮馬上命令道：「一誠，如果你還聽我的話，那麼馬上把那個女人趕走。」游一誠輕輕地笑：「媽，我就是因爲聽妳的話，才會選擇她。她是最符合妳要求的女人。」胡安妮無法置信：「她？她哪一點好？」游一誠拿著刀削起了蘋果，修長的十指在鮮紅的果皮間徜徉：「葉西熙是最完美的狼人，她彌補了狼人唯一的缺陷。」胡安妮想了想，口吻稍見緩和：「我承認在這一點上，她算不錯……可是，做爲一個女人，做爲我們家的媳婦，她差得太遠了。」游一誠將削好的蘋果遞給母親，緩緩說道：「是嗎？我倒覺得她挺可愛的。媽，這件事妳就別管了，從小到大，我哪一次讓妳失望過？」

胡安妮沉思片刻，終於歎口氣：「算了，木已成舟，只好我辛苦一點，看能不能把她這塊爛石頭磨成劣質鑽石了。」游一誠微微一笑：「媽，別做得太過火了，葉西熙可不太好惹。」胡安妮揮揮手：「就那個小丫頭？我根本不放在眼裡。好了，我今天氣得夠了，讓我休息一下吧。」游一誠問道：「好，我讓廚師做妳最愛吃的義式小牛肉，怎麼樣？」胡安妮閉上眼，懶懶地應了聲。

游一誠爲母親蓋上被子，走了出去。待門一關上，胡安妮立即起身，拿起手機，撥通一個號碼：「喂，菲拉洛醫生嗎？我想預約時間做手術，鼻子眼睛嘴巴都要動，五官一定要做得符合美學黃金分割。」還有，爲了把葉西熙這個像女傭的鄉下丫頭變成高貴的淑女，胡安妮當天晚上便制定了一連串嚴格而殘酷的計畫。

第二天一早，葉西熙睡得正香、不時流著涎，卻有人進到她房間，把窗簾一拉，光亮頓時湧入。「好亮啊！」葉西熙嘟囔著，翻個身，又睡下了。誰知蓋在自己身上的被子忽地被拉走，與此同時，屁股還挨了重重一鞭子。葉西熙立即從床上跳起，驚魂未定地睜開眼。

她的面前，氣勢凌人的胡安妮正拿著一根小鞭子，這女人的背後還站著兩名小山般強壯的女傭。葉西熙回過神來，又氣又委屈：「妳幹什麼？好痛啊！」胡安妮將手上的鞭子往地上一甩，「啪」的一聲讓人皮膚一緊：「從今天開始，就由我來教導妳如何成爲一個淑女，免得以後出去丟我們家的臉。這個，是我們胡家祖傳的家法，家族中任誰都挨過幾鞭子，如果妳敢不聽話，就祈禱自己的皮硬一點。」

葉西熙怒道：「有沒有搞錯！我根本就不想成爲你們家的媳婦，誰稀罕妳的訓練啊！」胡安妮冷眼道：「妳不稀罕，爲什麼還賴著不走？」葉西熙無力道：「我也想啊，是妳兒子不放人好不好！」胡安妮嗤之以鼻：「原來是以退爲進這一招，爲了嫁入豪門，妳還眞是賣力。」葉西熙完全不知該怎麼和她溝通：「阿姨，妳黃金八點檔看多了！」胡安妮手執鞭子在她面前威脅著：「我沒時間跟妳囉嗦，快起來！」

她們人多勢眾，葉西熙只得暫時屈從。於是，史上最可怕的魔鬼訓練開始了……

上午十點鐘。葉西熙站在平衡木上，頭上頂著一本書，雙手交握，戰戰兢兢地走著——地板上灑滿了圖釘，摔下來可要變成刺蝟的！

但在上面的日子也不好過，胡安妮雙眉緊皺，不停地叱喝道：「抬頭挺胸收腹……眼睛平視前方……臉上要有笑容……妳那是哭還是笑啊！」「啪」的一聲，鞭子甩來，葉西熙矮身避讓而過，還沒來得及得意，就因無法保持平衡，瞬間摔了下去。

「啊！」——只聽得一聲慘叫，某人腳部中招。

中午十二點。飯桌前。黃燦燦的義大利麵，香噴噴的香草醋佐蘑菇牛柳，顏色鮮豔的義式乳酪沙拉，美味的蟹肉玉米濃湯……滿桌的菜讓勞累了一上午的葉西熙食指大動。她拿起刀叉，開動起來，但才吃了一口，背上便挨了一鞭子。

胡安妮冷聲斥責：「狼吞虎嚥，活像非洲難民。停下來，看我吃！」命令女傭收走葉西熙的刀叉，然後爲她示範正確吃法——慢慢地切，小口小口地吃，優雅地啜飲著酒。

葉西熙感覺肚裡有隻手正在不停地撓撓撓，她下意識地吞著唾沫。胡安妮又是一鞭子甩來：「怎麼吞唾液像喝水一樣！沒規矩！」葉西熙分辯：「身體自然分泌的！」胡安妮再來一鞭：「不准頂嘴！」葉西熙：「……」

下午四點。鋼琴邊。葉西熙無精打采地按著琴鍵，將巴哈的曲子硬生生變成了彈棉花的聲音。「啪」——意料之中，鞭子又甩來了。葉西熙徹底怒了，將琴鍵狠狠一按，站起來反抗道：「不彈了，我爲什麼要受妳的虐待？」

胡安妮坐在一邊，悠閒地飲著茶：「彈鋼琴是爲了培養妳的氣質。不然，妳穿上再名貴的衣服，也像個土鱉。」葉西熙將手一扠，賭起氣來：「反正我就是不彈！」胡安妮微微一笑，然後遞個眼色：「是嗎？」旁邊兩個泰山型的女傭馬上制住葉西熙，將她的雙手壓在桌上。胡安妮拿著一根針，陰沉沉地一笑：「既然不彈，留著妳那兩隻手也沒用了。」

「啊——」葉西熙的慘叫聲迴旋在古堡屋頂上方，驚飛小鳥無數。

惡魔，簡直是惡魔婆婆。葉西熙唯一慶幸的是，自己愛上的不是游一誠，否則還眞是死無葬身之地。一邊替傷口抹著藥膏，她一邊想起了夏逢泉。凡事是需要比較的，來到外面的世界，這才知道夏逢泉對自己還是挺好的。葉西熙望著窗外布滿繁星的天空，長歎口氣：「夏逢泉，你現在在做些什麼呢？」正長吁短歎，臉上忽然被輕啄了一下。

葉西熙嚇了一跳，轉頭，卻看見游一誠那張放大的俊臉：「在想什麼呢？聽媽說，她訓練了妳一整天，成績怎麼樣？」葉西熙一直靜靜地看著他，眼睛裡有東西在暗暗燃燒。游一誠微笑著湊上嘴來：「妳這麼看著我，我可忍不住想親妳了。」

「啊！」——古堡上的小鳥又被驚走了。

游一誠捂住流血的臉：「熙，妳幹嘛咬我？」葉西熙吐掉牙齒間的碎肉，怒道：「呸！游一誠，你還敢問。都是你，沒事發什麼神經把我綁架到這裡，害我受到你媽的虐待！母債子償，我沒咬掉你的耳朵算夠意思了！」游一誠看看手心的血，微笑著搖搖頭：「熙，妳脾氣還眞大。算了，今晚妳正在氣頭上，我明早再來看妳。」

待他走出去後，葉西熙將門重重一關，然後，她來到窗邊。夜風涼涼的，吹亂了她的髮。陌生的景色，陌生的國度，陌生的人。葉西熙的眼睛濕潤了。現在的她，很想念一個人。

第二天一早，胡安妮故技重施，想把葉西熙叫醒，卻發覺怎麼也開不了門。她猜到是葉西熙把門鎖上了，只得在外面威脅道：「臭丫頭，有本事妳就一輩子不出來吃飯！」葉西熙在裡面悠閒地回擊：「不出來就不出來，看見阿姨妳的皺紋，我才吃不下哩！」胡安妮大怒：「我哪裡有皺紋了！」葉西熙輕哼一聲：「明明就有，而且嘴角、眼角也都下垂了，阿姨妳太顯老了！」胡安妮惱羞成怒：「妳，妳們……快把門給我撞開！」

但傭人使足了吃奶的力氣，門還是紋絲不動。

葉西熙在裡面扮著鬼臉：「別白費力氣了，我用家具堵著門呢。」胡安妮吩咐著：「妳們就在這兒等著，看見她出來就抓住她。」說完，氣沖沖地走了。葉西熙則在裡面暗爽。但過沒多久，肚子開始咕咕作響。葉西熙重新躺回床上，準備盡量減少運動量，以呼呼大睡度過這一天。

可是就在這時，游一誠從她房間的窗口爬了進來，手腳修長，身手俐落，看上去還挺賞心悅目的。游一誠笑嘻嘻地走到她身邊，哄道：「怎麼，還在賭氣？快別氣了。」葉西熙瞪了游一誠一眼：「別裝好人。」仔細一看，卻發現他臉上昨天被自己咬的傷口居然癒合了，連傷疤都沒留下，不禁皺眉，「有沒有搞錯，你的復原能力也未免太好了。」這麼一來，讓她這名凶手非常沒有成就感。

游一誠解釋：「我是狼人，復原能力自然要強些。」葉西熙嘟囔著：「狼人有什麼了不起的，我也是啊。」不知怎地，腦海中忽然閃過一個念頭——對啊，我不也是狼人嗎，平時看夏逢泉他們變身變得這麼起勁，那麼她自己呢？如果能夠變身，不就可以從這裡逃出去了嗎？想到這兒，葉西熙趕緊問道：「游一誠，你們是怎麼變身的？」游一誠回答得非常輕鬆：「想變就變囉。」葉西熙追問：「總有什麼祕訣吧？也不可能是一生下來就會啊，回憶一下，父母是怎麼教你的。」

游一誠認眞地想了想：「祕訣就是，氣沉丹田。」葉西熙仔細聽著他說的每一個字，並暗暗照做：「嗯。然後呢？」

游一誠又說：「再沉。」好，再沉。

游一誠繼續說：「一直沉。」好，一直沉……膀胱，怎麼酸酸的？

游一誠教導著：「用最大的力氣沉。」好，用最大的力氣……

葉西熙忽然站起身，表情僵硬。決……堤……了。

游一誠笑得意味深長：「怎麼了？需要我的幫忙嗎？」葉西熙咬牙切齒，一字一句地說道：「不，需，要。」然後趕緊找出乾淨衣物，奔入浴室。

惡魔，惡魔，他們一家都是魔鬼！本來打算賭氣，就這麼睡過去。但肚子實在不爭氣，餓了一個小時後，葉西熙便投降，答應和游一誠出去吃飯。無論如何，也可以透透氣，免得在這裡悶死，或者被胡安妮折磨死。同時，葉西熙心中還偷偷計畫著，或許可以趁機逃走。

就這樣，兩人驅車來到羅馬市區。這裡遊人如織、熱鬧繁華，各種建築物自有其獨特的風格。但葉西熙卻毫無心情欣賞，她的眼睛滴溜溜地四下轉動，想趁著人多掙脫游一誠的禁錮，悄悄逃走。可是，游一誠卻緊握著她的手，絲毫不放鬆。於是，A計畫破滅。

游一誠帶她來到一間小餐館，裡面只有七八張桌子，鋪著黃色、棕色夾雜的方格子桌巾，牆上掛滿了風格各異的藝術品。游一誠熟練地點好菜：「別看這裡小，但東西卻是最好吃的。」葉西熙問道：「你是在這裡長大的？」游一誠道：「不是，我父母離婚後，我跟我媽才搬來羅馬的。」葉西熙攛掇道：「那個……你應該很恨你爸吧，畢竟他拋棄了你們母子倆，實在是非常差勁的男人。巧的是，我們跟他也有帳要算，不如，咱們聯手一起對付游子緯吧。」

游一誠拿起酒杯，輕輕啜飲一口，緩緩說道：「熙，我並不恨他。從小，我和他之間便沒什麼感情，現在也是一樣。而且，別把我媽說成悲情女人，接到離婚通知書時，她也正跟法國男友浪漫著呢。」葉西熙閒道：「我可沒想過她會悲情。」想起胡安妮那狠毒的眼神，便打了個寒噤，恐怕就連游子緯也要怕她三分吧。

游一誠眼中突然露出了然的光芒：「退一萬步說，妳認為我會跟夏家結盟嗎？我可是綁架夏逢泉未婚妻的人，妳想要我主動送上門去，讓他們對付我？西熙，妳這如意算盤打不響的。」同樣的下場，B計畫破功。

挨了十多分鐘，葉西熙拿起餐巾擦擦嘴：「我去一下洗手間。」游一誠輕笑：「難道剛才妳又在暗暗變身？」又諷刺她早上決堤的事情，葉西熙惱羞成怒，警告道：「游一誠，你再敢說一個字，我就咬舌自盡！」游一誠舉手做投降狀。

葉西熙來到洗手間，趕緊四下查看有沒有什麼小窗戶可以逃生，沒料到這裡卻是封閉的。最終，C計畫破功。葉西熙覺得天都要塌了。這時，餐館的女服務生進來，遞給她一張紙條，葉西熙一看，上面是游一誠的筆跡——「熙，裡面唯一的出口便是馬桶，如果妳肯鑽進去的話。」

欺人太甚！

葉西熙「咚」的打開門，氣呼呼地走回座位。游一誠明知故問：「怎麼去個洗手間還發這麼大的火？」葉西熙看著他的盤子，突然露出邪惡的笑容：「因爲裡面很髒，有乾的也有稀的，乾的就像你正在吃的義大利麵，稀的就像你正在喝的濃湯。」游一誠完全沒有反應，繼續吃喝：「是嗎？但味道應該不一樣吧。」

葉西熙挫敗地靠在椅背上。這個游一誠，眞是刀槍不入。正覺得無聊透頂，眼角卻瞥見門外有個熟悉的身影。葉西熙渾身一震，趕緊使勁地眨眨眼——沒有消失，那個人還在。古銅色的皮膚，高大的身材，平時總是露出嘲諷笑意的嘴角現在卻抿得緊緊的。夏逢泉。眞的是夏逢泉！葉西熙控制不住內心的激動，倏地站起，想往外衝，但游一誠卻攔在她身前。

葉西熙趕緊用最大分貝喊道：「夏！逢！泉！我！在！這！兒……唔唔唔。」游一誠一手抱住她的腰，一手捂住她的嘴，使勁地把她往裡拖。葉西熙哪裡肯服輸，她抬起腳，向後狠狠一踢！只聽游一誠悶哼一聲，放鬆了對她的箝制。機不可失時不再來，葉西熙趕緊打開門，衝了出去——夏逢泉就在離她二十公尺遠的人群中。

葉西熙雙手呈喇叭狀，正要大喊，游一誠卻欺上身來握住她的肩膀，將她翻轉過來，沒有任何停頓地吻上了她。葉西熙大驚，感到口中被餵進一顆小藥丸，反應不及，竟吞了下去。藥效發作得很快，她只覺周圍的一切都在晃動，然後失去了神志，倒在游一誠懷中。游一誠絲毫未露任何異樣，輕鬆快速地將葉西熙扶進車裡。在周圍的人看來，這不過是個服侍醉酒女友的體貼男人。然後，車發動，揚長而去。

人群中的夏逢泉回轉過頭，剛才，他似乎聽見了西熙的聲音。但，是幻覺吧，她現在應該還被游一誠關押著。他環顧四周，各種膚色的遊人說著不同的語言，賣霜淇淋的小販，畫肖像的街頭畫家，還有在蔚藍天空上盤旋的白鴿……一切都是陌生的。西熙，妳在哪裡？

葉西熙醒來後，便發現自己待在一間酒店的總統套房裡，不知這個游一誠又在耍什麼花招。

她充滿敵意地看著游一誠：「爲什麼要待在酒店？」游一誠倒了兩杯香檳，細長的玻璃杯中，金色的氣泡緩緩上升：「既然夏逢泉已經來到了羅馬，那麼應該很快就會查到古堡。這是我們胡家控股的酒店，他暫時還找不到這裡。」葉西熙冷哼一聲：「你也知道要怕他了？」游一誠遞給葉西熙一杯香檳：「我不怕他，可是，我瞭解他的能力。」

葉西熙接過，冷冷地看著他：「你知道就好。要不了多久，夏逢泉就會找來，他的脾氣不太好，也許會做出很多衝動的事情。所以請你想清楚，我不過是個普通的女人，值得你付出這麼大的代價嗎？」游一誠微笑：「妳好像很相信他。」葉西熙回答得斬釘截鐵：「當然。」游一誠將手放在葉西熙的身子兩側，慢慢湊近她：「可是妳好像忘了，這是在羅馬，我的地盤上，他的力量無論如何都會削弱的。如果我說，我有能力在這裡殺死他……妳相信嗎？」

葉西熙沉默了，她面無表情地看著游一誠，然後倏地一抬手，將一整杯香檳潑在他臉上，一滴滴酒液順著游一誠優美的輪廓流了下來。葉西熙瞪著他：「你敢！」游一誠靜靜地微笑：「原來妳眞的很愛他。那麼，我更不會放過他。」葉西熙警告道：「我不准！如果你眞的傷害了他，我會殺了你。」游一誠問：「妳有這個能耐嗎？」葉西熙啞口。

游一誠建議：「其實妳可以換個角度思考，如果我不傷害夏逢泉，妳願意做什麼？」葉西熙皺眉：「什麼意思？」游一誠笑得很無害：「妳知道我想要什麼。」葉西熙扭轉過頭：「就算現在我嫁給你，今後也會想方設法逃走的。」游一誠眼中閃過一絲光：「我明白，所以，我不需要妳嫁給我，只要妳……生下我的孩子。」葉西熙嚇得頭髮差點豎起來：「什麼？」游一誠用手背輕輕撫摸葉西熙的臉，感受著她的皮膚：「如果妳有了我的小孩，那麼，妳怎麼也跑不遠的。」

葉西熙將他一推，翻身下了床，來到落地窗前。玻璃潔淨，清晰地反射出房間的光景——游一誠已經來到了她背後。他低下頭，在她耳邊輕輕問道：「怎麼樣？」葉西熙看著玻璃中他的眼睛，一字一字地說道：「休，想。」游一誠似乎預料到了這樣的回答，平靜地問：「爲什麼？」葉西熙停頓了一下，又緩緩說道：「因爲，如果我答應了，夏逢泉一定會第一時間把我給剁了。而且……我相信他的能力，我相信他。」游一誠把手搭在葉西熙的肩膀上：「也許他很厲害，可是現在，他無論如何也趕不來的。」葉西熙警覺：「你想幹什麼？」游一誠忽然將葉西熙翻轉過身子，吻上了她：「做些能讓妳留在我身邊的事情。」葉西熙回過神來，連忙用力推開他。

游一諴不動分毫，直接將她按在落地窗上，捧住她的臉，禁錮住她，繼續強吻。葉西熙感覺背後冰涼一片，連帶地，她的心也涼了：「完蛋了，這游一諴想讓我懷孕？那怎麼可以！」葉西熙張口咬住他的唇，狠狠地，毫不留情。游一諴放開她，撫摸著自己出血的下唇：「熙，妳就不怕越掙扎，我越會獸性大發？」葉西熙哼出聲來：「不掙扎，難道任你予取予求？」游一諴深深地看著她，眼波的流動中滿是靡麗與誘惑：「為什麼妳就對夏逢泉這麼忠貞呢？為什麼不給我一個機會，也許，我會比他更適合妳？」但這一招對葉西熙已經失效，她擺擺手：「謝了，我應付一個夏逢泉已經很頭大，可禁不住再加上你。」游一諴微微歎口氣：「熙，妳是我這輩子唯一的失敗。」葉西熙一怔，他放棄了？他放棄了！太好了，比起夏逢泉，這孩子可真稱得上是純良啊。

游一諴拿起電話，吩咐客房服務送來晚餐。不一會兒，餐桌上，葉西熙和游一諴相對而坐，面前放著佳餚、美酒，還有散發著橘紅色濛濛光芒的蠟燭。氣氛確實夠浪漫，但葉西熙有點不習慣：「你確定不能開燈，我有點看不清這些菜。」游一諴搖頭：「妳真的很煞風景。」葉西熙反唇相譏：「你綁架女人這件事情本身就是煞風景的。」游一諴為她斟滿酒：「算了，我們還是別談論這個話題。」葉西熙毫不留情：「那我們之間還有什麼好談的！」

游一諴提議：「不如談談夏逢泉吧。」葉西熙狐疑：「他？你想幹嘛？是想從我口中刺探什麼，然後對付他？」游一諴笑：「妳別這麼緊張。我只是想瞭解一下，在妳心中他究竟是什麼樣的人？」葉西熙想了想，道：「夏逢泉，他霸道，大男人主義，從不會憐香惜玉，脾氣壞，嘴巴壞……唯一的優點就是身材好。」游一誠問：「既然如此，妳怎麼還會愛上他？」葉西熙停頓了一下：「因為，因為他對我好。」

游一誠問：「這不是自相矛盾嗎？剛才妳還在埋怨他不懂得憐香惜玉？」葉西熙的嘴角微微上揚，在柔柔的燭光下，她的臉看上去非常美：「可是，我知道他愛我，他對我好。」看著她，游一誠有片刻的失神。隔了許久，他悵然：「看來，我永遠也贏不了他。」葉西熙猶疑地問道：「意思是，你放棄我了？」游一誠徐徐說道：「我放棄讓妳愛上我的計畫了。」葉西熙驚喜：「那你願意放我走了？」游一誠慢著尾音，道：「我有這麼說過嗎？」葉西熙不解：「你不是說放棄我了？」游一誠將酒杯拿到面前輕輕地晃動著，隔過那些破碎的液體，他看著葉西熙：「我只是放棄讓妳自動愛上我這個計畫。現在，我只能改用另一種方式了。」這時，葉西熙也開始明白游一誠口中指的另一種方式是什麼——她感覺手腳麻木，漸漸不能動彈。

菜裡下了藥！

葉西熙心中惶悚，但還是努力鎮靜下來，冷笑道：「沒想到，堂堂游一誠，也會用這種下三濫的手段。」游一誠拿起餐巾擦拭嘴角，起身，慢慢向她走來：「熙，很抱歉，不過我會盡量讓妳覺得浪漫的。」被強姦還會覺得浪漫？什麼邏輯！這人果然是瘋子！葉西熙額上滲出了冷汗，她竭力想撐起身子，但只是徒勞。

游一誠輕輕鬆鬆地橫抱起她，平放在床上，低下頭，柔聲道：「熙，抱歉了，妳實在是太凶悍，我不想再受傷，只能採取這種方式。」葉西熙氣得直喘：「你又來裝無辜！我警告你，夏逢泉說過的，別人對我做過什麼，他就會在那人身上十倍討回來！」游一誠正在解她鈕扣的手，倏地停下，微微皺眉：「妳的意思是……」葉西熙眼中冒火：「沒錯！如果你真的那個那個了我，那他一定會那個那個你，而且是那個那個你十次！」說完，兩人腦海中同時出現游一誠和夏逢泉的十八禁畫面，空氣陡然涼絲絲的。

游一誠閉眼，深深吸口氣，拚命將那畫面趕出腦海，柔聲埋怨道：「熙，妳真掃興。」然後繼續解開她的鈕扣，沒多久，白色的蕾絲內衣顯露了出來。白皙的皮膚，平坦的小腹，纖細的腰肢，堅挺而圓潤的胸部……葉西熙的全副嬌軀透露出誘惑。游一誠眼中燃起了情慾的火花，他俯下身子，開始親吻她的唇。葉西熙的唇小巧、光滑、柔軟，並且……凶悍。她又一次咬傷了他。

「熙，妳就連被下了藥，也還是一樣厲害。」被葉西熙咬傷的地方出了血，游一誠伸出舌頭輕輕一舔，那個姿勢讓他顯得魅惑，那甜腥的味道更激發了他體內原始的慾望，「那麼，我只能品嘗安全的地方了。」於是乎，游一誠放棄了葉西熙粉紅的唇，轉移到纖細的脖子上輾轉地吻著。

葉西熙大吼：「游一誠，如果你真這麼做了，我會把你挫骨揚灰！我會恨你一輩子，一！輩！子！」游一誠輕描淡寫地說：「沒關係，時間會沖淡一切仇恨的。只要我們有了小孩，為了孩子，妳總會原諒我的。」說完，唇又開始往下，來到她性感的鎖骨。

葉西熙徹底怒了，開始飆髒話：「游一誠，我又不是什麼國色天香，你們爭屁啊！一個兩個都來這招，你們不煩我都煩了！」游一誠嚴肅地看著她：「熙，我們是在爭妳，不是爭屁，妳怎麼能把自己比做屁？」葉西熙氣到無言：「游一誠，拜託，中文複習得好一點再出來混。」

說話之間，游一誠的唇已經來到她的渾圓前。那柔軟的雪白，讓他迷戀。他伸出舌輕輕地舔舐著，吸吮著。那種感覺非常難受，葉西熙很想給游一誠一拳，卻心有餘而力不足，她現在連抬起手都非常困難。游一誠這招實在太毒辣了，夏逢泉和他相比，才真的是個純良孩子！

然後，游一誠又更近了一步。他將手伸到葉西熙背後，動作熟練地解開了她的內衣。葉西熙只覺胸前一鬆，然後，春光乍現。游一誠並不著急，他慢慢地褪下她的內衣，動作極盡誘惑。他的唇在她赤裸的胸前輾轉遊走，像烙鐵一樣灼燒著她的肌膚。他經驗老到，懂得怎樣控制住女人。他靈巧的手掌握住她的渾圓，輕輕地揉撚著。唇繼續向下，來到她的小腹，在那薄薄的、敏感的肌膚上灑下火花。葉西熙明白，再下去，會出事的。

她別無選擇，只能使出絕招，大叫道：「游一誠，你知道夏逢泉會怎麼對付你嗎？放心，他不會殺你，只會把你的手綁在床頭。然後，他會把你的襯衫撕開，撕成一條條，用舌頭舔你的兩點。接著，他會脫下你的褲子，再然後，按住你……唔唔唔……讓我說完……相信我，他會讓你……唔唔唔……讓你三天都下不了床……唔唔唔。」游一誠終於找來絲巾，堵上了葉西熙的嘴，然後勁地搖搖頭，將那幅畫面甩出腦海：「熙，妳的招數還真毒，只可惜，我不是這麼容易就放棄的人。」

葉西熙手腳癱瘓，嘴巴被堵，只能眼睜睜看著游一誠扒下自己的牛仔褲。這下子，她半邊身子都涼透了。徹底玩完。葉西熙絕望地閉上眼——夏逢泉，你看清楚了，我是被逼的啊！

就在這千鈞一髮之際，葉西熙聽見了手機鈴聲。

游一誠皺眉，他早就交代過手下不准打擾自己，那麼誰會在這個時候找他？按下通話鍵，那邊傳來一個低沉的聲音：「游一誠先生嗎？」陌生的聲音讓游一誠頓時警覺：「你是哪位？」電話那頭的聲音聽不出任何情感，讓人琢磨不透：「被你綁架的那個女人的未婚夫！」游一誠怔了一下，然後轉頭看著葉西熙，嘴角微微上揚：「夏逢泉先生是嗎？」葉西熙激動不已，趕緊唔唔唔地叫出聲音來。

游一誠低下頭，親吻著葉西熙粉嫩的蓓蕾，一邊對著電話那頭的夏逢泉，道：「夏先生，你這通電話打來得眞不是時候，我和西熙正在床上進行到關鍵環節呢。」聞言，葉西熙狠狠地瞪視游一誠，眼中燃燒著熊熊怒火。太卑劣了！這是她所見過最卑劣的事情。游一誠坦然接受了她的怒目，在電話中繼續說道：「夏先生，西熙對我的停頓非常不滿。抱歉，等我滿足她後，再和你通話吧。」葉西熙頓時淚花四濺，這下子，被挫骨揚灰的是自己啊。她實在太低估游一誠了，這才是她見過最卑劣的事。

游一誠正準備掛上電話，卻聽見夏逢泉緩緩說道：「游先生，你想和你母親說句話嗎？」游一誠心中一驚，上午明明已經派人護送母親到安全的地方，怎麼還會落在夏逢泉的手上？這時，那邊傳來胡安妮的聲音：「你們是什麼人？居然敢綁架我，膽子太大了吧！」游一誠再如何鎭靜，也沉不住氣了：「你究竟想怎麼樣？」夏逢泉的聲音陡然降溫，似乎將手機也凍得冰涼：「那就看你了。你怎麼對西熙，我就怎麼對你母親——我的手下，可不是什麼正人君子。」游一誠深深吸口氣，平靜下來：「你放心，我不會碰西熙的。」夏逢泉的聲音很輕，卻帶著命令：「很好，那麼一個小時後，你將西熙送到納佛那廣場來。爲了令堂的安全，我希望你少玩弄些花招。」游一誠道：「爲了西熙的安全，我希望你也能這麼做。」敵意在兩個男人的話語之間彌漫。片刻後，兩人不約而同地掛上了電話。

游一誠坐在床邊，眉宇間帶著沉默。

他在沉思！他居然擱著裸露的她不管，自己在沉思。葉西熙完全無法理解，至少也該爲她披條床單吧。正想著，游一誠將眼睛轉移到她身上。葉西熙放下心來，終於可以穿衣服了。但是，游一誠眼裡卻依舊燃燒著慾火。他放下手機，又繼續親吻她胸前的柔軟。

葉西熙氣得差點暈過去。這次，他下嘴非常重，像是在——留下印記！葉西熙省悟，他故意在自己胸前種草莓。這招太毒了吧，被夏逢泉看見，他一定會氣瘋。果然，在留下十多枚草莓印後，游一誠住手了。待他取出葉西熙口中的絲巾，她本想破口大罵，但翻遍整個腦海，她放棄了——對於游一誠，任何罵人的辭彙都是蒼白的。

游一誠看著她，輕聲道：「我低估了夏逢泉。」葉西熙挑挑眉毛：「我早就警告過你。」游一誠淺淺一笑：「不過沒關係，時間還很多，不是嗎？」葉西熙詛咒：「是嗎？我卻認爲你時日無多了。」游一誠伸手握住她的胸，聲音曖昧：「熙，我會懷念妳的伶牙俐齒，就像懷念妳迷人的身體。」葉西熙徹底無言，臨走都要撈一把，這簡直就是升級版的色狼啊！

已經是深夜，熱鬧一整天的納佛那廣場沉寂了下來。

一輛黑色房車靜靜地行駛過來。葉西熙坐在裡面，迫不及待地向外張望。終於要自由了！這時，游一誠湊近她，用高挺的鼻梁摩挲著她的頸脖，那種癢和溫熱讓她禁不住一顫，忙不迭地推開他：「你幹嘛？」游一誠輕聲呢喃：「我要記住妳的味道，以後好把妳找回來。」葉西熙嚴肅地說道：「記住。你是狼，不是狗。」在黑暗的車室中，游一誠的臉彷彿散發著微微瑩光，勾魂攝魄：「爲了妳，我可以變成狗。」葉西熙卻忽地將他的臉一推：「美男計對我失效了。」

正說話間，葉西熙忽瞥見一輛車駛來，停在前方的噴泉池前。她的心一下子提了起來。是夏逢泉嗎？是他嗎？葉西熙的手下意識緊握著，指甲掐白了肉，依舊沒有感覺。像是等待了一個世紀那麼久，車門終於打開。一個身著黑色襯衫的男人下了車，是夏逢泉。胸前的鈕扣依舊鬆鬆地繫著，露出結實的胸肌，包裹在褲管中的腿修長、充滿了男人味，還有那挺翹的屁股……打住，打住！葉西熙捂住臉，自己究竟在想些什麼啊？

游一誠輕道：「他來了。」下車，牽了葉西熙出來。對面的夏逢泉也打開車門，讓胡安妮站了出來。兩隊人馬隔著十公尺遠，默默地對視著。這是兩個男人的首次見面，他們看著彼此，安靜地掂量著，揣測著，思索著。

夜空下的納佛那廣場，更加沉寂了。天空是灰暗、幽靜的，帶著令人難受的涼涼窒悶。所有的人都是靜止的，除了葉西熙。她慢慢地、一步步地移動著腳步，故作若無其事。沒看見，沒看見，游一誠一定沒看見。繼續瞪，繼續瞪，兩個人瞪出火花才好。太好了，太好了，根本沒人發現自己。但當時，在場所有人的想法是這樣的——

游一誠：「她好可愛，眞的以爲我沒看見她嗎？」

胡安妮：「她，她這是在幹什麼啊！居然用我來交換這種人？太暴殄天物了！」

雙方的手下：「兩個大老闆，就是在爭奪這個女人嗎？這個女人？有沒有搞錯！」

夏逢泉：「……笨蛋。」

終於等到一個成熟的時機，葉西熙拔腿朝夏逢泉衝去。但才剛邁出一步便被游一誠拉住，他環住她的腰，低聲笑道：「怎麼？連最後一點點時間都等不及嗎？」睹此情狀，夏逢泉的眼睛微瞇了起來。

游一誠抬起眼睛，斜斜瞥他一眼：「夏先生的臉色怎麼不太好呀？」夏逢泉抬抬眉毛：「我以爲，我們早就約定好，不玩花招了。」游一誠笑得很有意味：「我只是想跟西熙道別。畢竟，我和西熙也單獨相處了這麼久。」說完，俯下身子，想當著夏逢泉的面親吻葉西熙。葉西熙自然不願意，當下左躲右閃。夏逢泉的眼睛漸漸生冷……

葉西熙擔心他火山爆發，趕緊大聲提出建議：「夏逢泉，你也快去親游一誠的媽媽，快點，沒關係，我不會介意的，快去親啊……不然你就虧了！快點啊！」胡安妮、游一誠、夏逢泉三人同時發聲：「妳給我閉嘴！」

好不容易，葉西熙不再說話，夏逢泉道：「我不想浪費時間，快點交換吧。」游一誠同意：「好！」於是，兩人帶著人質走到中間，同時放手。葉西熙趕緊奔到夏逢泉懷中。游一誠則讓手下護送母親到車裡，隨後看著眼前的兩人，眼中露出意味深長的光芒：「夏逢泉，如果你不想讓西熙受傷，現在就把她交給我。」葉西熙問：「什麼意思？」

游一誠一連拍了三下手，清脆的聲響在廣場上迴旋著。四周的建築物忽地出現了十多名荷槍的狙擊手，瞄準著他們。游一誠輕輕地笑，輕輕地威脅：「如果你不希望自己被射成蜂窩，就把西熙給我。」葉西熙眉間一挑：「游一誠，你言而無信！」游一誠閃閃眼睛，淺淺一笑：「熙，妳錯了，我確實遵守諾言，把妳交給了他。但我從沒說過，不會再次把妳要回來。」葉西熙氣極，卻無可奈何：「你！」

可是，游一誠的輕鬆，卻漸漸被夏逢泉臉上的雲淡風輕擊垮。

夏逢泉道：「是嗎，你確定那些真的是你的手下？」游一誠心中一涼，抬頭，卻見那些狙擊手已將槍口瞄準了自己。他瞬間明白，夏逢泉提前滅了他的狙擊手，換上了自己的人。夏逢泉再次語出威脅，只不過雙方的態勢已然調換：「如果你不希望自己被射成蜂窩，就乖乖站著，別動。」游一誠只得依言照做。

夏逢泉帶著葉西熙上了車，司機發動油門，快速離去。游一誠站在廣場中央，看著那輛正漸漸消失的車，輕聲說道：「夏逢泉，別以為你贏了。」

直到確定已經看不見游一誠，葉西熙這才鬆了口氣，癱倒在座位上。好險，好險，游一誠果然是隻英俊的狐狸，不過幸好夏逢泉也不是省油的燈。

看著夏逢泉俊朗的側面，葉西熙心中浮起一絲溫柔。離開他的這些日子，越來越覺得他的好。雖然自己總是不住埋怨夏逢泉的霸道，但仔細想起來，他有時也是很溫柔的。而且從他們認識開始，每次自己一遇到危險，夏逢泉總是衝在最前頭，毫無怨言。

想到這兒，葉西熙便忍不住撲進夏逢泉懷中，才剛想說幾句甜蜜的話，頭頂卻傳來夏逢泉的責罵聲：「別以為主動投懷送抱，我就會算了。葉西熙，這次沒這麼容易！已經告訴過妳多少次，不能出門，為什麼就是不聽！這次回去以後，我一定牢牢把妳綁在家裡，一年都不能外出！」葉西熙被訓得一愣一愣的，待稍稍反應過來，火氣也上來了：「夏逢泉，你這麼凶幹嘛！我剛剛才從游一誠手中逃出來，還心有餘悸，你就不能安慰我兩句嗎？」

夏逢泉冷眼怒道：「安慰？明明答應過，沒有我的陪伴不會外出，轉身就跑出去了！葉西熙，妳膽子越來越大了。」葉西熙反擊：「我也是因爲當時事情緊急啊！再說，你不高興可以不來救我！」夏逢泉火氣未消：「我不來，妳早就被游一誠吃了！」葉西熙膽子夠肥：「我在家還不是被你吃！你和游一誠兩個人是半斤八兩，沒什麼兩樣！」夏逢泉冒出火眼金睛：「葉西熙，妳再敢說一遍！」葉西熙沒在怕：「你叫我說我就說，那多沒面子！」

在爭吵聲中，車子已經來到了機場。

司機冒死打斷兩人的爭吵：「那個……夏先生，我們到了。」

時間緊迫，夏逢泉停止了爭吵，一把將葉西熙拉出車外，朝專機走去。

第八章

Chapter Eight

葉西熙感覺自己簡直像被夏逢泉拖著走：「你這麼趕幹嘛！慢一點好不好，風這樣吹，很冷的。」夏逢泉忽地停了下來，葉西熙以為他聽進了自己的話，正竊喜間，怎料，他卻一把扛起自己，加速前進。葉西熙大叫：「夏逢泉，你幹什麼？」夏逢泉警告：「葉西熙，這裡是游一誠的地盤，他的手下很快就會趕來，如果妳不想再被他抓回去，就給我閉嘴。」葉西熙難受地呻吟道：「被他抓回去，也比被你當沙包好。」夏逢泉的肩膀立刻變得僵硬，他的聲音混在冷風中一股股地傳來：「是嗎？這麼說，妳還挺懷念他那裡的？」

以她對夏逢泉的瞭解，以及過去那些慘痛教訓，葉西熙明白這個時候絕對不能爭一時之氣，忙解釋道：「沒有沒有，剛才的話是我沒經大腦脫口而出，我當然是想待在你身邊了。」夏逢泉哼了一聲，依舊不太滿意。葉西熙明白自己又犯錯了，也不再胡鬧，只安安靜靜地在他肩上待著，爭取將功折罪。夏逢泉扛著她，健步如飛地往前走。但沒走幾步，又停下。

葉西熙緊張：「怎麼了？你該不會眞的想把我送回游一誠那裡吧？」夏逢泉看著前方的飛機，眼睛慢慢地瞇起：「妳想得美，我把妳啃了也不會給他。嗯，好像有什麼不對勁的味道。」葉西熙弱弱地舉起手：「我……我坦白，我剛才不小心……放了個屁。」夏逢泉的臉立刻臭得可以，倏地將葉西熙放下，瞪著她。看他的樣子像要撲過來吃了她，葉西熙連忙爲自己開脫：「別生氣，我不是故意的，只是你剛才突然把我扛起來，壓到我的肚子……其實，放屁是腸道正常運作的一種表現……還有，上次苦大仇深放屁時，你不是和徐媛他們一起笑得稀里嘩啦的，爲什麼輪到我就不行了？」夏逢泉張張嘴，很想說些什麼，但最終放棄。這是他生平第一次認輸。

夏逢泉深深吸口氣：「葉西熙，我不是聞到妳的……我是指，我聞到了陰謀的味道。」葉西熙無法理解：「奇怪，你跟我說話，幹嘛還加修飾，又不是寫作文！」夏逢泉徹底無言，他發覺面前這個他一隻手就能掐死的女人，每跑出去一次，回來之後就更難對付。他發誓，這次回去以後，絕對不讓葉西熙再離開自己的視線一步。葉西熙說著就要往前走：「幹嘛停下來，我們快上飛機吧。」但夏逢泉攔住她：「等等。」葉西熙皺眉：「到底怎麼了？」夏逢泉看著那架停在黑暗中的飛機，牢牢地看著，瞳孔漸漸收縮。

夜風涼涼的，冰凍著人的皮膚，讓所有感官變得遲鈍。整個世界彷彿是靜止的。沒有任何預兆，夏逢泉忽地將葉西熙護在懷中，快速轉過身。與此同時，葉西熙聽見了巨大的爆炸聲，震耳欲聾。即便夏逢泉已緊緊將她的頭按在自己胸前，但葉西熙還是感覺到了那刺眼的火光。爆炸了。是飛機爆炸了！越過夏逢泉的肩膀，葉西熙看見了那架燃燒的飛機。熊熊火光衝破雲霄，濃煙漫天。葉西熙不禁打了個寒噤，看來，事情遠遠沒有結束。

夏逢泉目光幽冷地看著爆炸現場：「原來，游一誠早有準備。我想，我們暫時離開不了這裡了。」葉西熙下意識地抓緊夏逢泉的襯衫：「那怎麼辦？他們馬上就會來嗎？」夏逢泉勾起嘴角，目光驟然尖銳：「他們已經來了。」葉西熙轉頭，看見七八輛車已團團圍住機場，緊接著，車上下來了十多名荷槍之人。

夏逢泉趕緊將葉西熙塞進車裡，囑咐她繫好安全帶。葉西熙看著前方，著急了：「他們已經把路給封死了，我們出不去的。」夏逢泉輕聲道：「坐穩。」那堅定的聲音讓葉西熙的心霎時安穩下來，她閉上嘴不再說話，穩穩地坐著。

夏逢泉發動車子，朝出口駛去，可是那兒已有兩輛車堵著。但夏逢泉沒有停下來的意思。在距離十公尺遠時，他猛地踩下油門，車子呼嘯著朝出口衝去，撞翻了那兩輛車。接著，他們像箭一樣繼續往前衝去，衝入黑暗的街道中。

游一誠坐在桌前，靜靜聽著母親絮絮叨唸：「一誠，你爲什麼非要那個女人不可。我眞不懂，那個葉西熙有哪一點好？這次，還害我被綁架，全是她的錯……」游一誠安靜地聽著，臉上沒有一絲不耐，還將茶遞給母親：「媽，潤潤喉嚨。」胡安妮不滿：「你究竟有沒有在聽我說話！」游一誠微笑：「怎麼會不聽呢？」看著兒子，胡安妮長歎口氣：「哼，聽是聽，就是不照我說的做。」游一誠用手指輕輕敲著桌面，奏出自信的聲響：「媽，妳放心，這次是我輕敵，下次他的運氣可就沒這麼好了。」

這時，手下走進來，恭敬地說道：「游先生，我們查到，夏逢泉開走的車停在一個偏僻的街道裡，但他和葉小姐卻失蹤了。」游一誠眼中帶著笑：「車子實在太顯眼，夏逢泉想必會棄車。不過，夏逢泉帶來的人馬已經全部被我們消滅，他暫時也只能待在這裡。你們抓緊時間去找，酒店、小旅館或是民宅，只要看見兩個東方人，馬上調查清楚。」手下答應著，立即出去辦事。

胡安妮喝了口茶，忍不住繼續說道：「一誠，難道你眞的認爲，得不到的就是好的，所以才這麼看重葉西熙？」游一誠微笑，一雙眼如黑玉般深奧：「怎麼會得不到呢？媽，我有信心，不管用什麼手段，我總會把葉西熙奪過來，讓她安心當我的女人。」

棄車之後，夏逢泉和葉西熙趁著夜深，跨越了大半個羅馬，來到一幢位於鬧區的公寓。

走到四樓盡頭的一個房間，夏逢泉掏出鑰匙打開了門。葉西熙環顧一圈，房間雖小，五臟俱全，最重要的是，有張軟軟的大床。葉西熙將整個身子埋進床裡——實在太舒服了，四肢百骸頓時放鬆，眞想就這麼睡個三天三夜。

她閉上眼，迷迷糊糊間感覺夏逢泉在她身邊坐下，然後臉頰覺得癢癢的，像有人在親吻自己。葉西熙像趕蚊子一樣扇扇手：「很累啊，別煩我。」夏逢泉居然也有聽話的時候，沒有再來煩她。接著，葉西熙聽見浴室中的水聲，明白他是去洗澡了，趕緊抓緊時間補眠。不知過了多久，她感覺到有隻手正緩緩撫摸著自己的背脊。葉西熙皺眉，嘟噥著：「夏逢泉，我累了，你別弄我。」夏逢泉湊近她耳邊，柔聲道：「我做我的，妳睡妳的。」經過這緊張的一天，葉西熙已經連動一下手指頭的力氣也沒了，只能反身躺在床上，任由他隨便擺弄。

夏逢泉的胸膛緊緊貼著她的背脊，自己的肌膚感受著他規律的心跳，有種難以言喻的安全感。有隻手從後方伸到她的胸前，握住那久違的柔軟，輕輕地撫摸著。刺激的碰觸，讓睡夢中的葉西熙嚶嚀一聲。她感覺到夏逢泉開始脫下自己的牛仔褲，她感覺到夏逢泉開始撫摸自己的腿，她感覺到夏逢泉的手來到自己的前胸，正一顆顆解開鈕扣。

糟糕！游一誠種下的草莓印如果被夏逢泉看見，簡直是世界末日。葉西熙的瞌睡蟲瞬間消散，她倏地用背將夏逢泉一推，然後用上衣緊緊捂住胸口，急急說道：「太臭了，我先去洗個澡。」說完，趕緊一溜煙衝進浴室，打開浴缸的水龍頭。

葉西熙脫下上衣，鏡中的情景嚇怔住她——她雪白的胸口處，密密麻麻的全是唇印，就像被蹂躪過一樣，慘不忍睹。游一誠這個混蛋！葉西熙在心中不斷地咒罵著。浴缸中的水不斷翻騰，她的心也不安地翻騰著。怎麼辦？算算日子，夏逢泉已經很久沒有釋放了，今晚絕對不會放過她。那麼，只好盡量讓他不看見自己的身體。

打定主意後，葉西熙快速泡了個澡，換上浴袍，走了出去。才開門便發現，夏逢泉正在床上半躺著，檯燈就在身邊，橘黃的燈光在他臉上投下陰影，那深深的、俊朗的、迷人的臉部輪廓。他平靜的黑眸下湧動著一簇簇火花，他強壯的古銅色胸膛隨著呼吸靜靜地起伏，靜靜地散發誘惑。

夏逢泉微笑：「我正準備再砸一次浴室門呢。」葉西熙想起之前在孤島上的情景，也忍不住笑了。夏逢泉伸出手：「過來。」葉西熙依言照做，走過去，坐在他身邊，然後快速將右邊的檯燈關掉。太好了，只要再關掉左邊那盞，就大功告成。葉西熙的手正伸到半途，夏逢泉卻抱住她，一個翻身，將她壓在自己身下。他吻著葉西熙，深深地、狂野地汲取著她的蜜汁。她實在離開太久了，久到他以爲自己忘記了她的味道。但沒有，她還是和記憶中一樣甜美。

夏逢泉忙碌著，葉西熙也沒閒著。她費力地將手伸向左邊的檯燈，只要燈一關，她就安全了。明早就可以把那些印記誣陷給夏逢泉。葉西熙的手慢慢地接近檯燈開關，十公分，九公分……五公分，四公分……一公分……就在這時，夏逢泉忽然握住葉西熙的腰，把她往下拖了一把，調整一下兩人的姿勢。於是乎，葉西熙的手與檯燈開關的距離，又回到了十公分。媽的！葉西熙低聲咒罵。

夏逢泉沒聽清楚：「什麼？」葉西熙微笑：「噢，我說，輕點。」夏逢泉微微皺眉：「葉西熙，我可是禁慾了許多天，或許第三次時我可以輕一點。」葉西熙：「……」

夏逢泉繼續埋頭苦幹，他的手在葉西熙身體每一個私密的地方自由遊走，並沿途灑下小小的、炙熱的火花。但，葉西熙又開始努力了，她慢慢地、艱難地向床頭移動，要知道，在被夏逢泉身子壓住的情況下，這有多困難。沒多久，她的手又開始漸漸朝開關靠近，十公分，九公分……五公分，四公分……一公分……好死不死，這時，夏逢泉握住了她的手，兩人十指交握，葉西熙根本無法觸及開關。媽媽的！有沒有搞錯？葉西熙徹底怒了，也沒耐心再弄下去了，直接將夏逢泉一推，然後伸出手關上檯燈。

夏逢泉問：「妳幹什麼？」葉西熙道：「關燈做，好一點。」夏逢泉的聲音中有著濃濃情慾：「可是我想看清楚妳。」葉西熙很快編出一個理由：「黑暗中，人的感官才更敏銳，這樣我們才能更盡興。」夏逢泉一邊說，一邊褪下她的浴袍：「是嗎？如果能讓妳更合作，何樂而不為！」

但此刻出現了一個新的危機，剛才開燈時倒不覺得，現在一關燈，才發覺今晚的月光異常明亮，再加上窗簾沒拉上，直直射入屋中，絕對能將她胸前的「偷情證據」照得一清二楚。葉西熙情急之下，抓起被單將他們二人蓋住。夏逢泉問：「妳又幹嘛？」葉西熙又開始胡扯：「這樣子有偷偷摸摸的感覺，更刺激，不是嗎？」好在夏逢泉精蟲衝腦，沒再多問，繼續在她身上○○××。葉西熙終於安下心來，長吁口氣。她現在才知道，那些一腳踏兩條船的女人是多麼不容易，一不小心，就死無葬身之地。

正在感慨，事情忽然發生巨變。

夏逢泉猛地將床單掀開，葉西熙赤裸的胸膛就這麼暴露在月光下。因爲用力的吮吸、親吻，造成毛細血管破裂，在白皙的肌膚下形成了瘀血。此刻，夏逢泉的眼睛和月光一樣涼。

他問：「這是什麼？」葉西熙深深吸了口氣，用無比誠懇的目光看著他：「你剛才吻我時留下的。」夏逢泉眼睛一瞇：「我有吻得這麼重嗎？」葉西熙虛張聲勢，大叫起來：「你明明就有！夏逢泉，別想推卸責任！」夏逢泉的聲音開始出現一絲冰涼：「剛才我吻妳胸口的時候，就發現這些印痕了。葉西熙，妳還想狡辯嗎？」葉西熙不可置信：「我們可是在被窩裡，你怎麼會發現？」夏逢泉冷哼一聲：「自己的東西被碰了，怎麼會沒有感覺？」葉西熙無奈：「不要稱我爲東西！」

夏逢泉的眼睛像鷹一樣盯著她：「說，是不是游一諴做的？」葉西熙咬著下唇，遲疑地問道：「如果我說，是我自己無聊弄上去的，你會相信嗎？」夏逢泉看樣子要發火了：「葉！西！熙！」葉西熙只得坦白：「是游一諴強迫的！我發誓，我當時有拚命反抗！」夏逢泉的眼睛沉了下來：「他還對妳做過什麼？」葉西熙慢慢地蜷縮到床角，怯怯地問道：「如果他真的把我給那個了，你是不是要砍我？」夏逢泉回答得斬釘截鐵：「不會！」葉西熙拍拍胸口，正要安心，卻聽見夏逢泉繼續說道，「我只會把妳按到床上不停地做做做，直到妳說我的技術比他好爲止。」聞言，葉西熙渾身寒毛直豎，還不如直接砍了她呢！

爲了不被壓在床上做做做，葉西熙趕緊坦白：「沒有，除了這些印記，他什麼便宜也沒占到！」夏逢泉靜靜地看著她，那雙眸子在月光下呈現微微的綠色。葉西熙心裡開始發麻，正要說些什麼，夏逢泉卻一把將她拉了過去。他定定地看著懷中的葉西熙，輕聲道：「以後，任何事情都不准瞞我，明白嗎？」葉西熙怔怔地點頭。然後，夏逢泉忽然爆發，開始重重地親吻她的胸口。葉西熙頓時傻眼，一時作不得聲。不知過了多久，夏逢泉從她胸前抬起頭來，擦擦嘴，若無其事地說道：「好了，現在覆蓋了。」

葉西熙推開他，衝到鏡子前一看，頓時淚盈於睫。太可怕了，簡直是血紅一片啊，像被惡狼啃過！葉西熙怒道：「夏逢泉，你這是虐待！」不知何時，夏逢泉已悄悄走到葉西熙身邊，看著鏡中的她，眼中情慾的火花重新燃燒起來：「錯了，我接下來要做的事情，才叫虐待。」話音未落，便一把抱起她，放在床上，沒有任何停頓，他俯下身子……在月光下，床上的被單不停地翻滾著。

葉西熙嗔道：「夏逢泉，你輕點。」夏逢泉好整以暇：「妳把手放開，我就輕點。」一分鐘後——葉西熙微慍：「我明明放開了，你下手還是這麼重！」夏逢泉瞇起雙眼：「妳不說話，我就輕點。」再一分鐘後——葉西熙怒道：「我已經閉上嘴巴沒說話了，為什麼你還是這樣！」夏逢泉閒閒道：「葉西熙，男人在床上說的話，百分之九十九都是假的。」葉西熙：「……」

第二天，微風吹動白色的窗簾，陽光安靜地潛入屋中，灑在地板上，無比穠麗。到處傳來鴿子振翅的聲響，充滿朝氣。

葉西熙側趴著躺在床上，白色的被單只遮住腰下，赤裸的背脊暴露在空氣中。頭髮隨意散落在柔軟的枕頭上，襯托著她的臉頰，有一種慵懶的性感。夏逢泉用手指輕輕滑過她的後背，然後俯下身子柔聲道：「起來吃飯了。」葉西熙不滿地皺眉，將整張臉埋在枕頭中，嘟囔道：「不吃。」

她實在想不通，夏逢泉的體力怎麼會這麼好，一個晚上幾乎沒怎麼睡，但看他還是生龍活虎的，一副沒事人的樣子。夏逢泉輕笑：「想減肥嗎？但我記得昨晚的運動量應該足夠了。」哪裡是足夠，明明就是過度。葉西熙想起昨晚一輪輪的酷刑，欲哭無淚。本來平時夏逢泉就已經夠過分了，昨晚的他更是獸性大發，比惡狼還惡狼。

葉西熙懶懶地說道：「夏逢泉，反正你精神這麼好，快去外帶食物回來。」夏逢泉堅定地否決：「把妳一個人留在公寓？不可能。」葉西熙打個哈欠：「那就別吃了吧，我不餓。」現在的她只想好好睡一覺，嗯，而且是在不被人壓住的情況下。但夏逢泉從來都是她的煞星，只聽他輕聲威脅道：「我餓了，如果不吃食物，只好暫時拿妳來填肚子。」說著，便開始吻她的背。葉西熙只得投降：「好好好，我跟你去。」

好不容易洗漱完畢，累得迷迷糊糊的葉西熙便任由夏逢泉牽著，來到公寓旁的咖啡店吃早餐。接連灌下兩大杯黑咖啡，葉西熙才有點清醒。這時卻發現夏逢泉一直盯著她，眼中帶笑。

葉西熙狐疑：「怎麼了？」夏逢泉喝了口咖啡，說：「沒什麼。」眼神瞬間移到別處，但嘴角笑意依舊不散。葉西熙趕緊拿出小鏡子，一照，頓時火冒三丈——她的嘴唇又紅又腫，都是昨晚夏逢泉的傑作！葉西熙氣鼓鼓地盯著面前的凶手。夏逢泉清清嗓子：「沒關係，挺性感的。」性感個鬼，像掛著兩根香腸，還是家庭號大分量的那種！難怪夏逢泉剛才一直喊餓，原來是她的嘴唇招惹的。還眞像別人說的，切切都有一大盤了。葉西熙埋怨：「夏逢泉，我叫你輕一點，你就是不聽。」夏逢泉理直氣壯：「葉西熙，男人在床上是沒有理智的。」這都是什麼歪理啊！葉西熙氣得胃痛，只好低著頭，以免更多人瞧見她。

葉西熙忽然想到什麼，問：「對了，我們要待到什麼時候？」夏逢泉道：「我已經通知了慕容，要他派人來接應。估計一週左右，他們可以抵達這裡。」葉西熙不無擔心地問著：「那如果在這個星期裡，游一誠找到我們了呢？」

當時，夏逢泉正雙腿交疊，身子閒閒地靠在椅背上，微風吹來，黑色的襯衫顯露出他優美健壯的身體輪廓。他的劍眉帶著自信的不羈，他的眼眸有種深深的吸引，他的鼻梁帶著男性的硬朗，他的嘴唇蘊含危險的性感。性感，一種亦正亦邪的性感。在那瞬間，葉西熙忽然很不爭氣地覺得，能被夏逢泉〇〇××，也是種幸運。

但這時，夏逢泉卻緩緩說道：「如果游一誠找到我們，我會把妳連皮帶骨吃乾淨，也不給他。」葉西熙打了個寒噤：「夏逢泉，有沒有人說過，你很變態。」夏逢泉微笑：「是嗎？我並不這麼覺得。」葉西熙無奈地搖頭：「你自我感覺也太好了吧。」在兩人並不甜蜜的交談中，這頓早餐草草結束。

結帳後，夏逢泉握住葉西熙的手，想牽她走回公寓。但葉西熙卻不買帳，將手背在背後，輕聲道：「我已經清醒了。」夏逢泉挑挑眉毛：「所以呢？」葉西熙回答得理所當然：「所以就不用牽手啊。」夏逢泉將剛才脫下的風衣穿上，緩緩說道：「葉西熙，我們連更親密的事情都做過了，妳還裝什麼呢！」葉西熙依舊把手藏得嚴嚴實實：「我不習慣。」夏逢泉走到葉西熙面前，張開手臂，用風衣將她一裹：「這樣可以了吧。」葉西熙擺動身子，想掙扎著出來：「這樣更難受！」但夏逢泉低聲警告道：「葉西熙，別再挑戰我的忍耐極限了！」

於是，葉西熙很沒骨氣地妥協了。夏逢泉緊緊裹著她，一起走在回公寓的路上。正值早晨，陽光還不那麼燒灼，暖暖的，風中飄來一陣陣咖啡香氣，一隻隻鴿子自由自在地在地上啄食。在這個非常適合拍青春偶像劇的場景中，葉西熙忽然問道：「夏逢泉，你覺不覺得，我們這個樣子很像裹屍？」夏逢泉冷道：「妳給我閉嘴。」沒辦法，還是得被裹著走。葉西熙緊緊依靠著夏逢泉的胸膛，可是這種感覺……居然還挺不錯的，非常有安全感。

葉西熙溫聲道：「夏逢泉，我終於發現你的優點了。」夏逢泉好奇地問：「妳不是早就發現我身材好了！」葉西熙立刻翻白眼：「我不是指這個！」想了想，忽然覺得不對勁，「你從哪裡看出來我認爲你身材好的？」夏逢泉斜斜瞟她一眼：「我裸體時，妳的眼睛都瞪直了。」葉西熙趕緊反駁：「我沒有！」夏逢泉繼續陳述：「有一次，還忘記擦口水。」葉西熙的臉紅得像番茄：「那是因爲……因爲當時我的下顎出了點問題。」夏逢泉輕道：「是嗎？」就這麼輕描淡寫地應了一句，那種不信任的語氣讓葉西熙非常不滿，儘管……他說的是事實。

夏逢泉揚揚眉毛：「那妳還發現了我什麼優點？難道是想誇我床上功夫好？」葉西熙眼角抽

揄：「夏逢泉，你也太自戀水仙了吧，比你好的大有人在。」夏逢泉宣布：「葉西熙，很可惜，妳永遠無從比較。第一個以及最後一個和妳睡覺的男人，都只能是我。」葉西熙低下頭，認真地想了想：「那個……夏逢泉，你死了，我應該可以改嫁吧。」夏逢泉沉聲道：「妳大可以試試看。」聲音涼絲絲的，讓某人不禁打了個寒噤。

根據葉西熙的瞭解，到了那個時候，夏逢泉絕對會變成厲鬼來找自己的麻煩。不過到時，他的鬼魂是狼形還是人形呢？正苦苦思索著，卻聽夏逢泉問道：「妳究竟發現了我的什麼優點？」葉西熙不正面回答，反問道：「那，我的優點是什麼？」夏逢泉蹙眉，仔細想了許久，終於道：「沒什麼大的缺點，就是妳的優點。」葉西熙：「……」

正說著，夏逢泉忽然加快了腳步。葉西熙疑惑：「怎麼了？」夏逢泉低聲道：「有人在跟蹤我們。」葉西熙的心一下子提了起來，急忙問道：「現在怎麼辦？」夏逢泉沉著地囑咐：「別慌，別回頭，跟著我走。」葉西熙下意識地將身子更挨近他，只有這樣，她才能安心。

夏逢泉帶著她朝公寓的反方向走去，七彎八拐，來到一條僻靜的巷道。周圍全是幽靜的樹，遮擋住陽光，巷道是陰暗的。葉西熙開始清楚聽見後面跟蹤之人的腳步聲。他們的速度加快了。這時，夏逢泉忽然停下，倏地轉身看著他們。那四人眉間一挑，吃了一驚，馬上掏出手槍指著夏逢泉，命令道：「別動！」夏逢泉並未聽從他們的命令，而是慢慢地褪下風衣，嘴角出現一絲迷糊的笑意，略帶嘲諷。

游一誠的手下有點慌神，四枝黑洞洞的槍口全都瞄準夏逢泉，警告道：「我們會開槍的。」夏逢泉沒有說話，嘴角的笑意依舊不散。四隻握槍的手輕微地抖動了一下。

葉西熙屏住呼吸。空氣緊張得能用刀剖開。毫無預警地，夏逢泉將手中的風衣朝葉西熙拋去，不偏不倚地蓋在她臉上。葉西熙頓時陷入一片黑暗，但她的聽覺卻更加敏銳了——打鬥聲，槍聲，慘叫聲。之後，便是一片死寂。葉西熙不敢動彈，也不敢看。她害怕，害怕看見夏逢泉受傷。忽然，蓋在頭上的風衣被人掀開，同時，她的憂慮消失了——夏逢泉完好無損地站在她面前，像戰神般高大。葉西熙猛地撲進他懷中。

夏逢泉抱著她，輕聲道：「如果不滅口，我們的行蹤會立即暴露……對不起，我並不想在妳面前殺人。」難怪他會拿風衣蓋住自己的眼睛，因爲，他不想讓她看見鮮血。

在那一刻，葉西熙想告訴夏逢泉，自己又發現了他的一個優點，但想了想，還是把話吞進了肚子。很多事情，心裡知道便比什麼都重要。

看來外面是不能閒逛了，兩人便在超市購買了一週的食材，準備在公寓裡自己下廚。

不過，怎能期望大少爺拿勺子，只好由葉西熙全權掌廚。好在平時訓練有素，做飯對葉西熙而言不是什麼難事。而且夏逢泉很給面子，總是將盤中的食物一掃而盡，讓葉西熙特別有成就感。

這一晚，吃完晚餐，兩人擦擦嘴，同時離開桌子。盤子依舊，叉子如昔。兩人站立著，望著彼此，同時問道：「難道你想讓我洗盤子？」葉西熙理直氣壯：「飯是我煮的，盤子當然該你洗。」

夏逢泉將雙手置在胸前，聳聳肩：「我從來沒做過家事。」

葉西熙把手套遞給他，咬牙笑道：「我以前也沒上過床，但在你不厭其煩的指導下，現在已經熟知七七四十九種姿勢。由此可知，在我的指導下，你也會成爲一臺智慧型全自動洗碗機。」夏逢泉揚揚眉毛：「熟知？好像每次都是我在出力吧。葉西熙，妳在床上就像根木頭。」葉西熙氣不過：「我那是矜持好不好！如果不滿意，請你自己另外找個在床上不像木頭的女人。」夏逢泉摸摸下巴，道：「算了，都調教成這樣了，不能便宜了別人。」

葉西熙把塑膠手套丟給夏逢泉，怒吼道：「快去給我洗！」夏逢泉慢慢踱進了廚房，葉西熙在沙發坐下，準備看一會兒電視劇。雖然語言不通，但光看畫面上那些俊男美女，也足夠賞心悅目的。正看得入神，廚房卻接連傳出盤子摔碎的聲音。

葉西熙長歎口氣，來到廚房一看——洗碗槽裡，泡沫堆成了小山，地板上到處都是水跡，盤子碎片散落。眞是要多糟糕，就有多糟糕。葉西熙也學他先前的模樣，將手放在胸前，一字一句地教訓道：「夏逢泉，你眞是蠢，連這點小事也做不好。」說完後，心裡異常興奮。報復了，終於報復回來了。平時總是夏逢泉罵自己，今天終於找到機會正大光明地反擊了！但沒高興多久，便聽見夏逢泉不慌不忙地說道：「我不蠢還會看上妳？」葉西熙：「……」還是沒占到便宜。

夏逢泉脫下塑膠手套，遞給她：「算了，還是妳來吧。」葉西熙不接：「你自己善後，我來指導。」於是乎，葉西熙坐在櫥櫃上，雙腿閒閒交疊，一邊吃著爆米花，一邊不斷指揮著：「對，洗碗精只要倒一點點就好，一點點，你倒這麼多幹嘛？……慢慢洗，全部要洗乾淨！夏逢泉，這麼髒，就算洗好了嗎？明天我就拿這只盤子盛東西給你吃，信不信……這樣就放著了？要洗啊！你怎麼這麼笨？……」

一個小時後，在葉西熙這位嚴師的教導下，夏逢泉將整個廚房打掃得一塵不染。葉西熙環顧四周，滿意地點點頭：「孺子可教，好了，我要去看電視了。」說著，便要跳下來，但夏逢泉卻來到櫃子前，按住了她的身子。葉西熙警覺：「你想幹什麼？」剛才一直趁機罵他，該不會，他現在想報復吧？

果然猜中了！

夏逢泉把手放在她身子兩側，深深地看著她：「剛才妳指導了我，現在，該我指導妳了。」葉西熙吞了口唾沫：「我沒有什麼需要你指導的。」夏逢泉瞇起眼睛：「怎麼會沒有呢？」伸出了手指，摩挲一下葉西熙的嘴唇，然後往下滑，來到她的衣領，「妳剛才不是說，已經熟知七七四十九種姿勢，那麼現在我就教妳第五十種吧……對了，剛才我認真聽從了妳的教導，那麼現在也希望妳能配合。」

葉西熙將牙齒咬得咯吱咯吱直響。難怪夏逢泉這傢伙剛才這麼乖，還以爲他轉性了，誰知道是設好了陷阱讓她跳啊！夏逢泉抱住葉西熙的腰，迫使她靠近自己。然後，他開始吻她。還是一如既往的霸道，一如既往地吸去她的全部神志。葉西熙好不容易才清醒過來，雙手推開他的胸，道：

「雖然這次在劫難逃，但夏逢泉，我要先跟你約法三章！」夏逢泉微瞇著眼凝望她：「什麼？」葉西熙鄭重地說道：「你昨晚做過什麼自己最清楚，今天，我只准你做一次，明白嗎，就一次！」

本以爲夏逢泉會一口回絕，怎料他居然答應了：「好，除非妳應允，否則今天我只做一次。」葉西熙本能地覺得這句話有什麼不對勁，但已經來不及細想，夏逢泉開始行動了。他舉起她的雙臂，將上衣從她的頭頂褪下。現在，葉西熙的上身只穿著一件內衣，包裹著她堅挺的胸部。夏逢泉也脫下了自己的襯衫，露出精壯的胸膛，讓女人有著濃濃安全感的胸膛。

燈光呈昏黃色調，灑在兩人身上，帶著一種陳舊金屬感的性感，活像雜誌上的照片。

夏逢泉開始輕輕咬著葉西熙的耳朵，她那敏感的耳朵。葉西熙感受到了悸動，一種由身體內部傳來的悸動。血液流動的速度開始加快，她的呼吸也變得急促。她咬著唇，希望夏逢泉停下，或者，更進一步。夏逢泉用舌頭舔舐著她的耳廓，沿著那弧度慢慢滑行，像在進行一種誘惑。

葉西熙閉上眼，感受著。昏黃的燈光偶爾潛入她微瞇著的眼瞼，那惶惶的光讓葉西熙覺得自己正置身一場夢中，一場靡夢。在葉西熙尚未感覺到時，夏逢泉已褪下了她的牛仔褲。他將手伸到她背後，從背脊性感的弧度滑下，來到她挺翹的、被薄薄底褲緊緊包裹住的臀部上。夏逢泉的大掌毫不客氣地探索著。葉西熙情不自禁地將身子往他身上傾靠，雙手圈住夏逢泉的頸脖。那種姿勢，帶著依順。

夏逢泉的呼吸變得粗濁，他褪下了兩人僅剩的衣物。接著，將自己的灼熱抵住她的柔軟。兩人的慾望相互接觸，爆發出情慾。夏逢泉一個挺身，進入她早已準備好的小徑。那個動作不禁讓葉西熙呻吟出聲，他的分身碩大、灼熱，牢牢地占據了她。

葉西熙咬住下唇，忍受著兩人相觸處傳來一股股難以言喻的慾浪。她的腦海漸漸變得一片空白。但夏逢泉停了下來。他的聲音低啞，充滿了情慾：「葉西熙，現在，妳還堅持只做一次嗎？」過了許久，葉西熙才明白他指的是什麼。她下意識想要否認，但話到嘴邊又生生忍住。她不甘心認輸。夏逢泉的嘴角微微一勾，他抽出分身，再猝不及防地進入，更深地進入。葉西熙忍不住叫出聲來，指甲陷入他背脊的肌肉中。夏逢泉在她耳邊輕輕問道：「還是堅持嗎？」聲音曖昧，並且帶著自信。他那該死的自信！葉西熙感覺渾身癱軟，神志越來越模糊，體內的慾望翻騰著，席捲著她的一切。夏逢泉的聲音像從很遠很遠的地方傳來：「妳也想要很多次的，對吧。」

葉西熙咬住唇，緊緊地咬住，細細碎碎的呻吟聲不斷從口中逸出。沒錯，她要他，她想要他。夏逢泉看清了她的一切，倏地將自己的灼熱抽離她的身體。葉西熙頓時感覺到一股空虛。夏逢泉命令道：「求我……說，說妳希望我不停地要妳。」葉西熙覺得渾身的皮膚像有螞蟻在爬動，如此酥麻、難耐，她的身子不安地扭動著。夏逢泉繼續誘惑著，聲音帶著魔力：「只要妳說出來，我就滿足妳。」葉西熙的身體漸漸背叛她的神志，她牢牢摟住夏逢泉強壯的身軀，將臉埋在他的胸膛中，不願放開。夏逢泉的聲音帶著輕笑：「那麼，我就當妳是默認了。」

彷彿，是他勝利了。他勝利了？那怎麼可以？葉西熙努力尋回失散的神志，腦子漸漸清醒過來。她深深吸了口氣，猛地將夏逢泉一推，接著跳下櫥櫃，若無其事地說道：「不做算了。」但沒走幾步，葉西熙腰上一緊，接著又被重新甩回櫥櫃上。夏逢泉直視著她，下顎繃得緊緊的。他在生氣。葉西熙的眼睛彎了彎，伸手撫摸他的臉，一字一句地說道：「記住，在床上，女人才是眞正的主導。」夏逢泉依舊看著她，那眼神像是想把她咬死，或者……吻死。

結果，是後者。

夏逢泉托住她的後腦勺，重重地吻上她。綺靡的氣氛重新在廚房中彌漫開來。兩人粗濁的喘息聲混合著細密的汗珠，充滿了情慾的味道。他霸道地在她體內馳騁，極致地探索著她的一切。葉西熙仰著頭，體內傳來一股股強烈的刺激，直達她的腦海，她感受著，享受著。這是她的男人。這是他的女人。他們是彼此的唯一，沒有比這更好的關係。純粹的感情，帶來純粹的愛慾。他們相攙著，攀登上慾望的頂峰……

接下來的一週，他倆都待在公寓裡，沒跨出大門一步。

日子挺無聊的，葉西熙沒事就琢磨該怎麼融合義大利食物與中式食物，整天在廚房裡嘗試驗著。而弄髒的碗碟叉子全由夏逢泉清洗，洗了幾次之後，終於像葉西熙盼望的那樣，夏逢泉成了一臺智慧型全自動洗碗機。除此之外，那些失敗的試驗品也全由夏逢泉負責吞進肚裡。表面上，葉西熙宣稱是爲了不浪費糧食，實際上則是趁機整他。但夏逢泉帳單全收，再難吃的食物，他眉毛都沒皺一下子就吞進了肚。葉西熙忍不住問道：「夏逢泉，你有這麼餓嗎？」夏逢泉拿起餐巾優雅地擦擦嘴角，不慌不忙地說：「只有吃飽才有力氣做。」然後，就撲上來對她進行慘無人道的○○××。

葉西熙這次對夏逢泉的色狼行徑表示理解——從早到晚都待在這間小屋子裡，悶得沒事做，只能釋放獸慾了。不過，葉西熙心中一直有個疑問。

終於在這天，當夏逢泉從自己身上翻下來之後，葉西熙問道：「夏逢泉，我仔細想了想……你好像從來沒做過什麼安全措施？」夏逢泉淡淡應道：「嗯。」葉西熙皺眉苦思：「我們好像做過不少次了。」夏逢泉冷靜地回答：「不多，才十七點五次。」葉西熙害羞又疑惑地說：「你幹嘛記這麼清楚！怎麼會有零點五次？」夏逢泉的聲音隨著回憶而漸漸變涼：「有一次做到一半，妳發現苦大仇深在偷看，就把我踹下去了。」葉西熙打了個哈哈，忽然想起正事：「我怎麼忘記了。對了，這十七點五次當中，你都沒有做安全措施嗎？」夏逢泉反問：「爲什麼要做？有了孩子，妳也就跑不遠了。」葉西熙搖搖頭，又道：「這是什麼邏輯！可是，既然沒有保護措施，爲什麼我一直沒有懷孕？」夏逢泉輕笑：「怎麼，妳想生孩子了？」葉西熙小心翼翼地看他一眼：「那倒不是，我只是在想，會不會是……你有什麼問題？」夏逢泉的眼睛危險地瞇了起來：「葉西熙，妳再說一遍！」葉西熙的聲音漸漸低了下去：「我的身體是很好的。那麼，就只能是你的問題了。」

夏逢泉冷聲問：「難道我在床上表現得不夠讓妳滿意嗎？」由於害怕某人發飆，葉西熙縮著身子回答：「就是因爲太勇猛了，所以我才會擔心你縱慾過度，導致小蝌蚪……活力不夠。」夏逢泉一把將葉西熙拖進被子裡，雙手撐在她耳邊，深深地看著她：「葉西熙，狼人的體質本來就比較不容易受孕，這也是爲什麼徐媛被慕容品抓去蹂躪了這麼久才懷孕。所以，這根本就不是我的問題，明白嗎？」葉西熙皺眉：「夏逢泉，你自己不行就算了，幹嘛還扯到狼人的體質？」夏逢泉深深吸口氣：「葉西熙，這是妳自找的。」葉西熙感覺到一絲濃濃的危險：「你想幹什麼？」夏逢泉眼中有種特別的笑意：「爲了證明自己的能耐，我只好多做幾次了。有句話，不是叫做笨鳥先飛嗎？」葉西熙這才明白什麼叫搬石頭砸自己的腳，本來只是想刺激夏逢泉一下，沒想到，刺激過頭了。

夏逢泉說著便要按住她的身子準備繼續，葉西熙連忙慘叫：「夏逢泉，你的鳥已經飛得夠勤奮了，眞的不用了！我相信你很強，眞的！」夏逢泉眼中露出一絲戲謔的光：「可惜，被妳這麼一說，我開始不太相信自己了，只好麻煩妳幫我找回自信了。」眼看慘劇就要發生，忽然響起一陣敲門聲。一定是上帝來救自己了！葉西熙忙推開狼性畢露的夏逢泉：「我去開門。」但夏逢泉卻緊緊拉住她：「等等。」見他突然顯出嚴肅的神色，葉西熙也知道事情不對勁，忙小聲問道：「怎麼了？」夏逢泉沉聲問道：「妳覺得，會是誰敲我們的門？」葉西熙皺眉：「你是指，門外是游一誠的人？不會吧，如果眞是他的手下，還會這麼客氣？」

像在印證她的猜想，門外忽然響起一陣機槍掃射聲。與此同時，夏逢泉早已快一步拉著葉西熙速速躲進廚房。葉西熙還沒反應過來是怎麼回事，便聽見一陣雨點般密集的槍擊聲響起。房間的門，瞬間千瘡百孔。門外的殺手破門而入，仔細檢查後，發現臥室無人，便慢慢走向廚房。先鋒首先把槍伸入廚房，正要按下扳機，手上的槍便被人奪去，接著被夏逢泉一腳踹倒在地。其他人見狀趕緊一擁而上，想制住他。可是夏逢泉沉著地舉起槍，槍法精準，很快擊斃了衝鋒的人。然後，他殺出一條路，護住葉西熙朝門外跑去。

夏逢泉拉著葉西熙，並沒有下樓，而是來到樓頂。葉西熙滿腹疑惑，但往下一看，頓時明白了：「原來樓下還守著不少人，全等著他們自投羅網。」葉西熙急忙問道：「現在該怎麼辦？」夏逢泉將手一抬，指向對面的公寓：「跳到那邊的屋頂上。」葉西熙傻眼：「我又不是超人。」夏逢泉道：「是我揹著妳跳。」葉西熙這才想起，夏逢泉可以變成狼形的。稱呼他全自動智慧型洗碗機實在太委屈他了，簡直一整個變形金剛嘛！

夏逢泉一邊褪下外衣，一邊囑咐道：「葉西熙，記得撿我的內褲，我可不想讓他們拿去。」葉西熙趕緊搖頭。太噁心了，她才不幹。夏逢泉冷冷說道：「妳敢不撿，以後我就讓妳天天光著身子。」不可否認，這句威脅非常具有效果，葉西熙立刻點頭如搗蒜。接著，夏逢泉雙手撐地，迅速變成一隻黑狼。然後他低下身子，示意葉西熙爬上來。葉西熙飛速撿起內褲，塞進包包裡。

正準備爬上夏逢泉的背，天臺的門猛地被人撞開，游一誠的手下衝了上來，沒給他們任何反應時間，迅即開了槍。夏逢泉馬上擋在葉西熙面前，並迅速將她拱到自己的背上。葉西熙頓時感覺一陣天旋地轉，連忙抓緊他的脖子。夏逢泉帶著她一躍，在空中劃過一個完美的弧度，精準地跳到對面的公寓上，毫無任何停頓地又是幾個跳躍，他和葉西熙瞬間消失在巷道中。

天臺上，爲首的一人正向游一誠報告：「游先生，對不起，還是讓他們跑了……逃往東南方向，我們已經派人去追了……」這時，旁邊的人碰碰他的手肘，示意他看地面。待看清後，那人眼中精光一閃，馬上邀功，「游先生，我想，他們好像受傷了。」地上，一小灘新鮮的血跡正在陽光下靜靜地鋪陳著。

夏逢泉揹著葉西熙直跑了一個多小時，才在郊區僻靜的公園密林停下。葉西熙馬上掙扎著從他身上滑下，蹲在一旁，開始大吐特吐。實在太受罪了，五臟六腑像要顛出來似的。好不容易吐完，葉西熙抹去淚花，問道：「我們現在怎麼辦？」夏逢泉蹲坐在一旁，不發一言。變成狼形的他暫時發不出言語。葉西熙拿出內褲，道：「夏逢泉，快變回來吧，我不會讓你光著身子的。」夏逢泉還是沒什麼動靜。葉西熙狐疑：「你有聽見我說話嗎？」她站起來，無意間低下頭，猛地發現自己的袖口沾染著血跡。可是，她並沒有感到疼痛，難道是……夏逢泉？

葉西熙忙奔過去查看夏逢泉，果然，他的左臂上有個槍傷，正流血不止。難怪了，聽阿寬說，狼人在失血的情況下是無法變回人形的。葉西熙急了：「那現在怎麼辦？我先帶你去醫院包紮！」可是夏逢泉咬住了她的褲腳，眼神堅定地搖搖頭。他受傷的事情，游一誠應該已經知道，肯定會派人在醫院或獸醫院埋伏。絕不能自投羅網。葉西熙也明白他的擔心，但實在無法可想：「那總不能讓血一直流下去吧？」夏逢泉用爪子在泥土上寫了一行字：「找個地方，妳幫我取出子彈。」葉西熙感到很爲難，現在能去哪裡呢？公寓一時半刻也找不到，如果去旅館，夏逢泉這麼大一個目標肯定會被發現的。她看著夏逢泉，看了許久，腦海中忽然迸出一個主意。

午後，佩拉旅館迎來了今天的第十三名客人——一位戴著大墨鏡、濃妝豔抹的女郎，那緊身衣底下的好身材讓男人血脈賁張。服務生趕緊迎上前去，幫她把車上的行李箱卸下來。可是，好重的箱子！難道裝的是鐵？把那只箱子推到性感女郎的房間後，服務生原以爲看在自己累得滿頭大汗的分上，能多拿到一些小費，結果女郎掏了半天，才掏出一歐元。服務生悻悻離去。

門關上後，葉西熙將假髮一扯，取下大墨鏡，馬上奔向行李箱，將蜷縮在裡面的夏逢泉抱了出來。然後拿出在路上買的醫療物品，開始爲夏逢泉取子彈。動作雖不熟練，但好在並不慌張，她劃開傷口，取出子彈，止血，包紮，一步步細心地弄著……半個小時後，一切搞定，葉西熙長吁口氣。正擦著汗，抬頭，卻見夏逢泉一雙眼睛不滿地瞪著自己。

葉西熙問：「怎麼了？難道我包紮的方式錯了？」夏逢泉用爪子沾水，在桌上寫道：「換衣服！」葉西熙疑惑：「換什麼衣服？」夏逢泉繼續寫道：「換一身不這麼暴露的衣服。」葉西熙徹底暈倒：「夏逢泉，都什麼時候了，你居然還給我在意這個？」夏逢泉態度堅定，繼續寫：「我不希望別的男人看見妳胸部的形狀。」葉西熙眼角抽搐：「胸部的形狀？說得好像我長成方的一樣……好了，我知道了，你快點上床休息吧。」

夏逢泉依言來到床上躺下，葉西熙一邊爲他蓋好被子，一邊咕噥道：「眞是的，都變成狼了，還這麼多話。」蓋好之後，正準備離開，夏逢泉的爪子卻將她的手壓住。葉西熙疑惑：「幹嘛？你該不會是想要我陪你睡吧？」很不幸地，夏逢泉點了點頭。葉西熙無奈，只得進浴室卸了妝、換了衣服，然後在他身邊躺下。原以爲近距離挨著這種大型犬科動物會感到害怕，但眞正躺下後才發現一顆心靜靜的，沒有半點不適應，只有一種很熟悉的感覺。畢竟，他再怎麼變，還是那個夏逢泉。

葉西熙原本是側躺，背對著他，但後來覺得夏逢泉身上的毛實在太舒服了，暖和又柔順，便乾脆轉過身來，像抱著絨毛玩具般抱著他，還把臉埋在他厚厚的毛中。沒多久，葉西熙就睡著了。醒來時，聽見一陣均勻的心跳聲，睜眼，卻發現自己躺在夏逢泉的懷中——他已經變回了人形。

夏逢泉低頭看著她，眼中帶著笑：「葉西熙，妳還是第一次這麼主動投懷送抱。」葉西熙伸出手，在夏逢泉身上摸了一圈。不見了，那麼舒服的毛都不見了！葉西熙長歎口氣：「夏逢泉，如果你以後每天都是狼形就好了。」夏逢泉問：「爲什麼？」葉西熙扳著手指數著好處：「第一，狼形的你像個暖爐抱枕，而且是環保型的，每天睡覺時抱著實在太舒服了。第二，你變成狼形後就不能說話，只能用寫的，只要我不看，就不會受你的茶毒了。」夏逢泉爽快答應：「好，以後我每天都變成狼形。」葉西熙不可置信：「你居然有這麼通情達理的時候！」夏逢泉的臉上露出一種似笑非笑的豺狼表情：「沒關係，反正我也想試試人獸……那麼，就從今晚開始吧！」葉西熙：「……」

由於殺手用的是銀子彈，傷害力大，因此傷口癒合的速度較慢，夏逢泉的手臂依舊無法用力。葉西熙一邊幫他換藥，一邊擔心地問道：「不知慕容品什麼時候會到？」夏逢泉看了看自己手臂上的傷：「就這一兩天吧。只是，到時候擔心他沒辦法找來這裡。」葉西熙輕聲問：「怎麼沒聯絡他呢？」夏逢泉不慌不忙地說：「手機在昨天遇襲時掉了，從這裡撥打出去，又怕被游一誠察覺。不過，我相信慕容的本事。」葉西熙長吁口氣：「希望如此。我可不想再被人追殺了。」夏逢泉瞥她一眼：「是誰惹出來的？葉西熙，別怪我沒提醒妳，以後再敢出去勾三搭四，我關妳一輩子，明白嗎？」葉西熙微微一笑，咬著牙齒說：「明，白，了。」同一時間手上用力，將繃帶狠狠一拉。看著夏逢泉漂亮的劍眉因突然的疼痛而皺緊，葉西熙心中暗爽。就連在這種時候都要威脅她，這是他自找的。

夏逢泉抬起眼睛：「葉西熙，妳這是在報復嗎？」葉西熙勇敢對視：「夏逢泉，這是你污衊我的報應。我哪有勾三搭四！」夏逢泉靜靜地數落著：「先是游江南，現在又是游一誠，下回妳再出去一趟，不知道誰又要落入妳的魔掌。又不是長得傾國傾城，眞不懂這些人幹嘛跟我爭。」葉西熙不服氣：「就算長得平凡又怎麼樣？我一向用性格征服人的。」

夏逢泉還沒叨唸完畢：「還有，妳昨天幹嘛穿那麼性感的衣服？」葉西熙嘟囔：「那是形勢所逼啊！再說，你不是想要我穿得性感嗎？以前不是還逼我穿性感內衣！」夏逢泉說得義正辭嚴：

「那是要妳穿給我一個人看。」葉西熙狠狠瞪他一眼：「大男人！」夏逢泉照單全收：「關於這一點，我從沒否認過。」葉西熙敷衍地說：「是是是，你最有自知之明。」說完，走進浴室開始換上昨天的衣服。夏逢泉跟著走了進來：「葉西熙，妳是要挑戰我的忍耐極限嗎？」葉西熙再次戴上假髮、大墨鏡，道：「我總得保持和昨天一致的形象吧，否則不是太奇怪了嗎？我去替你買點藥，昨天太匆忙，沒買足，再用一次就不夠了。」夏逢泉攔住她：「妳一個人去？太危險了，不行。」葉西熙覺得他也未免太過小心翼翼：「藥店就在對街，我三分鐘內就回來。再說，我是一個人進來旅館的，難不成要兩個人出去，這樣可是會惹人生疑的……好了，我會小心的。」夏逢泉叮囑道：「買到了就馬上回來，別有任何耽擱，如果遇到危險，就大聲叫我。」葉西熙搖搖頭，然後走了出去：「知道了，囉嗦。」

不想讓夏逢泉擔心，葉西熙小跑步進了藥店，選了藥品，快速結帳，就像她預料的那樣，整個過程沒超過三分鐘。可是，在她走出藥店門口後，才發現在這短短三分鐘之內，某人出現了。游一誠。他雙手插在口袋裡，倚靠著黑色燈柱，臉上一派雲淡風輕，和他脖子上那條米色圍巾一樣冷靜。有沒有搞錯，這人怎麼陰魂不散？葉西熙迅速地四下觀望，發現居然只有他一人，心中湧起一陣不安，一陣她說不清道不明的不安。

游一誠走過來拉住她的手，笑嘻嘻地說道：「別任性，我們回家吧。」葉西熙不停抓咬著游一誠的手：「誰跟你耍任性？放開，我和你不同路。」游一誠微笑，笑得很有深意：「別鬧，我說過，妳注定是我的。」不對勁不對勁，實在太不對勁了。葉西熙只覺胸口悶悶的，彷彿有什麼事即將發生。

這時，葉西熙突然看見夏逢泉從旅館衝了出來。她心中那份不安越來越強烈，壓得葉西熙喘不過氣來。如果眞是想抓她，游一誠怎麼可能會笨到在大街上和自己拉扯？他肯定會用藥，或者其他能讓自己迅速安靜下來的方法。沒錯，他這是在做戲。游一誠眞正的目的是——引出夏逢泉，然後除去他！當這個想法豁然開朗時，葉西熙的腦子瞬間炸開。一切都變得很靜，時間也彷彿停滯了。直覺地抬起頭，她看見了，旅館三樓的某個窗口，有一名拿著槍的男人，槍口對準了夏逢泉。葉西熙來不及思考——猛地推開游一誠，朝夏逢泉衝去，她要去救他。

當時的情景，後來回想起，一切是如此混亂。她只記得，自己確確實實擋在夏逢泉面前，可是夏逢泉卻推開了她。然後，她聽見一聲槍響，不，槍上裝了滅音器。她聽見的，是子彈射入皮肉的聲音，很輕微，卻讓人的心爲之一震。她看見，夏逢泉的前胸迅速染出一朵血花。他的心臟中槍了，夏逢泉的心臟中槍了！葉西熙頓時手腳冰涼，耳邊嗡嗡直響。接著，夏逢泉的身子晃動了一下，倒在地上。葉西熙用手捂住他的傷口，緊緊地捂住，可是血依舊從她緊閉的十指中湧出，一股又一股，異常濃稠。天氣並不太冷，可是葉西熙全身已經涼透了。

游一誠走上前來，輕輕在她耳邊說道：「夏逢泉已經不行了，那名槍手從未失手過。」葉西熙沒有動彈，她已經沒有精力理會他，現在的她眼中只有夏逢泉。這時，游一誠的手下趕到，車門打開了。游一誠開始用力，想將葉西熙拉到車上，可是葉西熙卻紋絲不動，她只想守在夏逢泉身邊。游一誠準備強行擄走她。恰在這時，幾輛車飛速趕來，「吱呀」一聲停在他們面前。沒有一秒鐘的停頓，慕容品下了車。看見此一情景，他的眼睛沉了下來，而游一誠也警覺了起來。在他們的示意下，雙方的手下開始拔槍，互相指著對方。其他路人還以爲是黑幫火拚，紛紛尖叫著躲開。

在這一片紛亂之中，只有葉西熙是安靜的。她安靜地守著夏逢泉，一言不發。

慕容品看著游一誠，臉上沒有半點笑意：「游先生，現在我得趕緊帶逢泉去醫院治療，請你讓開。否則，我們只有兩敗俱傷了。」游一誠緩緩說道：「銀子彈射入了他的心臟，夏逢泉已經沒救了。」慕容品冷冷地問：「既然如此，爲什麼不敢讓我們帶走他呢？」游一誠低頭看著葉西熙：「夏逢泉你們可以帶走，不過，她必須留下來。」慕容品道：「你覺得現在西熙會跟你走嗎？就算你強行帶走了她，她肯定會一直維持這種活死人的狀態。既然你很肯定夏逢泉已經沒救了，倒不如讓西熙親眼看著他死去，讓她死心。再說，這是在你的地盤上，我們怎麼也跑不遠，對此，你大可以放心。」

游一誠暗自衡量了一下此刻雙方力量的對比，覺得硬碰硬確實不是上策，再加上慕容品說得也有道理，便點頭答應。於是，慕容品趕緊帶著夏逢泉和葉西熙來到一家熟悉的醫院。葉西熙一直陪在夏逢泉身邊，一直握著他的手。雖然不願承認，但她明顯感覺到夏逢泉的身體漸漸變涼。這家醫院的醫生全是慕容品家族的人，熟知狼人習性，因此能省去解釋，更不會引起騷亂。

抵達醫院時，夏逢泉的心跳已經漸漸轉弱，身體也開始慢慢轉變成狼形。葉西熙整個人瑟瑟發抖，她知道，這是狼人瀕死的特徵。夏逢泉……要死了。

醫生將夏逢泉推進手術室，葉西熙呆木著臉，也要進去。但慕容品攔住她：「別去。」葉西熙輕聲問道：「我不會搗亂的，我只想靜靜待在角落裡陪著他。慕容，如果換成是徐媛在裡面，你也會和我一樣的，不是嗎？」慕容品無法否認，沒錯，換做是徐媛，他也會和葉西熙做出同樣的舉動。於是，他放手了。

葉西熙換上無菌衣，走了進去。就像承諾過的那樣，她只是安靜地站在角落，看著一切。夏逢泉的臉上罩著氧氣罩，身體插了許多小管子，而一旁心電圖監測儀上那條生命線則越來越微弱。每位醫生護士都在忙碌著，緊張而無用地忙碌著。葉西熙呆木著一張臉，靜靜地看著，彷彿房間裡發生的一切與她無關。不知過了多久，她看見心電圖監測儀上的線再沒有跳動，她看見所有的醫生都停止了搶救，她看見主治醫生遺憾地對自己搖了搖頭。她還看見，夏逢泉已經完全變成了狼形。和她的母親一樣，夏逢泉緊閉著眼，再不會醒來。葉西熙耳邊忽然不斷浮現夏逢泉以前說過的話——

「笨蛋。」

「記住，我叫夏逢泉。」

「看不出來，妳的身材還不錯。」

「葉西熙，給我記住，妳欠我一條內褲。」

「如果以後妳再敢躲我，我就把妳關在這裡，讓我們倆待上一整天。」
「跟我結婚，就像每天早上端咖啡給我那樣，雖然不情願，但最終妳還是得做。」
「我可是一直在等妳的雙腿纏上我腰的那天。」
「今晚，游江南沒有吻到妳，而我卻吻了妳三次。依照現在的情況看來，妳嫁給我的機會可是比嫁給他要高……一點點了。」
「別人怎樣，我不知道。但我和妳既然已經訂了婚，就一定會結成婚……誰也阻止不了。」
「別白費力氣了，妳不可能從我手心裡逃出去的。」
「葉西熙，妳永遠都是我的，永遠都是，除非我死。」
隔了很久，葉西熙感覺到臉上涼涼的，伸手一摸，全是淚。爲什麼要哭呢？她惘惘地問自己。爲什麼要哭？夏逢泉又沒有死，他還活著。既然如此，爲什麼她要哭？
葉西熙慢慢走到夏逢泉身邊，輕輕摸著他的臉頰。冷的。他的毛不再暖和，變得冰冷。葉西熙感覺喉嚨像被什麼哽住，痛得不能自已。一股從未有過的悲慟襲擊了她的全身，她再也無法忍受，趴在夏逢泉身上，慟哭起來：「夏逢泉，你快醒過來，我不要你死！我發誓，以後一定會待在你身邊，哪裡也不去。我會聽你的話，不會再惹你生氣。求求你醒過來，求求你！」
她的聲音是沙啞的、千瘡百孔的，在手術室中迴響著。她的心痛得像被一隻大手狠狠捏住，喘不過氣來。她的眼睛模糊成一片，淚水怎麼也擦不乾淨。她的所有力氣已經被抽乾，蹲在地上，再也站不起來——那個夏逢泉，那個霸道的夏逢泉，那個強勢的夏逢泉，那個大男人主義的夏逢泉，那個比誰都愛自己的夏逢泉，再也不會回來了。

「西熙，西熙！」渾渾噩噩之中，葉西熙忽然感覺到有人將她拉離夏逢泉。她像瘋了一樣推開那個人。她不會離開夏逢泉，她要陪在他身邊。她緊緊地抱著夏逢泉的身體，毫不鬆手。「葉西熙！如果想要逢泉沒事，妳就給我清醒點！」一個聲音穿透了迷霧，瞬間進入她的腦海。她想，她想要夏逢泉活著！葉西熙回過神來，這才發現夏虛元不知何時已經站在自己面前。

夏虛元快速說道：「西熙，妳仔細聽著，逢泉的心臟才剛停止跳動三分鐘，只要妳換血給他，改變他的體質，或許他的心臟就能重新跳動。」葉西熙先是呆愣，隔了一會兒，猛地站起來：「還愣著幹嘛？快換啊！」夏虛元耐心地解釋道：「可是因爲你們身體的體積相差太大，那就意味，妳必須將全身的血換給他才行。雖然妳是不死之身，造血速度也比常人快，但這麼大的失血量一定會對妳的身體造成嚴重損傷，妳想清楚了……」葉西熙深深吸口氣，打斷他的話：「夏虛元，你再敢多說一句這樣的廢話，我就把你給閹了，然後把你家小弟弟混著千年人參熬成湯讓你灌下去！你管我哪裡會損傷，先把夏逢泉給我救回來！」

這是夏虛元人生中第N次被威脅，但他也不得不承認，這是最讓他毛骨悚然的一次威脅。於是，所有的設備全都快速地準備妥當。葉西熙就躺在夏逢泉身邊，看著那條連接自己和夏逢泉身體的管線，裡面，暗紅的血液流動著。可是，夏逢泉沒有動靜。

葉西熙焦急地問道：「這麼做的成功率有多高？」夏盧元緩緩說道：「以前從未有過先例，我什麼都不能保證。」葉西熙低頭，看著夏逢泉，眼中閃過一道堅定而溫柔的光：「一定會成功的，畢竟……他可是夏逢泉啊。」時間一分一秒地過去，葉西熙的臉蒼白得嚇人，嘴唇也毫無血色。她感覺到自己的頭很暈，可是仍咬牙堅持著。

慕容品看著她，有點擔心，悄悄地問夏盧元：「要不要先讓西熙休息一下？我看她都快不行了。」夏盧元微微一笑：「好啊，你去。」慕容品點點頭，走了過去，不一會兒，又臉色慘白地回來。夏盧元問：「她是不是也要替你家小弟弟混著千年人參燉湯？」慕容品點點頭，打了個寒噤。在那瞬間，兩人有個同樣的想法——在夏逢泉醒來之前，除非吃了豹子膽，否則千萬別跟葉西熙說一句話。

葉西熙躺在手術檯上，看著頭頂的無影燈，燈光惶惶的。她感覺整個世界都在旋轉。她渾身冰涼，是種徹骨的、乾枯的冰涼。她的眼前已經漸漸發黑，她就要暈過去了。葉西熙不允許這種事情發生，她明白，如果自己暈倒，夏盧元和慕容品便會阻止這場輸血。她不能放棄，這是唯一的希望。身邊的夏逢泉依舊沒有動靜。葉西熙慢慢將手伸過去，握住他的爪子。他的爪子是尖銳的，但葉西熙一點也不害怕，她緊緊地握住。

爲了不讓自己昏睡，葉西熙開始回憶自己與夏逢泉之間的事情。從認識第一天開始，一件件仔細地回憶著。她發現，自己和夏逢泉相處時，大部分的時間都在爭吵。她還發現，就在不久前，自己還把夏逢泉當成欲除之而後快的惡魔。她同時也發現，自己已經深深愛上他了。所以，她絕對不會讓他死去。

燈光開始變得模糊，葉西熙的意識也逐漸變得模糊。耳畔的嗡鳴聲越來越大，周圍彷彿有很多白色的人影在晃動。她的眼皮越來越重，漸漸變得恍惚起來。她輕輕地問自己，不是出來買藥嗎？爲什麼會躺在這裡？夏逢泉還在旅館裡等她，不能讓他擔心，她要起來，她要起來，她要……葉西熙陷入了昏迷，而她那握住夏逢泉的手也鬆開了。

葉西熙醒來時，發現自己在另一個病房中。滿眼的白色。在那瞬間，她有一絲恍惚，像是剛投胎轉世般混沌。但僅僅過了一秒鐘，腦海中忽然浮現一個名字——夏逢泉！葉西熙忽地翻身而起，速度太快，頭發昏，身子無法保持平衡，竟摔倒在地。一旁的夏虛元趕緊扶起她：「妳失血過多，身體很虛弱，需要靜養。」葉西熙緊緊抓住他的手臂，聲音微弱而焦急：「夏逢泉呢？夏逢泉他……他醒過來了是不是？他醒過來了是不是？」夏虛元看著她，緩緩地搖搖頭。

葉西熙只覺一陣天昏地暗，心臟有種說不出的漲痛，她想哭，可是卻流不出淚來。夏逢泉還是去了，他還是離開自己了。騙子，騙子，騙子。他這個騙子，不是常常說要關她一輩子嗎？一輩子還有那麼長，爲什麼就拋下她不管了。葉西熙一把扯下手腕上的點滴管，血慢慢流出，可是她沒感覺到任何一點疼痛。她整個人空空茫茫的。她要去見他，她要去見他。

在夏虛元的攙扶下，她來到了夏逢泉所在的房間。葉西熙站在門口，手握著門把，忽然不敢進入。她害怕看見他冰冷的屍體，害怕這冰涼而殘酷的事實。可是，夏逢泉會孤單的。他一個人躺在那裡，會孤單的。葉西熙轉動了把手，她的手是顫抖的。門緩緩打開，她看見了——夏逢泉緊閉著眼睛，躺在病床上。葉西熙呆住，不是因爲悲傷，而是因爲——夏逢泉已經變回人形，身邊的心電圖監測儀也顯示出他均勻而平穩的心跳。葉西熙使勁地閉上眼，再睜開，再閉上，再睜開，這樣重複重複再重複，所看見的一切還是沒有改變。不是幻覺，是眞的！

葉西熙還是不敢相信自己的眼睛，她需要別人親口告訴自己：「夏虛元，你不是說，夏逢泉已經死了？」夏虛元輕輕否認：「我沒說。我之所以搖頭，是因爲他暫時還沒醒過來。」葉西熙：「……」

無論如何，夏逢泉是活著的，而葉西熙也活了過來。她走到夏逢泉的床前，坐下，俯下身子，躺在他身邊。她依偎著他。經過了失去，她才明白夏逢泉對自己有多重要。她愛著他，就像他愛自己那樣深。夏逢泉的身體是暖的……葉西熙微笑著。神經總算不再緊繃，徹底放鬆了，疲倦和虛弱如潮水般向她湧來，葉西熙閉上眼，開始打盹。迷迷糊糊間，她聽見有人在爭執，聽見一陣急促的腳步聲，還聽見有人慢慢朝自己走來。她費力地睜開眼，看見了游一誠。他看著她，眉宇間有種她從未見過的神色：「妳……看起來，臉色很差。」葉西熙撐起身子，直直地回視著他。

慕容品趕了過來，警戒地說道：「游先生，我們的人也在這裡，請你別輕舉妄動。」游一誠緩緩說道：「這是在義大利，只要你們在這裡一天，就鬥不過我。我既然敢殺夏逢泉，也不會在乎多殺他一次。」葉西熙沒有說話，只是靜靜地看著他。慕容品也沉默了。游一誠說得沒錯，強龍敵不過地頭蛇，即使夏家再厲害，在義大利的勢力無論如何也比不上游一誠。昨天游一誠放過他們，也是一時情勢所迫。今天，他們恐怕沒有這麼幸運了。

游一誠柔聲道：「西熙，如果妳乖乖跟我回去，這次我便放過夏逢泉。」葉西熙站了起來，她的臉依舊蒼白，毫無血色。慕容品有點焦急，沉聲道：「西熙，妳想清楚。」葉西熙看著游一誠，道：「我可以單獨跟你說句話嗎？」游一誠微笑：「多少句都行。」葉西熙帶著游一誠，越過他的眾多手下，來到隔壁病房，牢牢地鎖上門，然後，轉身。

游一誠走近她，伸手撫摸她的臉：「才不過一天，妳就瘦了這麼多。」葉西熙微笑著，那是一種非常怪異的微笑。游一誠忽然覺得哪裡不太對勁，可是他沒有時間猜測了，因為就在下一秒鐘，葉西熙用膝蓋狠狠撞擊他的下身。葉西熙速度之快，游一誠根本沒提防到虛弱得像隨時都會暈倒的她，會有這麼大的力氣。那是一種恨之入骨的踢法。

游一誠大意了，同時，他也遭殃了。男人的分身是他們的驕傲，也是他們最脆弱之處。再強大的男人，也會因它而倒下。游一誠也不例外。一股劇痛襲擊了他的全身，額頭滲出了密密麻麻的冷汗，雙腳是癱軟的，險些站不起來。此刻的他已經沒有了防護能力。葉西熙同樣知道這一點，沒有任何停頓，她用盡全身力氣向他揮出一拳。游一誠被她打倒在地，嘴角滲出了血。葉西熙的手指也因這一拳而青腫。

游一誠試圖阻止她：「葉西熙，妳……」可是葉西熙甚至不給他任何說話的機會，她揪住他的衣領，將他從地上抓了起來。她的眼睛在冒火，她的力氣大得嚇人。又是一拳，葉西熙擊打在游一誠的小腹上。游一誠悶哼一聲，重新倒在地上。他從沒想過，會被一個女人毒打，而自己卻毫無招架之力；連這樣的噩夢也不曾做過。葉西熙一拳一拳地打著他，將他當成一個沙袋，徹底宣洩著自己的怒火，自己的害怕。她彷彿已經失去理智，已經陷入了瘋狂。葉西熙也記不清楚自己究竟打了游一誠多少拳。直到全身最後一絲力氣用盡，她才住了手。

此刻，她的呼吸是微弱的，但她的聲音卻比任何時候都清晰：「游一誠，如果你再敢動夏逢泉一根寒毛，我會把你的肉一塊塊咬下來……如果夏逢泉死了，我會心甘情願成為造血機器，游斯人也好，游子緯也好，只要誰能殺了你，我寧願一輩子當他的造血機器……給我聽清楚了，我葉西熙的男人，誰也不能動！」說完，不再看他一眼，轉身開門，走了出去。

游一誠的手下見首領受傷，趕緊擁入房間。

葉西熙則朝夏逢泉所在的病房走去，但就在門口處，她精疲力竭地暈了過去。黑暗，漫天漫地的黑暗。但葉西熙並不感到害怕，她閉著眼睛，安詳地睡著了。

她覺得暖和，一種讓人安心的暖和包裹著自己。那種感覺很安全、很熟悉，就和從前每次夏逢泉抱著自己時那樣。夏逢泉……夏逢泉！葉西熙猛地睜開眼。那雙清澈的眼裡，映著一個人。古銅色的皮膚，俊挺的臉孔，精壯的胸膛，還有那雙漆黑深情的眸子。是他，真的是他！葉西熙忽然撲進夏逢泉的懷中，發出一陣驚天動地的哭聲。委屈、害怕、欣慰、喜悅……各種各樣的情感全都融合在這哭聲之中，她盡情地發洩著。夏逢泉醒了，他終於沒事了，他又可以霸道地罵自己是笨蛋，又可以不斷地惹自己生氣了。夏逢泉輕輕撫摸著葉西熙的頭髮，任她在自己懷中哭泣。只有他能明白，在這一天之中，她經歷了些什麼。

病房外的慕容品看著這一場景，深有感觸：「果然是一物降一物，那麼厲害的葉西熙，居然在夏逢泉面前乖得像小貓一樣。」夏虛元回想了一下游一誠被抬出來時鼻青臉腫的樣子，深深贊同。女人，果然是種奇怪的生物。老虎和貓的性格，在她們的體內融合著。

慕容品意味深長地說道：「凡事果然要有比較，比起西熙，我家徐媛還是挺溫柔的。」在這剎那，他對於前妻，也就是自己孩子的母親，感到無比滿足。夏虛元淺淺一笑，腦海中忽然浮現出一道身影：「比起某人，葉西熙還是挺溫柔的。」慕容品疑惑：「某人？」夏虛元繼續微笑：「沒錯，某人。」慕容品看見，在那瞬間，夏虛元的眼中有絲不一樣的東西。

Chapter Nine

第九章

病房中，葉西熙正窩在夏逢泉的懷裡抽泣著。夏逢泉一直輕輕撫摸著她的頭髮，他的手指帶著溫柔的眷念。

葉西熙吸吸鼻子：「夏逢泉，今後子彈來時，你不准再推開我了……我根本就不會死，可是你不一樣，明白了嗎？」夏逢泉柔聲道：「不可能。」葉西熙抬起頭來，氣呼呼地看著他：「什麼！夏逢泉，你一醒來就要惹我生氣是不是？」夏逢泉輕笑著，重新將她攬入自己懷中：「當危險來時，推開自己的女人，那是一種本能……就像妳不顧勸阻輸血給我一樣，都是我們的本能。」葉西熙輕輕挨在他的胸口，聽著那平緩均勻的心跳聲，似乎有點明白了。

夏逢泉問：「妳的身體怎麼樣了？」葉西熙不想讓他擔心：「沒什麼，只要回去喝點湯補一下就好了。」夏逢泉用臉摩挲著她柔軟的髮：「西熙，我不會再離開妳。」聞言，葉西熙的眼睛又濕潤起來。他明白的，夏逢泉是明白的。他輕輕地抬起她的下巴，低頭，吻了上去。他的舌緩慢地在她口腔中徘徊。他緊緊地摟住她，彷彿要把她揉進自己的身體裡。他要用這個吻來確定彼此。這個吻綿長而激烈，彷彿吸去了葉西熙所有的氧氣。不是彷彿……是真的。葉西熙感覺呼吸漸漸困難，她眼前一黑，暈了過去。

夏逢泉正吻得起勁，卻察覺到葉西熙沒了互動，正要責怪她偷懶，卻發現這女人……居然暈了。他趕緊按鈴。夏虛元走進來查看了一下，輕描淡寫地說道：「她一次性失血過多，這是後遺症。做過於激烈的運動時，可能會暫時暈厥過去。」夏逢泉沉了一下眼睛：「以後都會這樣？」夏虛元的眼睛慢慢一眨：「會有很長一段時間都是這樣。也就是說，以後無論是接吻，還是上床，你都要學會節制了。」看著夏逢泉黑如鍋底的臉，夏虛元明白，現在的他，真的情願沒活過來。

見夏逢泉已脫離了生命危險，一行人便決定離開。但實在是不容易，畢竟夏家的勢力在義大利的影響力不大。慕容品這次來，也是打算神不知鬼不覺地將他們運走，唯有這樣，才可能成功。可是發生了這些事，他們所有的人都暴露在游一誠的眼皮底下，要離開，簡直比登天還難。

這天，幾人正在商討方案，游一誠的手下卻來了，禮貌地請葉西熙去一趟古堡。而葉西熙仔細思考後，竟答應了。這幾天因禁慾過度而脾氣暴躁的夏逢泉，堅決反對著：「我不准許。我自己都要沒得吃了，怎麼可能再送妳去給游一誠吃？」慕容品勸道：「放心，游一誠的男性功能可能到現在都還沒恢復過來。」夏逢泉依舊摟住葉西熙的腰：「總之，她一個人去太危險。」葉西熙大叫：「夏逢泉，我又要喘不過氣來了。」夏逢泉趕緊放手。

葉西熙轉過身來，看著他：「如果他眞的對我有企圖，大可以把我抓去，用不著這麼有君子風範啊。」夏逢泉冷哼一聲：「那個人，城府夠深，你根本猜不到他在想什麼。」葉西熙微微歎口氣：「其實，游一誠並不是什麼壞人。」夏逢泉的眼睛危險地一瞇……這女人，居然開始爲游一誠說起好話來了？難道是對他有了好感？看來不懲罰一下她是不行了。正在思考懲罰方式，卻聽葉西熙繼續說道：「他不過是神經有點不正常，加上輕微變態，加上父母基因異樣，加上教養方式不當，加上……」夏逢泉的臉色緩和下來。算了，是自己誤會了。

根本不知道自己剛躲過一場浩劫的葉西熙，誠懇地總結道：「總之，游一誠眞的不算是什麼壞人。」夏盧元微笑：「西熙，妳眞會罵人。」葉西熙：「我沒有罵人啊。」慕容品點頭：「西熙，妳要不要攻讀一下法律，口才不錯。」葉西熙：「我眞的沒有罵他。」夏逢泉勾起嘴角：「我早說過，她嘴巴可厲害了。」葉西熙：「我眞的眞的不是在罵他！」（正在古堡中休養的游一誠：「哈啾！哈啾！哈啾！誰在罵我？」）

最終，葉西熙還是說服了夏逢泉，讓她去古堡見游一誠。但條件是，夏逢泉他們一行在古堡外面等候，一個小時內，她沒有出來，他們便衝進去和游一誠魚死網破。聞言，葉西熙打了個寒噤……可千萬不要誤傷到她啊。夏逢泉重複重複再重複地叮囑了好幾遍之後，葉西熙才得以被放行。這個夏逢泉，也不知道是因爲換了她的血，還是禁慾過度，總之，這幾天囉嗦得很。

葉西熙正在心中抱怨著，卻聽見一道凌厲的風聲在她背後響起。她趕緊下意識地閃到一旁，躲過了重重一鞭子。這麼一動，又開始頭昏眼花了。葉西熙扶住牆面，看清了那個襲擊自己的人——一臉冰霜的胡安妮。葉西熙微惱：「我是應妳兒子邀請才來的。阿姨，妳太不懂待客之道了。」摸摸腦袋，完蛋，世界又在旋轉了。胡安妮怒不可遏：「妳妳妳這個死丫頭，一誠我都沒捨得打過，妳居然敢下這麼重的手！今天我就把妳的皮剝下來，替一誠報仇！」說完，又是一鞭子抽過來。

葉西熙一矮身，鞭子抽在桌邊，上面立即顯出一道深深的印記。葉西熙心中一涼，看來這女人今天是眞的要自己的命啊！糟糕，偏偏現在頭又暈了，看來只能軟語相向。葉西熙跑到牆角，誠懇地說道：「阿姨，我明白妳的心情，自己生的自己都沒打，就被別人打了，肯定不服氣。這樣吧，妳也去把游一誠打一頓，這樣就不會嘔氣了。」胡安妮眼角抽搐：「我幹嘛沒事打自己的兒子？」葉西熙擺擺手指：「阿姨，這就是妳教育上的失誤了，黃金棍下出好人，就是因爲妳從不打游一誠，所以造成游一誠現在這麼人神共憤到討打的地步。所以，他被我打，妳也要負一半的責任。」胡安妮的額角青筋炸開：「我！要！殺！了！妳！」說完，便殺氣騰騰地向葉西熙衝來。

葉西熙勸道：「阿姨妳別生氣，生氣很容易長皺紋的，難道妳沒發現自己最近已經老了很多嗎？」胡安妮開始雙眼冒火：「把她給我抓住！」兩名小山似的女傭不知從什麼地方冒了出來，擋住葉西熙的去路。葉西熙心中咯噔一聲，響得驚天動地。這下糟糕了！回頭，看見胡安妮拿著鞭子，冷笑著朝自己走來。葉西熙深深吸口氣，對著窗外大喊道：「夏逢泉，快來魚死網破啊！」話音剛落，只聽見一個聲音輕笑道：「怎麼捨近求遠呢？明明我也可以救妳的。」葉西熙轉頭，看見了樓梯上的游一誠。他淺淺一笑，那張臉瞬間開始發出淡淡的光，不可否認的帥。葉西熙搖搖頭，暗自唸道：「不能被美色所騙，不能被美色所騙，這年頭，狐狸精都是美女，人渣都是帥哥。」胡安妮憤怒已極：「一誠，別跟她廢話，今天媽幫你報仇！」說著便來到葉西熙面前，鞭子朝她狠狠抽去。

葉西熙雙手抱頭，下意識蹲在地上。又要受皮肉之苦了。但等待了許久，鞭子卻遲遲沒有落在自己身上，葉西熙抬頭一看，發現游一誠不知何時已站在自己面前，徒手幫她接住了那一鞭子。游一誠意味深長地看著母親：「媽，妳恐怕也是在爲自己報仇吧。」胡安妮的眼神游移了一下，清清嗓子：「反正這丫頭，跟誰都會結怨。」胡說八道！葉西熙在心中吶喊，自己明明在狼人堆中混得風生水起的，誰不爭著要她……的血。游一誠勸道：「媽，之前西熙住在這裡時，妳也把她修理得夠了，這次算打平。」胡安妮哼了一聲，不說話，但看得出態度已經稍稍緩和。

游一誠看著葉西熙，一雙眼睛眨巴眨巴著充滿誠懇的光：「西熙，到我房間去吧，我想單獨和妳說兩句話。」葉西熙猶疑：「這傢伙的演技一向很不錯，別看現在清純無害得像隻雄性小白兔，等會兒進了房間，關上門，說不定就惡狼撲食了。」正猶豫間，忽然看見胡安妮的鞭子又開始蠢蠢欲動，趕緊撒腿跟著游一誠往樓上跑，直接衝進他房間。

游一誠將門輕輕鎖上——「啈噠」一聲，葉西熙渾身寒毛豎起，警覺心大盛。游一誠笑著爲兩人倒了酒，走過去，遞給她。葉西熙卻不接。游一誠勾勾嘴角：「妳幹嘛這麼看著我！好像我要吃了妳一樣。怎麼，擔心我下藥？」葉西熙坦白：「沒錯。你有前科，不可不防。」游一誠也不勉強，只是笑笑。葉西熙坐在床上，仔細盯著他的臉看。游一誠好奇：「幹嘛呀？」葉西熙嘖嘖稱奇：「傷口怎麼全好了？」心想，怎麼連一丁點疤痕都沒留下，早知道當初下手再重一點。

游一誠揚揚眉毛：「聽妳的聲音，好像很失落呢。」葉西熙聳聳肩：「那當然，我今天之所以來，有很大一部分原因就是想看看你鼻青臉腫的樣子。結果你居然一聲不響地就把傷給養好了，我多沒成就感。再說，你把我們家夏逢泉的胸口弄了個傷疤，你卻什麼事也沒有，不公平。」想起夏逢泉那精壯性感、足可媲美雜誌男模的古銅色胸肌上，從此多了道疤痕，不禁覺得掃興。

游一誠在她身邊坐下，他的重量讓柔軟的床往下陷了陷。游一誠深邃的眼睛牢牢地鎖住她：「如果妳留在我身邊，隨時可以打我出氣。」葉西熙先是震驚，接著是疑惑，最後是了然。她長歎口氣，拍拍游一誠的肩膀：「難怪你的思維和常人不一樣，原來是從小遭到你母親的虐待……孩子，苦了你了。」游一誠皺眉：「妳從哪裡看出我媽虐待我的？」葉西熙眼中精光一閃：「別想瞞我了。從剛才你一直求我扁你的舉動看來，你絕對是被虐狂。」游一誠：「……」葉西熙不無憐憫地道：「從你媽媽拿鞭子的熟練程度看來，她絕對是ＳＭ的愛好者，是虐待狂。」游一誠：「……」葉西熙繼續嘆息：「所以，你一定是從小被她往死裡虐待，才會變成今天這個樣子的。我早就對夏逢泉他們說過，你之所以變態是有深層原因的，他們居然還不相信。」游一誠：「……」

頭痛地揉了揉自己的太陽穴，游一誠終於緩過氣來，道：「其實，我剛才那番話的意思是，如果妳留下來，我可以為妳做任何事情。」聞言，葉西熙像觸電般跳了起來，退到窗口，微瞇起眼：「我就知道你不安好心，一開始故意和你媽媽串通，上演一場英雄救美的戲……好，我承認那個『美』字有待商榷……總之，你故意先讓我對你起了感激之心，然後又在酒裡下藥，打算霸王硬上弓，只可惜我沒中計。現在，你又擺出一副深情模樣想花言巧語地誘惑我……我問你，下一步還想幹嘛？」

游一誠雙腿交疊，隻手拿著酒杯，輕輕搖晃著。琥珀色的液體在玻璃杯中蕩漾，泛起圈圈漣漪。陽光下，游一誠的眼珠也顯出了透明的琥珀色，他緩緩說道：「我沒有，這次，我並不打算用其他的手段。」不知是因為他的話語，還是他的眼神，葉西熙竟相信了。一種直覺上的相信。葉西熙問：「那，你找我來是想幹嘛？」

游一誠起身，慢慢走到窗邊，在她身邊站定。他側著身子，光線在他臉上投下深深淺淺的陰影，煞是迷人。游一誠的聲音非常輕柔，如同吹入屋內的一陣輕風：「我只是想知道，夏逢泉能給妳的，我都能給妳，並且絕對不會像他那樣霸道與強勢，妳能擁有全然的自由。但為什麼，妳還是不願意留在我身邊？」葉西熙淡淡一笑：「因為夏逢泉愛我。」游一誠反駁：「我也愛妳。從來沒有其他女人像妳這樣讓我牽掛。」葉西熙緩緩說道：「不。也許這就是你愛人的方式，可是，我要的愛是你給不起的。」游一誠靜靜地問道：「那是什麼？妳需要的，是什麼？」

葉西熙抿抿嘴，看著遠處那輛車，雖然距離很遠，根本無法看清裡面的狀況，但她知道，那個人一直在：「我需要的，是夏逢泉給我的愛。」葉西熙眼中有著柔柔的笑意：「你知道嗎，夏逢泉好像從來沒親口說過他愛我，從來沒有。但是，他會爲了找我而到處奔波，他會爲了保護我而得罪其他家族，他會在明知我不會有生命危險的狀況下爲我擋下子彈，沒有任何猶豫……所以我知道，他是愛我的。」葉西熙轉過頭來，深深地看著游一誠：「而你是不一樣的。你常常說你愛我，比世界上任何人都愛我，可是我感覺不到，眞的，我感覺不到。我只知道你爲了要我嫁給你，爲了實現自己不切實際的願望，對阿寬開槍，讓我墜崖，還差點讓夏逢泉送命……這些事情，都會讓我痛苦一生……這種愛，我眞的不需要。」

游一誠抬起薄薄的眼瞼，他的眼睛此刻呈現出透明的琥珀色，他的碎髮輕輕地飄散著，他的唇緊緊地抿著。他的右肩傾靠在牆上，身子微微地斜著，顯出一種放鬆的姿態來，彷彿，已放下了什麼。他手中的酒，在陽光下發出一道道粼光。良久，他終於笑道：「其實，妳和夏逢泉是同一類人。」那個笑，如此雲淡風輕。葉西熙不解。游一誠問：「妳也從來沒在夏逢泉面前說過妳愛他，對嗎？」葉西熙想了想，不得不承認：「在他面前，我比較常說的是『我不愛你』。」游一誠輕輕閉了一下眼，黑色的睫毛在陽光下有瞬間的褪色：「你們從來不說愛對方，但你們在子彈射來時，卻會下意識地推開對方。當妳撲向夏逢泉那一刻，我是深受震盪的……我知道，妳永遠也不會爲我這麼做。」葉西熙笑著反問：「而你，也不會爲我擋下那顆子彈，不是嗎？」游一誠長歎口氣：「沒錯，我會猶豫。」

葉西熙試探地問道：「那麼，聽你的口氣，是願意放我和夏逢泉走了？」游一誠點點頭：「這幾天發生的事終於讓我明白，無論使用什麼方法，妳永遠不會留在我身邊。」葉西熙的嘴角正準備往上揚，卻聽他繼續說道，「不過，你們得答應我一個條件。」葉西熙膽顫心驚，她就知道游一誠不會輕易放過自己：「什麼條件？」果然，游一誠挑挑眼睛：「以後，我要你們把女兒嫁給我。」

葉西熙睜大雙眼：「什麼！」游一誠盤算著：「你們的子女很可能也會遺傳到妳的體質，所以，十多年後，說不定又有一名葉西熙。到時候，我要實行源氏計畫，讓她從小待在我身邊，把她培養成一個比妳更完美的女人。」葉西熙聽著這狀似恭維、實則混蛋的話，臉部抽筋了半分鐘之後，終於問道：「只要女兒嗎？兒子可不可以？」風水輪流轉，這回，輪到游一誠的臉部抽筋：「……」爲了自己和夏逢泉的安全，葉西熙決定出賣子女，當下和游一誠達成了協議。游一誠忍不住唉聲歎氣：「沒想到，我還是輸給夏逢泉了。」葉西熙趕緊拿出電視劇女主角對付炮灰男配角的經典臺詞：「別這麼說。你很好，眞的。」可是，游一誠根本不領情，聳聳肩，露出一副「本少爺帥氣多金，人見人愛，車見車載，天下人人皆知，還要妳說」的討打表情。

好，算她多事！眼看和夏逢泉約定的時間快到了，葉西熙不想引發流血事件，趕緊告辭。下樓時，胡安妮又搞偷襲，一陣雞飛狗跳之後，葉西熙落荒而逃。回到車子這邊，正好距她離開一個小時整。

葉西熙才剛走到車門前，便聽見坐在前排的夏虛元微笑道：「西熙，妳再不回來，逢泉可要殺進去了。」葉西熙正想說些什麼，夏逢泉卻一把將她拉進後座。葉西熙拍拍胸口：「夏逢泉，你想嚇死我啊！」夏逢泉眼睛一沉，對前排的慕容品和夏虛元命令道：「不准回頭！」前面兩位男士知道他正處於情緒激動之中，害怕被波及，忙依言照做。

然後，夏逢泉開始查看葉西熙的頸脖、手臂、嘴唇，甚至還伸手到她內衣裡探索了一番，發現沒什麼異樣，這才罷手。葉西熙捏住自己的衣領，瞪著他：「夏逢泉，你幹嘛！」夏逢泉氣定神閒地回答：「檢查游一誠有沒有做什麼不該做的事情。」接著，又若無其事地問道，「他找妳去幹嘛？」這傢伙還眞會轉移話題，葉西熙咬牙道：「他說，願意放我們回去。」坐在前排的夏虛元開始煽風點火：「游一誠會這麼好心？西熙，難道妳給了他什麼甜頭？」看著夏逢泉驟然冰凍的眼神，葉西熙趕緊否認：「當然沒有！」慕容品問：「那他怎麼會這麼輕易地答應放過我們？」葉西熙得意地挑挑眉毛：「我曉之以情，動之以拳腳，三下五除二就把他給征服了。」可是夏逢泉不吃這套，整個人的溫度驟然降低。

葉西熙只得說實話：「我把女兒賣給他當老婆了。」夏逢泉開始變身成高性能冰箱，冷氣刷刷地直往她身上撲：「葉西熙，妳再說一遍。」葉西熙決定爲自己辯解：「我原本是想給他兒子的，可是人家不要。」夏逢泉：「……」葉西熙小心翼翼地說道：「我辛辛苦苦地把女兒給拉出來，她報答一下我們也是理所當然的啊。」想起夏徐媛以及自己未出世的孩子，慕容品覺得這個問題和自己切身利益相關，便幫腔道：「西熙，提醒一句，無論從法律角度還是生理角度，孩子應該是屬於父母雙方的。」葉西熙微瞇起眼：「我也提醒一句，你們男人只是趁著解決生理需求的同時，舒服地放進一些小蝌蚪，接著就看著我們女人忍受十個月的痛苦，然後拉出一個跟暴飲暴食的苦大仇深差不多大的東西，最後你們還好意思來說孩子是一人一半？」慕容品：「舒服地……小蝌蚪？」夏虛元：「拉？」夏逢泉：「暴飲暴食的苦大仇深？」葉西熙輕哼一聲，轉向車窗外。

慕容品開始發動車子前進，古堡的風景漸漸遠去。

陽光穠麗，遠山嫵媚。樹林中彷彿籠罩著一層綠雲，鬱鬱蔥蔥，格外秀麗。遠處的湖泊安靜地流淌著，承載著千年的歷史。一切的一切，美不勝收。葉西熙將頭輕輕靠在車窗玻璃上，那上面映出她淡淡的影子，還有嘴角淡淡的微笑。可是，這些都不是她想要的，她想要的，就在自己身邊，永永遠遠。

由於擔心游一誠出爾反爾，他們一行人不敢冒險再多停留一分鐘，立即搭專機離開。

在飛機上，葉西熙將事情原原本本告訴了夏逢泉。葉西熙伸個懶腰：「游一誠最後對於輸給你感到耿耿於懷。不過，放心吧，他已經完全放棄我了。現在，終於可以安安心心地睡上一覺。」夏逢泉一手放在座位的扶手上，枕著頭靜靜地看著她，眼中帶著戲謔：「其實，游一誠只是因爲得不到，才對妳如此著迷，如果妳眞的從了，他一定會退貨。」葉西熙不爽：「我有這麼差嗎？游一誠還誇我是最完美的女人呢！」夏逢泉聳聳肩：「妳也說了，他神經有點不正常。」

葉西熙不服氣：「我哪裡做得不好了？」夏逢泉一條條地數落著：「不愛乾淨，粗心大意，動作粗魯，更重要的是，做爲一個女人，妳太懶了。」葉西熙極力反駁：「我哪裡懶了？我在家時整天都幫阿寬打掃屋子、做飯、洗衣，我哪裡懶了？」夏逢泉斜覷著她，一字一句地說道：「妳在床上根本動都不動，就我一個人唱獨角戲。」葉西熙徹底無言：「我不動你都能折騰這麼久，我動了，你還不要了我的命？」夏逢泉微笑：「妳又沒試過，怎麼知道？說不定會很享受呢！」

這時，旁邊的慕容品輕咳一聲：「在兩位繼續談論床第之事前，提醒一句，機艙裡不只你們兩個人。」葉西熙轉頭，這才發現兩名空姐正站在旁邊拚命忍笑。葉西熙羞愧得想不揹降落傘就跳下飛機。實在是太丟人了。

終於，又回到了夏家。看著那幢熟悉的別墅，葉西熙激動得小心肝怦怦亂跳。阿寬、徐媛、苦大仇深，我葉西熙又回來了！

剛走進大門，就看見苦大仇深邁著四隻小肥腿，呼哧呼哧喘著氣朝自己狂奔而來。葉西熙感動得稀里嘩啦的，果然不枉把牠養這麼大啊。葉西熙蹲下身子，張開雙臂，準備抱住牠來個擁吻。但是苦大仇深跑到她面前時，居然一轉彎，直奔到夏逢泉身邊，諂媚地聞著他的褲腳，尾巴搖得像飛行中的直升機螺旋槳。葉西熙震驚得像被雷打過：「搞錯沒，我才是你的主人啊！苦大仇深，你怎麼能移情別戀？」苦大仇深的尾巴繼續搖得溜溜轉，裝作沒聽見。

葉西熙深深吸口氣，決定不跟狗計較，直接跑進屋子享受徐媛和阿寬的歡迎。而且還提前準備好一瓶眼藥水，等會兒他們擁著自己時，可以配合氣氛，灑點淚水。但進屋後才發現氣氛一點也不熱烈，徐媛挺著個大肚子從樓梯上下來，輕描淡寫地說了句：「西熙，妳回來了！欸，買了什麼義大利名產沒？」葉西熙的身子晃了晃，忙撐住椅子，以免自己倒下。算了，徐媛正懷著孩子，一口氧氣兩人分，腦部血流量不足，別跟她計較。

這時，阿寬繫著圍裙、拿著鍋鏟從廚房跑了出來，看見她，激動不已：「西熙，妳終於回來了！」還是阿寬好！葉西熙感動得熱淚盈眶，才正想衝上去擁抱阿寬，卻聽見他老淚縱橫地說道，「西熙，回來就好，終於有人可以幫我煮飯、洗衣、收拾房間、替苦大仇深打掃糞便了。」

葉西熙縱有再好再寬厚的承受能力也撐不住了，於是，她徹底倒地不起。幾分鐘後，顫抖著手指爬起來，她忍不住罵道：「苦大仇深不幸投胎成低智商生物，條件所迫，沒有人性也就算了。可是你們倆怎麼能這麼冷血呢？我好不容易才撿了條命回來，結果你們一點慰問也沒有，一個當我是出國旅遊，還找我要紀念品；一個當我是保母回歸，趕著要我掃糞便。你們自己說，這麼做，對嗎？」夏徐媛滿不在乎地翻著雜誌：「西熙，妳整天都被抓來抓去，我們早就習慣了。」阿寬幫腔：「西熙，看來妳的適應力還不夠強，跟我們多學點吧。」葉西熙：「……」

受打擊了，徹底受打擊了。葉西熙跑上樓，衝進自己的房間，把臉埋在枕頭中，長吁短歎。夏逢泉悄悄地來到她身邊，捏捏她的小腿：「怎麼了？」葉西熙的聲音無比哀怨：「原來我在家裡居然這麼微不足道，根本沒有人關心我。」夏逢泉聳聳肩：「我們家裡本來就沒有人，全是一群狼人。」葉西熙發出嗚咽的聲音：「連苦大仇深也不理我了。我發誓，這隻狗的性取向絕對有問題。」夏逢泉把她翻轉過來，專注地看著她：「前一段日子阿寬受傷，都是我在餵牠吃東西，牠當然對我比較親近……好了，別把頭蒙著，等會兒氧氣不夠，又暈倒了。難道我不是在關心妳？」

葉西熙坐起身子，不假思索地說道：「你不一樣啊。每晚都是我在陪你睡覺，你當然該關心。」夏逢泉把手放在她身子兩側，微微地靠近她，目光漸漸變得灼熱：「每晚？我記得，妳已經很久沒有陪我睡覺了。」葉西熙知道夏逢泉的狼性又復甦了，趕緊將身子往後移：「才幾天而已。」夏逢泉也隨著她的動作而移動，漸漸將她逼到床頭，他的聲音有種迷靡的誘惑：「對我而言，可是度日如年。」葉西熙咧開嘴角，擺出一副無害的笑容，然後頭一低，從夏逢泉的雙臂間鑽了出去。

她跑到門前，站定，轉身看著夏逢泉，眼中閃過一道得意的光：「夏虛元囑咐過的，如果你強迫我做過於激烈的運動，很可能會導致我暈倒。」夏逢泉將她剛趴過的枕頭慢慢拍鬆，微歎口氣：「算了。我今天去其他房間睡。」葉西熙訝異，眞沒想到夏逢泉這麼有人性：「眞的？」夏逢泉站起身，漆黑的眼眸中忽然滑過一道暗光：「當然是……假的。」說完，一個箭步上前，葉西熙一驚，連忙拉開門，淒厲地大喊一聲：「救！命！啊！」當「啊」字剛離開喉嚨，夏逢泉便打橫抱起了她，放回床上。房門，也隨即關上。

樓下客廳裡，正在觀看黃金八點檔的夏徐媛以及幫她削水果的慕容品，查看手術報告的夏虛元，還有在廚房中忙著熬湯的阿寬，全都抬起頭，異口同聲地說道：「又來了！」

葉西熙怒罵著：「夏逢泉，放開我，你太禽獸了！你連苦大仇深都不如啊你！你這個色狼，你這個靠下半身思考的動物，你這個……」罵到一半，忽然停了下來。因爲夏逢泉居然沒像過去那樣對她上下其手，而是安靜地攬住她的腰，像是……睡覺的姿勢。葉西熙小聲喚道：「夏逢泉。」夏逢泉回道：「嗯。」葉西熙輕問：「我們眞的只是睡覺嗎？」夏逢泉輕聲道：「放心。在妳身體還沒恢復之前，我不會強迫妳的。」葉西熙安下心來，轉過身，看著他。

夏逢泉閉著眼睛，此刻，他的臉是安靜的。輪廓分明，眼皮薄薄，鼻梁俊挺，還有那屁股下巴……簡直性感得一塌糊塗。葉西熙忍不住伸手撫摸他的臉，一圈又一圈，最後來到他的頸脖，用手指輕而緩地逗弄著。夏逢泉忽地睜開眼：「妳在幹嘛？」葉西熙道：「很舒服的，每次我這麼做，苦大仇深都很喜歡。」夏逢泉下了命令，並緊緊握住她的手：「睡覺！」

葉西熙別無辦法，只得閉上眼，乖乖睡覺。即使沒有變身成狼，夏逢泉的身體也是暖和的，葉西熙很自然地把臉埋在他的胸膛中。可是，兩人的身體挨近之後，葉西熙漸漸察覺到一絲不對勁。葉西熙喊：「夏逢泉。」夏逢泉回道：「嗯？」葉西熙忍住不笑：「你好像搭帳篷了。」夏逢泉快要發飆：「……給我睡覺！」

可是有這麼好玩的事情，葉西熙哪裡會放過呢？她將魔掌伸上了夏逢泉的胸膛，在那兩個小凸點上緩緩地摩挲著，果然不負她的期望，夏逢泉的小圖釘開始硬挺。葉西熙正得意地暗笑，夏逢泉卻忽然一個翻身，壓在她身上。他看著她，眼中閃著暗暗的火花，聲音也變得有點粗嘎，帶著情慾地說：「葉西熙，妳別惹火。」葉西熙趕緊喘氣：「你好重，我開始呼吸困難，頭也開始暈了。」夏逢泉低咒一聲，連忙放開她。

危險才剛解除，葉西熙又繼續對他上下其手。難怪「挑逗」這種帶有技術性的工作大家都搶著做，原來這麼有成就感。夏逢泉的聲音已經瀕臨崩潰邊緣：「葉西熙，如果不想被我掐死就趕緊住手。」千載難逢的機會，怎麼可能住手？葉西熙捏捏夏逢泉的胸肌，摸摸他的下巴，最後還拍拍他的屁股，果然一如既往的有彈性。夏逢泉的肌肉已經僵硬，只能硬生生躺在床上，任她娛樂。不過，心中已經發下毒誓，等這女人身體復原了，一定要把她重複重複再重複地姦姦姦。終於，看著夏逢泉已經被折磨得滿頭冷汗，葉西熙也非常有人性地住手了。

夏逢泉問道，聲音中帶著咬牙切齒的味道：「現在可以睡覺了嗎？」葉西熙輕輕一笑：「今天你不想做了嗎？」夏逢泉危險地瞇起眼睛：「葉西熙，妳還沒把我整夠？」葉西熙吹吹他的面頰，那股風帶著誘惑：「我是說真的。」夏逢泉堅守誓言：「我不會強迫妳。」葉西熙的眼睛很慢很慢地一瞇：「如果我自願呢？」夏逢泉專注地看著她：「妳不是很討厭做這種事嗎？」葉西熙重重地點著他的胸膛，一字一句清晰地說道：「我不討厭。我只是討厭你每次都強迫我。」夏逢泉抬起她小小的下巴，眼睛一挑：「妳不早說。」葉西熙聳聳肩：「你也沒關心過我的感受。」夏逢泉的聲音不自覺變得溫柔起來，像在喃喃自語：「那……妳的身體受得了嗎？」葉西熙垂下眼睛，小聲道：「應該是沒問題，只要你控制一下就可以。」夏逢泉沒再說話，他用行動爲自己代言。

他開始吻她，兩人的唇緊緊貼合著、摩挲著，感受著彼此唇的溫潤，品嘗著對方舌的甜美。夏逢泉的動作很溫柔，這個吻纏綿而深情，時而輕啄，時而舔吮，徹底勾起她的情慾。葉西熙的手勾住夏逢泉優美的頸脖，牢牢地攀附著他。兩人的身體親密貼合著，不留一點空隙。他們的皮膚是灼熱的，共同燃燒著激情的溫度。

夏逢泉的分身慢慢進入了葉西熙的體內，在她那溫潤緊窒的小徑內漲大，塡補了她的全部。那堅硬的炙熱讓她瘋狂，葉西熙的手指深深陷入夏逢泉的背脊，慾望的潮水在她體內決堤，她，潰不成軍。月光下，兩人的身體上有層細密的汗珠，閃爍著瑩潤的光澤。他不停地衝擊著，她享受般地接受著，他們互相纏繞著，在慾海中馳騁。他的速度漸漸加快，歡愉也越來越大，漸漸充滿她的身體，那種難以言喻的酥麻在她體內爆炸開來，葉西熙的頭腦忽然一片空白，然後……暈了過去。

夏逢泉瞬間像石像般僵硬。回過神來，趕緊簡單地幫葉西熙穿好衣服，自己則披了件浴衣衝到門外，叫來夏處元。

夏處元查看了一下房間旖旎的氣氛，立刻明白是怎麼回事，一邊爲葉西熙注射葡萄糖，一邊眼中含笑地說道：「恭喜你，你成功地把西熙給姦暈了。」夏逢泉慢慢解釋：「這次是你情我願，不是姦。」慕容品頗有深意地看著他：「逢泉，我們剛才明明聽見西熙在喊救命，別否認了。」阿寬痛心地搖搖頭：「逢泉，你太禽獸了。」夏徐媛咬了一口蘋果，咔嚓一聲：「簡直比慕容品還要人渣。」苦大仇深：「汪汪汪汪汪！」夏逢泉：「……」

葉西熙並不知道在她昏迷時，夏逢泉受到千夫所指，萬人唾棄。於是醒來後，她對夏逢泉的種種反常行徑感到非常不解。首先，這傢伙再也沒要過她，即使接吻，也總是小心翼翼，吻到一半，便要停下來檢查她是否還有呼吸，攪得興致都沒了。原以爲是他性慾低落，但每次半夜睡醒，葉西熙總會看見夏逢泉睜著一雙綠幽幽的狼眼深深看著自己，那眼神活像要撲過來將她生吞活剝似的，嚇得她瞌睡蟲全醒。還有就是，夏逢泉像神經搭錯了線，把自己和徐媛搞混，每天都要阿寬煮一大鍋營養豐富得能把死人補活的湯硬逼著她喝下去，彷彿是她懷孕似的。這不，才沒幾天，葉西熙引以爲傲的纖腰便裹了一層油，簡直比滿清十大酷刑還殘忍。

這天，葉西熙實在忍不住了，跟夏逢泉拍桌攤牌：「這些是什麼東西？又稠又臭，噁心死了，打死我也不喝了！」夏逢泉什麼話也沒說，只是定定地看著她，眼中又露出那種綠幽幽的光。葉西熙秉承不向黑暗勢力低頭的原則，毫不畏懼地與他對視，眼中也開始怒射紅光。於是，兩人紅一陣，綠一陣，從中間慢悠悠走過的苦大仇深還以爲自己來到馬路上遇見紅綠燈了！對峙了半分鐘後，葉西熙突然聽見玻璃破碎的聲音，低頭一看，嚇得魂飛魄散。夏逢泉居然硬生生捏碎了手中的水杯。葉西熙一個哆嗦，趕緊盛了滿滿一碗，仰脖，咕嚕咕嚕喝個碗底朝天。從此之後，她再不敢對喝湯的事情有什麼非議，就怕夏逢泉一個激動把自己的脖子給捏碎。而自從開始喝湯之後，她暈倒的次數確實變少了，總算是不幸中的大幸。

葉西熙繼續喝著讓她作嘔的湯，夏逢泉的眼睛繼續因禁慾而變綠，夏徐媛的肚子一天天變大，慕容品依舊賴在夏家，夏虛元則持續變態著，阿寬還是一如既往地囉嗦。日子就這麼平靜地過著，直到徐如靜再度出現。

她是被游斯人的得力助手任廣明護送來的。同時，任廣明還帶來一個令人震驚的消息——「游斯人被游子緯抓獲，生死不明。」據說，游斯人在夏逢泉他們去義大利這段時間，一直在跟游子緯廝鬥，雙方槍來彈往，勢同水火。但游子緯畢竟當了十多年的當家，勢力強大，昨天聯合了家族中的一些長老，設下計謀，抓住了游斯人。任廣明只得遵照游斯人先前的命令，將徐如靜送到夏家，希望能得到他們的庇護。

久別重逢，葉西熙自然高興，當即表示晚上要和如靜一起睡，好好聊天。聞言，夏逢泉的眼睛，更綠了。當天晚上，葉西熙霸占了大床，把臉比臭豆腐還臭的夏逢泉趕去其他房間睡。躺在床上，葉西熙激動地說著她們離別之後發生的事情，正講到興頭上，卻發現徐如靜似乎心事重重，不禁困惑：「如靜，好不容易脫離了游斯人的魔掌，妳應該高興才是。放心，夏家會保護妳的。」徐如靜躺在床上，看著天花板，一動也不動，隔了許久，她閉上了眼睛：「西熙，妳相信嗎？我居然……在爲游斯人擔心。」葉西熙驚愕：「妳……喜歡上他了？」

徐如靜側過身子，看著葉西熙。她的皮膚瑩潤依舊，在月光下更增一絲蒼白。她瘦了，下巴尖了許多，顯得柔弱。她的眼睛微微地蒙著一層霧氣，迷茫的霧氣，彷彿連自己也無法看透這一切。

徐如靜說：「我不知道。」葉西熙沉思片刻，微歎口氣：「說實話，連我都能喜歡上夏逢泉，妳和游斯人相處了這麼久，會對他有感情，也不是不可能。」徐如靜緩緩說道：「也許是依賴吧。父母死後，我在這個世界上已經沒有親人。只有他，每天和我在一起……就像是一種習慣……當時，這個世界對我來說已經空了，可是他一直抓緊我……以前的我或許會厭煩、會恐懼，但是在這種時候我卻感到安心，我會覺得，世界上不只我一個人……」葉西熙沉默了，看來，問題很嚴重。

樓下客廳，夏家的幾個男人正在談論今天發生的事。

慕容品向他們報告打聽來的消息：「游斯人因爲想加害當家，觸犯了家法，被關在游家的私獄裡。未來將怎麼處置，還要等游家的長老共同商量，所以他暫時不會有生命危險。」阿寬搖搖頭：「當初，游子緯加害當家時，這些個長老可沒站出來說什麼。」夏虛元微笑：「當初，如果沒有這些長老的幫助，游子緯可殺不了游子經。」慕容品道：「可是現在游家的長老分成兩派勢力，其中也有反對游子緯的，正因爲有他們的保護，游斯人才沒有被就地正法。」阿寬伸了個懶腰：「管他的，讓游家人自己去鬥個死去活來吧……對了，該給西熙熬湯了。」慕容品看看夏逢泉：「逢泉，你應該有別的計畫吧。」夏逢泉雙腳交疊，用手指在膝蓋上點著，一下又一下，嘴角露出一絲難以察覺的微笑：「我想，現在正是除去游子緯的好機會。」慕容品問：「你是想趁他們內鬥，消滅游家的勢力？」夏逢泉頗有深意地說道：「不，游家的勢力和我們相當。殺敵一千，自損八百，這種事情少做爲妙。我的意思是，我們可以幫游家換個當家。」

阿寬問道：「你想幫游斯人登上這個位置？」慕容品了然地一笑：「不，游斯人的心思很難琢磨，說不定哪天他就會再度與我們爲敵。逢泉要幫的，是一個絕對不會和我們作對、並且保證不會覬覦西熙血液的當家。」阿寬恍悟：「你是指游江南！」夏虛元微笑：「雖然游江南不會覬覦西熙的血液，但他可能會覬覦西熙的人。大哥，你可要想清楚了。」阿寬看看樓上，小聲道：「對啊。逢泉，你就這麼相信西熙？」夏逢泉的手指依舊在膝蓋上敲擊著，速度沒有一點變化，他平靜而自信地說道：「我相信我自己。」然後，起身，走上樓去。

等他一進房間，阿寬立刻掏出身上的金融卡，在桌上豪氣地一放：「我賭逢泉和西熙起碼又會吵三次。」慕容品跟進：「我賭他們會吵五次以上。」說完，兩人同時看向夏虛元：「你呢？」夏虛元微微一笑：「我賭逢泉又會把西熙姦暈一次。」阿寬、慕容品同時道：「果然有遠見！」

第二天，葉西熙早起爲全家做早飯，因爲有如靜這位客人在，她特意準備得比較豐盛。正忙碌著，夏逢泉卻走進廚房來。

只見他一身寬鬆的淺色休閒裝，額上有層細細的汗珠，看起來像剛運動完畢，全身上下散發出雄性荷爾蒙，能瞬間吸引周圍十公尺內的雌性生物。可惜，徐媛是他妹，如靜心有所屬，唯一剩下的葉西熙卻頭也不抬地施捨他一杯鮮榨果汁，然後像趕蚊子似地擺擺手：「本廚娘很忙，你先去外面逛逛。」

夏逢泉斜倚著廚房門口，端著那杯果汁，喝了一口，淡淡說道：「今天游江南會來。」「哐噹」——葉西熙手上正在清洗的平底鍋掉進了水槽裡。她清清嗓子，故作若無其事地說：「油太多了，手好滑。你剛才說什麼？」

夏逢泉將她的一舉一動都看在眼中，繼續說道：「我決定和游江南合作，幫助他打敗游子緯，當上游家的當家。也就是說，以後，游江南會常和我們見面。」「啰嚓」——葉西熙手上的雞蛋被她捏碎。葉西熙笑笑，嘴角開始發酸：「看來最近喝了你要我喝的大補湯，果然身體倍棒，力氣也大了。」

說完後，她發現背後久久沒有回音，疑惑地回頭，臉卻撞上了一副堅硬的胸膛。還沒回過神，下巴又被一隻大掌抬起，逼著她直視一張陰晴不定的俊顏。

夏逢泉的嘴角嚼著一朵魅惑卻危險的笑：「昨天，我告訴阿寬他們，說我對妳非常信任，妳不會讓我失望吧。」葉西熙差點沒把頭搖下來：「不會，不會，絕對不會。」夏逢泉低下頭，在她唇上蜻蜓點水般地一吻：「我諒妳也不敢。」然後，身子一飄，瀟灑地離開。

葉西熙磨牙霍霍，剛才不是還說什麼相信她嗎？現在居然威脅她！轉過身，繼續做早餐。不過，游江南居然要來。葉西熙忽然想起那次海灘上的夜晚——嘩嘩的海浪聲，游江南被風吹得微微拂動的碎髮，蒙著淡淡憂鬱的眼，還有那個一瞬間的吻……一切都恍如隔世。仔細想想，游江南就像她從小夢想中的王子，會打敗惡龍，把自己從城堡中救出來。可是童話出了偏差，她失卻了王子，被惡狼纏上，並且愛上了惡狼……這就是故事的結局。葉西熙豁然一笑，不過，看在這條惡狼還不錯的分上，她也就死心塌地地從了。想到這兒，葉西熙在夏逢泉的早餐裡多放了一顆他愛吃的煎蛋。

近午，葉西熙正坐在樓下客廳陪徐如靜、夏徐媛看電視，無意中抬頭，竟發現游江南從門外走了進來——還是和她記憶中的一樣，穿著淺色衣衫，氣質高貴儒雅，安靜而沉默。他看著她，眼神很複雜，有欣喜，有失落，也有惘然。

葉西熙愣了一秒，終於笑著站了起來：「你來了。」游江南點點頭：「嗯。」長長的睫毛微微下垂著，在安靜白皙的臉上投下點點陰影，「上次，聽說妳被游一誠抓去了義大利，沒事吧？」葉西熙「嘿嘿」笑著：「你也知道，我別的本事沒有，逢凶化吉卻是強項。」他們背後，忽地傳來夏逢泉戲謔的聲音：「所以別人都說，笨蛋的命是最大的。」

葉西熙無奈地歎口氣。又來了。夏逢泉將手親暱地放在葉西熙的肩上，彷彿宣示著自己的主權。葉西熙輕蹙黛眉，暗中使力去推夏逢泉。游江南的眼睛則輕輕移向別處。這時，夏徐媛關上了電視，閒閒地對身旁的徐如靜說道：「話說，還是他們的眞實三角戀比較有看頭。」葉西熙、夏逢泉、游江南：「……」

突然，樓上響起了一連串的聲音──「汪！汪！汪！」的興奮叫聲。「啪嗒啪嗒！」四隻小肥腿在地板上快速踏起，而後「汪」一聲慘叫伴隨著「咚──咚──咚──咚！」的連環篤實聲響，一切都發生得很快，只見一團黑白相間的肉球從樓梯上滾了下來。是苦大仇深。苦大仇深搖搖晃晃地站起，看見游江南，繼續眼睛一亮地朝他衝去。帥哥，他小時候的帥哥！救自己脫離苦海的帥哥哥！

游江南抱起牠，溫柔地撫摸著牠的毛髮，笑道：「沒想到，苦大仇深長大了這麼多。」不知何時出現的夏虛元，意味深長地說：「更沒想到的是，牠居然這麼黏你。一看見你，牠可就把逢泉拋到腦後了。」說完，還抬頭笑著瞟了眼葉西熙，意思不言而喻。葉西熙拿出把眼珠都擠出來的力氣，使勁地瞪他，嚇死你，嚇死你，嚇死你。

慕容品也不知從哪裡突然冒了出來，臉上帶著看好戲的笑容：「畢竟，牠認識游先生在先，感情自然要深厚些，即使和逢泉相處得再久，也是白搭。」葉西熙轉移目標，開始瞪著慕容品，眼睛冒火，燒死你，燒死你，燒死你。

最後，阿寬總結地說道：「別說狗，人也是這樣啊，都懷舊嘛。」居然連阿寬也這樣！葉西熙只得蹲在牆角垂淚畫圈圈。

反觀夏逢泉，臉上倒是一番風平浪靜。葉西熙疑惑：「咦，他居然轉性了？」可是，午餐時——大夥正在餐桌上吃飯，苦大仇深照例蹲在夏逢泉的腳下，等著他餵食。夏逢泉只輕輕瞄了牠一眼，然後吩咐阿寬：「苦大仇深該瘦身了，這週只要給牠吃狗食，其他什麼的都別餵。」聞言，苦大仇深哀怨，葉西熙打了個寒噤。當然，這些都是後話，葉西熙當時可沒料到夏逢泉會來這招，還傻乎乎以爲他眞的釋懷了。

由於並無外人，他們當即討論起對付游子緯的計畫。近十多年來，游家的長老漸漸分成兩派，一派支持游子緯，一派更傾向於選擇新的當家。游江南是前任當家的獨子，支持他的力量頗大，再加上游斯人的剩餘勢力也不可小覷，時時蠢蠢欲動著。如果趁現在將當年游子緯殺害自己哥哥的事情重新公諸於世，讓他失卻人心，游江南若再聯合支持自己的那些勢力，那麼將游子緯推下當家的位置，便易如反掌。

慕容品提醒：「這游子緯老奸巨猾，他若是急起來，恐怕會和我們來個魚死網破。」阿寬卻強烈贊成這個提議：「可是，游子緯遲早還是會爲了西熙來對付我們，既然早晚都有一戰，還不如抓住現在這個好時機。」夏逢泉看著游江南：「就算計畫再周詳，也會有危險，你的意思呢？」游江南溫潤的眼忽地蒙上一層冷：「再大的危險，也比不上復仇重要。」看著他，葉西熙的臉上不禁露出一絲擔憂……

又商議了一些具體作法之後，游江南準備告辭。

走到大門口，正準備上車，忽然站住。他聽見背後傳來了腳步聲，很輕盈，很熟悉。是葉西熙。轉過身，果然，葉西熙朝他小跑而來，在離自己一步之遙的地方停住。游江南有點悃然，他想，他和西熙，曾經也只相差一步。只是那小小的一步，卻是一輩子的錯過。

葉西熙的臉因跑步而變得紅潤，她深深喘了幾口氣，調整一下呼吸，張張嘴，卻不知道要說些什麼。她只是想送送他，像老朋友一樣，送送他。和游一誠不同，對游江南，她是有感情的。無論過去是暗戀，還是明戀，都是一種感情，沉澱之後，是一種不可磨滅的記憶；深埋在心中，永遠不會發芽，卻有種溫暖的苦澀。

最終，還是游江南先開口，聲音裡有種低低的溫柔：「還好嗎？」葉西熙用力地點點頭：「嗯。」游江南微微垂下眼，睫毛輕撫過眼底，是一種溫柔的表情：「看得出來，夏逢泉很在乎妳。這樣就好，這樣……我就放心了。」聞言，葉西熙心中有絲動容。他的溫柔，讓她心疼。葉西熙問：「那你呢？你好嗎？」游江南微笑：「我很好，我馬上就能復仇了，記得嗎？我是爲復仇而活著的。」

葉西熙沒有說話，只是看著他。游江南站在樹蔭下，陽光透過樹葉，柔柔地覆蓋上他的臉，他那安靜的、溫柔的臉。額前的碎髮偶爾被微風吹動，眼瞼上的那顆小痣忽隱忽現。

葉西熙不相信游江南的話，如果他是爲復仇而活著，眼底不會有這麼多柔軟的情絲；如果他是爲復仇而活著，他不會對一隻小動物這麼愛護；如果他是爲復仇而活著，他不會對傷害自己的母親態度如此猶豫。

游江南笑容溫雅：「別擔心，我會好好的。西熙，妳也會好好的，對嗎？」葉西熙咧嘴一笑，陽光下，異常真誠：「沒錯，我們都會好好的。」游江南最後看她一眼，然後，上車，離去。

屋子裡，所有的人都擠在落地窗前，暗暗觀察外面葉西熙和游江南的一舉一動。

慕容品問：「他們究竟在說什麼？」阿寬開始配音：「西熙說：『江南，快帶我和苦大仇深離開夏逢泉這個淫棍吧，我再也忍受不了他那像安了強力馬達的小鳥了。』」夏徐媛也開始玩了起來：「游江南說：『西熙，妳再忍耐一陣子，等我成了當家，一定把妳奪過來。對了，到時候，妳記得多挾帶點夏逢泉的棺材本。』」夏虛元也開始接龍：「西熙回答：『放心，到時候我會找夏家最厲害的夏虛元，要一種他最新研發出來、能讓男人不舉的藥，讓夏逢泉服下，讓他的小鳥從此罷工。』」

夏徐媛慫恿徐如靜：「如靜，妳也來一句吧。」徐如靜輕聲道：「夏先生在後面。」夏徐媛沒聽清楚：「什麼？」徐如靜無奈地用眼睛瞄瞄背後，向眾人示意。與此同時，這夥人忽然感覺背後涼涼的，回頭，看見了面無表情的夏逢泉，冷汗開始「啪嗒啪嗒」滴落在地板上。

夏逢泉看著夏虛元：「如果你的醫學研究中心還需要我資助的話……」他再轉向夏徐媛：「如

果不想被打包送到慕容家的話……」最後，再看向阿寬：「如果不想被趕出這個家的話……」最後的最後，夏逢泉爲這番威脅總結道：「那麼，你們就少說話！」發完威，某人飄然離去，留下被嚇得全體噤聲的這一夥人。

沒多久，葉西熙進屋裡來了，看見他們的樣子，不禁滿腹疑惑：「你們在幹嘛？」她得到了全體一致的回答：「西熙，妳今晚死定了。」葉西熙：「……」

晚上，葉西熙一邊戴著耳機聽音樂一邊刷牙，含住一口水，漱漱口，俯下身子，吐了，再抬起頭來，差點沒把她嚇死——鏡中忽然多了個夏逢泉。

葉西熙按住胸口：「夏逢泉，人嚇人嚇死人，這句話你聽過沒？」夏逢泉拿了條毛巾，走過來幫她拭去嘴邊的泡沫，沒說話，但眼裡的神色有點不對勁。葉西熙微微瞇起眼睛：「夏逢泉，你該不會眞的懷疑我和游江南今天在商量私奔的事情吧？」夏逢泉嗤之以鼻：「妳還沒這麼大的膽子。」葉西熙好奇：「如果是眞的呢？」夏逢泉很輕很輕地瞟了她一眼：「那麼，我就有很正當的理由可以讓妳在床上……暈過去很多次了。」葉西熙的腳忽然軟了一下：「算你狠。」

然後，她不再理會他，繼續洗臉。夏逢泉貼近葉西熙的背，將她困在自己和洗手檯之間。葉西熙感到他的胸膛熱熱的，而他的氣息也是熱熱的，噴薄在自己耳邊：「那麼，妳和他說了些什麼？」葉西熙忽地轉過身來，臉龐還沒有擦乾，布滿了晶瑩的水珠，讓她的皮膚看上去更加剔透。水珠流過她晶亮的眼、秀氣的鼻、紅潤的嘴，最後來到小小的下巴處，匯聚，滴落。

葉西熙深深地看著他，輕聲道：「我說，我在這裡，過得很好。」夏逢泉眼中慢慢升起一絲溫柔的情愫：「眞的？」葉西熙撫摸著他的臉，一字一句地說道：「當然是……假的。」夏逢泉的臉馬上垮了下來，聲音也透露出一絲危險：「葉西熙！」葉西熙彎起手指，輕輕彈了彈他的額頭，別說，這頭蓋骨果然夠硬：「好了，好了，逗你的。」夏逢泉握住她的手，漆黑的眼眸像塊墨玉，閃爍著深邃的光：「和我在一起，妳後悔過嗎？」

葉西熙看著夏逢泉，忽然一手勾住他的脖子，一手抬起他的下巴，主動中帶點強迫地吻上了他。她深深地吻著，從來沒有這麼用力地吸收著他的空氣，紅潤的唇摩挲著他肌膚的紋路，柔巧的舌不停地與他糾纏。她要用行動，來證明自己。夏逢泉愣了一下，隨即，眼中閃過一絲柔軟。他開始回應她。兩人互相擁抱著，他們的呼吸相互交織著，他們的肌膚彼此摩挲著。浴室的溫度，熱得灼人……

那天夜裡睡到一半，葉西熙醒來，卻發現身邊的如靜不見了。

葉西熙嚇出一身冷汗，正要跑去告訴夏逢泉，無意間往樓下一看，卻發現徐如靜坐在游泳池邊。她的腳輕輕攪動著水，滿池的水在月光下發出粼粼的美光。一切都是靜謐的。葉西熙來到她身邊坐下，輕輕問道：「妳在擔心游斯人？」徐如靜的嘴角動了動，露出一個淡得不能再淡的笑容。葉西熙安慰著，可是底氣有點不足：「放心吧，他應該不會有事的……」畢竟，那個游子緯連自己的親哥哥也敢動，誰知會不會做出什麼瘋狂的舉動？

徐如靜的腳浸在碧藍的池子裡，一下下地擺動著，引起一陣輕柔的水聲。她微微低著頭，水的波光映射在她臉上，有種潤雅而平靜的光澤。她的聲音混合著偶爾柔靜的嘩嘩聲，帶有安靜沉著的意味：「我現在……已經不會想那麼多了。我會等他，我會在他回來時就在屋裡等著他……我不想再跑了，我累了，也倦了。」

葉西熙側坐在池邊，也伸出手攪動一池碧波。她輕輕問道：「如靜，妳有沒有覺得很奇怪，開始時，妳和我總是想逃脫，不顧一切地逃脫。可是到了最後，卻變成依賴……有時候，人的感情眞是很奇妙。」徐如靜的眼中有種看透一切後的疲倦：「妳和夏逢泉是緣，而我和他則是孽……但無論是什麼，都是命中注定的，掙不脫，逃不開。」葉西熙沒有再說話，她只是安靜地陪著徐如靜坐在池邊，只是靜靜地坐著。

對付游子緯的行動有條不紊地進行著。

游斯人的部下在夏家的支持下，開始脫離游家的控制，並與之作對，帶來了不少麻煩。家族的長老決定召開會議，商議解決方法。一派人覺得，游斯人意圖謀害當家的證據本來就不足，應該放了他，這樣才不至於惹出更大的亂子。另一派人則覺得，這麼做無異放虎歸山，當務之急應該是將游斯人以家法處死，群龍無首，剷清那些餘黨才更易如反掌。雙方各執一詞，爭論不休。

正在這時，游江南走了進來。

游子緯的眼睛微微一沉：「江南，這是長老會議，你應該沒有資格來這裡。」游江南的聲音不大，卻足以震驚全場：「殺害前任當家暨自己親哥哥的你，都能站在這裡，我想，我絕對夠資格。」雖然早有這種傳言，但至今尚無人當眾揭露此事，現在，游江南的作法等同於正面宣戰。

游子緯的臉上沒什麼變化，只淺笑一聲：「我明白，你不滿我娶了你的母親，因此對我懷恨在心。可是，江南，有些事情可不能亂說。你有什麼證據嗎？」游江南冷冷地陳述著：「我就是證據。那天，父親的親信陳叔滿身是血地跑進來告訴我，是你，親手殺死了我父親……是你。」游子緯氣定神閒，毫無異色：「你我一向不合，氣極之下說些污衊我的話，也不足為奇。也就是說，除了你的一面之詞，再沒有其他證據了，對嗎？」

游江南昂揚地說：「不，還有一個人可以作證。」游子緯抬抬眼瞼：「誰？」游江南一字一字地說道：「你的妻子。」游子緯先是一愣，而後慢慢笑了起來：「你是指，你的母親？」游江南問：「沒錯，可以找她出來對質！」游子緯的眼神柔軟了點：「你母親最近身體不好……」柳微君走了進來，她的臉色有點蒼白，但一身的風華，高貴的氣質，依舊鎮壓全場：「我在這裡。聽說，有人想找我對質？」她看著游江南，等待著他的回答。

游江南的喉結滾動了一下，腦海瞬間浮現許多片段——氣息微弱的陳叔，倒在血泊中的父親，花園中那兩副糾纏的身體……他閉上眼，再睜開時，裡面淨是決絕：「當時妳也聽見了的，在陳叔告訴我的同時，妳也聽見了。」柳微君瞪視著兒子：「我不明白你在說什麼。」游江南繼續說道：「妳聽見了，妳聽見他說，是游子緯殺了爸，妳還聽見陳叔要我……恨妳，永遠不要相信妳。」柳微君依舊固執地堅持著：「我不記得有這回事。」

游江南放緩了聲音，那裡面有一種冷涼：「我一直想問，這麼多年來妳睡得著嗎？爸的鬼魂難道沒有經常來找妳？」柳微君的身子晃動了一下，臉色變得更加蒼白。游江南說得很慢、很柔、很緩：「我沒有妳的冷血，沒有妳的心狠手辣。我想，我不配有妳這樣的母親。」柳微君看著兒子，他的臉漸漸變得恍惚，逐漸淹沒在黑暗中……頓時，她身子一軟，暈了過去。

第十章

當天，長老做出了一個決定——一個月後，選舉新的當家。

緊接著，游江南公開和夏逢泉合作，雙方共同開發專案，使游家獲得不少經濟利益，這樣一來，原本敵視夏家的人，開始動搖。還有一些人，本來早就看不慣游子緯，現在也紛紛倒戈。此外，更有游江南和游斯人原本的勢力支持，一時間，游子緯腹背受敵。可是他看起來，似乎並不慌亂。游子緯深信一個道理，棋只有下到最後一步，才能斷定輸贏。

他來到了實驗室，裡面是低溫設置，異常冰冷。手術檯上躺著一個人，而他的身旁，則站著眼中閃爍異樣興奮光芒的克魯斯。克魯斯的聲音帶著顫音，他激動非常：「游先生，我成功了！」游子緯無聲地笑了，他的聲音很低很沉，像在喃喃自語：「只要我能不死，別說是當家的位置，就算是你們的命，也能輕易奪取。」

葉西熙看著電視螢幕上那些紅白混沌的組織，身子抖了抖：「這，這是什麼？」夏徐媛緊抱著靠枕：「糟糕，這好像是夏虛元珍藏的腦部手術實錄，我們放錯片子了。」葉西熙拿手指擋在眼睛前，想看又不敢看：「但是，爲什麼我既恐懼，又有一種刺激感？」夏徐媛則是遮住肚子，免得殘害下一代：「我好像也有這種感覺。」

正當兩人的神經高度緊張之際，背後突然傳來一個冒著寒氣的聲音：「妳們終於懂得解剖的妙趣了。」葉西熙和夏徐媛被嚇得一個直髮變鬈，一個鬈髮變直。夏虛元微笑著說道：「我還有其他器官的手術影片，比如心臟、卵巢、大腿、腸子，還有男性生殖器的，需要嗎？」葉西熙和夏徐媛趕緊擺手：「還是算了。」

夏虛元坐下，和她們一同觀看。夏徐媛道：「看起來，腦部手術還眞複雜。」夏虛元淺笑：「當然。腦是人體最複雜的器官，就連西熙這種人，腦部結構也是相當複雜的。」葉西熙炸了起來：「你幹嘛這麼說？我又不笨。」夏虛元不急不躁：「我沒說妳笨，我只是說妳蠢。」葉西熙：「……」夏徐媛靜靜地看著螢幕，突然冒出一句：「我想吃豆腐腦花了。」葉西熙：「……」眞是服了這對雙胞胎，一個比一個怪。

葉西熙繼續瞇縫著眼看電視，一邊問道：「對了，你們的手術刀如果一不小心碰到了病人的腦組織，那病人的軀體功能是不是會受損？」夏盧元慢慢說道：「不只如此，還有語言功能，甚至是性格，都會改變。並且，如果你動一點手腳，還可以直接讓病人從此受你的控制。」夏徐媛好奇：「要怎麼控制？」夏盧元漂亮而乾淨的雙眼皮微微上挑：「如果放置一種晶片在病人的大腦中，你就可以透過遠端電腦控制他的整個行動，可是病人卻完全感覺不到自己被控制。是不是很厲害？」葉西熙好奇：「真的假的？你也做過這種手術嗎？」夏盧元抿嘴微笑：「我喜歡用我自身的魅力來控制別人。」夏徐媛想起前塵舊事，輕哼一聲：「是自身的陰謀詭計吧！」

葉西熙問：「如果不告訴病人他被動了這種手術，病人是不是不會察覺？」夏盧元頗有深意地笑笑：「當然。欸，妳為什麼會對這個問題這麼感興趣？難道，妳想讓逢泉做這種手術？」葉西熙想起那美好的未來，滿眼憧憬：「想像一下，如果真的在他腦子裡植入了晶片，那豈不是我要他蹲著，他不敢站著；我要他躺著，他不敢立著；我要他學小狗叫，他不敢學小貓呻吟？」夏徐媛一邊啃蘋果一邊附和：「說得也是，有空你也替慕容品安裝一個吧，免得他一天到晚像老母雞一樣在我身邊晃來晃去。」

夏盧元露出陰險得像惡魔、漂亮得像妖精的笑容：「理想是美好的，但現實卻是，妳們控制他們之前，會先被他們修理。」話音剛落，背後傳來一個涼涼的聲音：「看來，妳們倆對我們有很多的不滿。」葉西熙和夏徐媛回頭，看見了臉上表情非常不爽的夏逢泉和慕容品。

夏徐媛馬上反應過來，警告慕容品：「我現在懷孕，你最好不要亂來！」孕婦最大，慕容品深深吸口氣，只得作罷。而夏逢泉則看著葉西熙，眼中掠過一抹深沉的烏雲。葉西熙慌了神，只得跟著耍同一招：「我好像也懷孕了，你不要亂來。」夏逢泉一把將她拖起，扛在肩上，沉聲道：「妳生理期不久前才剛過，怎麼可能懷孕？葉西熙，我想我們應該到房間討論一下什麼叫做學貓呻吟。」葉西熙又氣又窘：「你怎麼知道我生理期的？」夏逢泉扛著她直往樓上走：「妳全身上上下下裡裡外外，我有哪一點不知道！」葉西熙趕緊用眼神向其他人求救，但他們全都微笑著擺擺手：「西熙，保重囉。」

一群沒人性的傢伙！葉西熙閉上眼，只能聽天由命了。但這時，救星橫空出世，阿寬走來，道：「逢泉，有客人來找西熙。」夏逢泉強硬地替葉西熙拒絕：「一概不見！」阿寬的聲音有點嚴肅：「是柳微君。」夏逢泉和葉西熙同時愣住。

阿寬很有禮貌地將柳微君迎到書房中，然後輕輕關上門。裡面，葉西熙和夏逢泉正等候著。

柳微君看起來很鎮定，她看了眼夏逢泉：「可以請夏先生先出去一下嗎？我想單獨和葉小姐談幾句。」夏逢泉禮貌地回答著，語句中卻飽含警戒：「西熙不慣見生人，所以還是我陪著她比較好，以免失禮。」柳微君了然地笑笑：「難道夏先生認為，我有能力傷害葉小姐？要知道，這可是在你們的地盤上。」夏逢泉還想說些什麼，卻被葉西熙制止：「你先出去吧。」夏逢泉看著葉西熙堅定的眼神，最終還是同意了，他低聲說了句：「我就在外面。」接著，走出書房。

葉西熙問：「您有什麼事嗎？」她對柳微君很是客氣，畢竟，她是游江南的母親。柳微君決定開門見山：「葉小姐，請妳要江南別再和我們作對。」葉西熙不解：「您是什麼意思？」柳微君走近一步：「江南很愛妳，他曾經爲了妳而決定放棄復仇。所以，只要妳開口，他一定會聽的。」聞言，葉西熙垂下眼，低聲道：「可是，我沒有立場這麼要求他……現在，我和他，只是朋友。」柳微君動之以情：「葉小姐，算我求妳，好嗎？難道妳想看江南受傷嗎？」葉西熙不作聲。

柳微君的話音開始含帶些許冷冷惱怒：「葉小姐，江南這麼愛妳，難道妳就一點也不爲他著想？」葉西熙沉默著，許久之後忽然抬起眼睛，質問道：「那妳呢？做爲母親，妳又爲他著想過嗎？」柳微君被這突然的問話怔住，而後回過神來冷冷說道：「葉小姐，這是我們母子之間的事情。」葉西熙顫抖地說：「我聽見妳對江南說『當初，如果沒有生下你就好了……』，我親耳聽見妳這麼說了。妳知道這句話對他傷害有多大？」柳微君移開眼睛：「我今天不是來談論這個的。」葉西熙的情緒激動起來：「江南是很在乎妳的，他想得到妳的關愛。可是，妳卻聯合游子緯殺害了他最愛的父親，還拋棄了他。做出這種事情的妳，有資格質問我嗎？所有事情都是游子緯最先挑起的，如果想要結束這一切，請回去勸說妳自己的丈夫吧。」

柳微君安靜地坐著，臉上看不出任何表情，陽光射入書房，映射在她的臉上，彷彿融化了些什麼，她輕聲問道：「江南，真的在乎我？」葉西熙點點頭：「很在乎，他……非常愛妳。」柳微君美麗的臉龐露出一絲苦澀的笑：「從小到大，無論我要什麼都能輕易得到。可是，我最想要的男人卻不能嫁給他……於是，爲了這段禁忌的感情，我和他做了許多錯事……也失去了很多，其中最重要的……就是江南。」說完，柳微君站起身來，冷冷道聲，「葉小姐，再見。」而後走了出去，步伐婀娜，氣質高貴，像一位皇后，頭也不回地走了。

就在同一時刻，游江南接到了游子緯的電話，說他母親病重，想見見他。

放下電話，游江南的臉色陰沉不定。他的親信認爲這是游子緯的圈套，勸他不要上當。游江南拉開窗簾，看向外面的海景。碧海藍天，讓人恍惚，彷彿看得見從前……很久很久之前，他和母親也曾是親密無間的。在那瞬間，游江南決定去看她。

他提前吩咐一同前往的手下，如果兩個小時內自己沒有出來，便馬上通知長老。然後，他來到了游子緯的居所，女傭領著他來到二樓柳微君的房間。

屋裡窗簾緊閉，光線有點昏暗，柳微君正背對著他躺在床上。游江南猶豫了一下，還是走了過去，輕喚了一聲：「媽。」聞言，柳微君的胸膛忽然急遽起伏，彷彿喘不過氣來。游江南心中一緊，趕緊走過去，湊近問道：「媽，妳怎麼了？」這時，床上的「柳微君」忽然掀開被子，對準他的臉噴出一股刺鼻的液體。之後，游江南便什麼也不知道了。

游江南的手下看他遲遲沒有出來，開始擔心，正準備打電話給長老，此時，游江南卻出現了。司機關心地問道：「游先生，沒事吧？」游江南面無表情地吩咐：「直接去夏家。」司機不敢違抗，立即驅車前往。

柳微君離開後不久，夏逢泉接到游子緯的電話，說想和他們面對面談一談。夏逢泉便帶著慕容品去到游子緯約定的地方。臨走之前，夏逢泉囑咐手下，小心保護葉西熙和夏徐媛，絕對不能讓任何陌生人進入夏家。

他們離開後，葉西熙便窩在沙發上沉默著，腦海中不斷想起剛才和柳微君的對話。其實，他們母子都是在乎彼此的，只是發生了太多事情讓他們無法回頭。正想著，卻忽然接到門外手下的通報，說游江南正在門外，想要她出去說幾句話。葉西熙以爲游江南知道了自己母親來找她的事情，猶豫了一會兒，便出去了。

大門外，游江南正倚靠在車邊。葉西熙走過去，問道：「江南，今天……」話音未落，游江南忽然一把將她拖進車裡，沒給任何人反應的時間，便發動油門，快速駛離了夏家。落地窗前，目睹這一幕的夏徐媛、阿寬、夏虛元，嘴全都張大得能塞進一顆雞蛋。良久，阿寬第一個反應過來，大叫道：「快打電話給逢泉，游江南眞的帶西熙私奔了！」

葉西熙則完全弄不懂這唱的是哪一齣，她從沒見過這麼粗暴、甚至可怕的游江南。難道是他母親對他說了什麼，導致他情緒失控？但從前的游江南即使再激動，也不會這樣。而且，葉西熙忽然有種感覺，此刻的游江南令人感到很陌生。

葉西熙忐忑地問道：「江南，你要帶我去哪裡？」游江南不作聲，眼睛一直直視前方，像是沒有聽見她的話，或者說，眼中根本沒有她這個人。這時，葉西熙的手機響起，她低頭一看，是夏逢泉打來的，趕緊接起：「逢泉，我現在和江南在車上，我不知道他要帶我去哪裡，我覺得他有點不對勁……」夏逢泉沉聲道：「西熙，妳趕緊找機會下車，這是游子緯的詭計，他……」正聽到一半，手機忽然被游江南奪走。

葉西熙一邊說話，一邊想要奪回手機：「江南，你究竟中了什麼邪？快還給我！」可是游江南忽然伸手，重重地打了她一巴掌。「啪」的一聲，葉西熙只覺得頭暈暈的，左臉頰熱熱麻麻的，而嘴中有股甜腥的味道。隔了好久，她才回過神來，下意識地拿手擦擦嘴角，只見一股鮮豔的紅。葉西熙仔細地看著游江南——他的眼睛是空洞的，沒有一絲感情，冰冷得嚇人。不，這不可能是游江南。打過她之後，游江南沒有任何反應，直接把手機往外扔，繼續開車。這個人，絕對不是游江南。究竟是怎麼回事？爲什麼他看起來和游江南一模一樣，可是行爲、性情卻截然不同？

這時，葉西熙腦中忽然精光一閃。對了，難道是有個像夏徐媛一樣的高手，讓另一個人化妝成游江南的樣子來騙她？想到這兒，葉西熙頓時火冒三丈：「假冒游江南就算了，還扇我巴掌！簡直不想活了！」葉西熙越想越氣，猛地撲上去，一邊扯他的臉皮、揪他的頭髮，一邊齜牙咧嘴地吼道：「你是不是男人，居然對我這樣一個弱不禁風的女子下這麼重的手，實在太沒有風度了，簡直是人渣！」

游江南被她的突然襲擊弄得措手不及，感覺像隻野貓爬在自己臉上，根本看不清前面的路，再加上葉西熙的碰撞，導致車子駛下了公路，直朝旁邊的大樹撞去。只聽「砰」的一聲，葉西熙猛地向前倒去，而後又被安全帶重重地彈回座位，頓時震得頭昏眼花。但隨即，一個念頭使她清醒過來——逃，趕緊逃。

葉西熙正忙著解開安全帶，卻聽見身邊那人輕聲問道：「西熙，我怎麼……會在這裡？」轉頭，看見游江南正捂住腦袋看著她，眼神痛苦而溫柔。沒錯，那種熟悉的溫柔，那是屬於游江南特有的溫柔。這個人，是游江南。葉西熙實在弄不清這是怎麼回事，正想問些什麼，卻見有血從游江南的額頭上淌下。葉西熙驚叫出聲，趕緊查看他：「你受傷了！怎麼會呢？你又沒有撞上什麼東西，怎麼……」葉西熙停了下來，因爲她看見游江南的頭皮上有一處隱藏的縫針傷口，而且，是新縫上去的。

游江南察覺到她的異樣：「怎麼了？」葉西熙問：「江南，你最近動過腦部手術嗎？」游江南疑惑：「沒有，爲什麼這麼問？」葉西熙的語氣突然變得嚴肅起來：「那麼，你回憶一下，剛才去過哪裡？」游江南慢慢地回憶著：「我媽想見我，於是，我就去了游子緯家……但是，躺在床上假冒我媽的人迷暈了我……然後，我就在這裡了。」葉西熙問：「中途發生的事情，你都不知道嗎？」游江南覺得事情似乎很不簡單：「發生了什麼事？」葉西熙咬咬下唇：「你的大腦應該是被游子緯植入了晶片……他在遠端透過電腦控制你……我也是從盧元口中聽到這種手術的。」

游江南伸手撫上她的嘴角，動作很輕柔，眼中閃過愧疚與疼惜：「我打了妳嗎？」葉西熙笑得沒心沒肺的，攤開自己的掌心，只見裡面有一縷頭髮：「沒關係，看，我也差點把你頭皮撕了下來，咱們扯平。」游江南：「……」葉西熙轉而起身，查看車子的情況：「這輛車應該還能開，我們趕快回去夏家，讓盧元把你腦部的晶片取出來！」忽然，游江南抱住頭，痛苦地喚出聲來。葉西熙連忙關心地問道：「是不是很痛，我來開車好了，你快到後座去躺著……」她沒再往下說，因爲此時，游江南抬起了眼睛，那裡面又是一層深深的冷與空洞。

和剛才商量的相反，現在卻是葉西熙躺在後座，而她的雙手被繩子緊緊地綁縛著。游江南又被控制了，一定是剛才的猛烈撞擊鬆動了他腦內的晶片，才會暫時恢復清醒。現在該怎麼辦？難道就任由他將自己帶到游子緯那兒？絕對不行，到時候，游子緯不僅會要自己的血，還會要了游江南的命。那麼，再撞一次車好了，說不定能讓游江南再度暫時清醒過來。打定主意，葉西熙開始想各種辦法。

葉西熙先使用驚嚇計：「江南，快看，你背後有條蛇！」游江南像是沒有聽見。

葉西熙又換了激將法：「游江南，你這個孬種，是男人就給我回頭，是太監就給我繼續開車！」可是就像拳頭打在棉花上，游江南完全沒有反應。

葉西熙使出美人計：「江——南——，快點回頭看，我脫衣服了，三點全露啊，過時不候哦——」游江南鳥都不鳥她。

葉西熙洩了氣，看來引誘他回頭以製造車禍這招沒用，那麼，只好這樣了——葉西熙猛地抬起腳，狠狠地朝他的頭踢去，心中默唸道：「江南，我對不起你。」這招果然有效，游江南被踢中後，立即停下了車。太好了，他終於清醒了，葉西熙激動得熱淚盈眶，但是——一分鐘之後，車子重新發動，而後座上的葉西熙除了雙手，這回，雙腳也被緊緊綁縛著動彈不得，並且連嘴也被膠布黏住了。

此刻的夏家，又是一陣低氣壓。

夏虛元推斷：「根據游江南手下所說的情況，我想，游江南應該是腦部被克魯斯做了植入晶片手術。」慕容品的眉頭漸漸皺緊：「游子緯應該是想把西熙抓到他位於太平洋的私人島嶼上，那裡有他的武裝部隊，易守難攻。如果他成功了，那麼不僅是西熙，就連我們也會有危險。」夏徐媛不解：「什麼意思？」慕容品耐心地解釋著，聲音低緩，略帶沉重：「一旦西熙落入了游子緯手中，游子緯一定會以她的血爲誘餌，讓人爲他賣命。那時，支持我們的勢力很可能會倒戈，並在他的指使下消滅我們。」夏徐媛急了：「那我們怎麼還不去找西熙，待在這裡幹嘛？」慕容品極力安撫著她：「已經派人去了。可是，水路、空路，能把西熙偷偷運去小島的管道實在太多，根本查不完。

除非我們能知道西熙在哪兒，及時截住她。」

夏逢泉一直沉默著，一雙眸子漆黑晦暗不明，如夜晚的深潭，看不出任何情緒，而他流暢優美的臉部線條則帶著冷冷而深沉的危險。突然，夏逢泉抬起頭，果斷地命令道：「馬上找個電腦駭客高手！」夏虛元省悟：「沒錯，我們可以侵入克魯斯的電腦，查出晶片的訊號來源，從而找到西熙。」徐如靜問：「但現在一時半刻，哪裡找得到電腦高手？」夏徐媛微微一笑：「恰好，我們的一個熟人就是。」

半小時後，白柏清便站在夏家的客廳中，扠腰哈哈笑道：「你們總算是找對人了，想我白柏清從八歲起就開始修理電腦，九歲開始組裝電腦，十歲開始駭客生涯，十一歲……」全體對他大吼：「叫你找人！」白柏清可憐兮兮地嘟囔：「幹嘛這麼凶。」夏徐媛開始懷疑：「你行不行啊？」白柏清得意地摸摸鼻子：「孕婦，我曾經駭過美國政府網站呢。」夏虛元的眼睛瞇得像隻漂亮的狐狸：「對啊。我還記得你之前侵入同性戀交友網站，幫西熙把逢泉的資料放了上去。」聞言，夏逢泉輕輕覷了白柏清一眼，只是一眼，便把他嚇得不輕。白柏清立即奔到電腦前，大聲道：「我馬上找！」於是，在夏家人的淫威下，白柏清開始進行著工作。

游子緯問道：「聯繫上了嗎？」克魯斯長呼口氣：「好了。已經控制住游江南了，他正在趕來這裡的路上。」游子緯冷冷地說道：「我可不希望再出什麼差錯。」克魯斯誠惶誠恐地回答：「剛才一定是發生什麼意外，鬆動了游江南腦子裡的晶片，導致暫時和電腦失去聯繫。游先生，絕對不會再出現這種情況了。」游子緯看向他，眼中閃爍著冰冷的亮光：「我也希望如此。這次，不是他們死，便是我們亡了。」

正說著，電腦忽然發出一聲尖銳的叫聲。游子緯皺眉：「怎麼了？」克魯斯查看之下，驚惶地報告著：「有人入侵了我們的電腦，並且對我們用來控制游江南的訊號進行干擾……應該是夏家做的。」游子緯沉默了，在電腦螢幕的藍色映襯下，他嘴角那絲涼涼的笑，讓人悚然。游子緯立刻命令道：「你留在這裡，盡量控制住游江南。」克魯斯問：「是……游先生，您的計畫是？」游子緯的聲音很輕很緩，卻有種刺骨的冷：「我要親自去抓葉西熙，同時，親手結束游江南的性命。」

房間外，有雙纖手靜靜地握緊。

白柏清指著電腦上那個緩緩移動的白點，解釋道：「看，他們的位置就在這裡。等會兒我就可以干擾他們控制游江南的訊號，但可能沒辦法持續太久，你們得抓緊時間。」夏逢泉沉著地吩咐道：「你留在這裡，隨時和我們保持聯繫，告知西熙和游江南的實際位置。阿寬，你去請長輩派人來支援我們。如靜和徐媛待在家裡等消息。慕容和虛元，你們跟著我。」吩咐完之後，一行人即刻帶領手下上車，前往目的地。

車上，夏逢泉拿出槍，細細地擦拭著。

夏虛元安慰道：「別擔心，以前西熙也常被人抓來抓去，不都平安回來了？」夏逢泉緩緩說道：「可是這次，我有種不安的感覺。」慕容品分析著：「因爲這次算是我們和游子緯之間的決戰。所有事情，都會在今天解決。」夏逢泉抬起眼，看向車窗外，眉宇間的不安更加濃重了。

白柏清和克魯斯隔空鬥著法，這邊的游江南時而清醒，時而受到控制。最苦的是葉西熙，她的手腳一會兒被鬆開，一會兒又被綁上。最終，葉西熙爆發了，趁游江南清醒的時候，忍住愧疚，把他綁得像個木乃伊，丟在後座上。

正準備往夏家的方向開，卻發現一個悲哀的事實——車子報銷了。而此刻，游江南頭部的傷口也正不停地出血，必須趕緊救治。葉西熙焦急萬分，四下一觀望，忽然發覺這裡很熟悉——公路下面，就是游江南上次帶自己來的海邊。啊，可以先去游江南的別墅替他包紮傷口。

打定主意，立即行動，扶著暫時清醒、卻還是被緊緊綁著以防萬一的游江南，來到他海邊的別墅。葉西熙找出醫藥箱，細心地爲他包紮傷口，然後起身想找電話通知夏逢泉自己所在的位置。但因爲游江南喜歡清靜，這裡根本沒安裝任何可與外界聯繫的設備。天色漸漸暗了下來，周圍人煙稀少，實在無法可想。

葉西熙正在發愁，卻聽游江南說道：「西熙，妳快回去。」葉西熙問：「那你呢？」游江南催促道：「他們要抓的是妳，和我沒有關係。快走！」葉西熙搖搖頭：「不，游子緯一定會透過你腦部的晶片追蹤我們的下落……你是想引開他們，讓我離開。」游江南的語氣嚴肅起來：「快走！」葉西熙堅持：「不行，我走了，游子緯等會兒找來，一定會殺了你的。」游江南低聲吼道：「就算妳在這裡，也不能做些什麼！快走，不要和我在一起！」葉西熙大聲質問：「如果今天你是我，你會走嗎？」游江南專注地看著她，五官忽然出現一種柔和，讓人惻然的柔和：「西熙，我和妳是不一樣的，妳還有夏逢泉。而我……」

他沒有往下說，但葉西熙明白他要說什麼。她和他之間的關係，回憶起來，從來都是惘然。錯過，是最大的惘然。葉西熙看著他，堅定地說道：「總之，我不會拋下你。」游江南忽然笑了起來，聲音很平靜，卻在平靜中帶著淡淡的、看透一切的苦澀：「西熙，妳只能跟隨一個人，明白嗎？夏逢泉，他還在等著妳，妳選擇了他，就必須要讓他開心。」說完，忽然用身子撞開她，起身跑了出去。

他要引開游子緯，葉西熙明白。可是她同時也明白，當游子緯找到游江南時，絕對不會放過他。無論如何，她都不能拋下游江南，絕對不能。葉西熙跟著跑了出去。他們在沙灘上追逐著，腳不時深陷入泥沙中，一深一淺，但使點力氣，總能拔出。葉西熙堅信，只要有信心，他們總能脫險。

游江南跑進了樹林，黯淡的天色下，林中恍恍惚惚，彷彿有些詭異的影子，但葉西熙無所畏懼，毫不遲疑地一頭鑽了進去，她大喊著：「游江南，你給我出來！我們現在就走，我不信咱們走不出去！」涼爽的海風吹入了林中，在樹與樹之間徘徊，撩撥得葉子發出沙沙聲響。天空，是一片深藍色，深得讓人茫然。

葉西熙呼喊著，忽然腳下一頓，重重跌倒在地，只發出一聲尖叫，便再沒有了聲息。游江南立即從旁邊的大石後方跑出，來到她身邊，焦急地喊道：「西熙！」葉西熙忽然睜眼，從地上一躍而起，抓住他，笑嘻嘻地說道：「這下，你可逃不了了。」游江南這才明白自己被騙了。葉西熙認真地說道：「江南，別走。我們兩個人在一起，至少不會孤獨。」游江南垂下眼睛，隔了一會兒忽然悶哼一聲，皺緊眉頭，顯得很痛苦。葉西熙慌了神：「江南，你的頭又開始痛了？」游江南忽地抬起頭，定定地看著葉西熙，接著，猛地朝她撲了過去。

糟糕，他又被控制了！葉西熙尖叫一聲，趕緊起身，連滾帶爬地跑到旁邊的大樹後躲著。好不容易鎮靜下來，伸出小半邊腦袋往那頭張望，卻看見游江南背對著自己，身子微微顫抖著。他痛得痙攣了嗎？葉西熙正心疼間，卻漸漸發現了不對勁——游江南好像不是在忍痛，而是在忍笑。沒錯，他在笑！自己被騙了！葉西熙氣鼓鼓地走過去，興師問罪：「游江南，你幹嘛嚇我？」游江南管不住自己，放聲笑了起來：「西熙，妳剛才的樣子，真該錄下來的。」葉西熙紅著臉，用力掐著他的手臂：「你再笑！」反正他被綁著，不掐白不掐。

兩人這麼一調笑，緊張的氣氛消散不少。葉西熙扶起他，拍拍兩人身上的泥土，歎口氣：「走吧，我們走著回去，不管會不會被抓住，也總算不是坐以待斃。」游江南點點頭，跟著她一起往前走。無論如何，有她陪著，也是好的。

正在這時，忽然聽見周圍傳來嘈雜的聲音，煞車聲、刺眼的亮光，還有許多人的腳步聲。接著，一個低沉威嚴的聲音遠遠地命令道：「他們就在這裡，別墅、還有那邊的樹林、海灘，全部給我找遍，一定要把他們搜出來！」是游子緯的聲音。他帶人來了！葉西熙把手按在喉嚨上，屏住呼吸。她來不及多想，立即拿出小刀，割開游江南身上的繩子，再遞給他一把槍。游江南接過，悄聲問道：「妳從哪裡拿的？」葉西熙坦白：「你別墅的抽屜裡。剛才找藥箱時，無意間翻到的。本來打算在你受控制時，用來威脅你。」游江南：「……」

不一會兒，游子緯的手下便把別墅和海灘翻了個遍，還是沒發現二人的蹤跡。有了克魯斯的進一步通報，游子緯轉而將目標鎖定在樹林裡，要手下們進行全面搜索，務必活要見人，死要見屍。眼見聲音越來越近，葉西熙的一顆心提到了嗓子眼。這下，他們在劫難逃了。

此時，游江南忽然低聲囑咐：「西熙，待在這裡，別出聲。」葉西熙拚命拉住他：「你要去引開他們？你會被殺的！」游江南眼神凝重：「不會的，在沒找到妳之前，他們暫時還不會殺我。西熙，幫我一次……這是我殺他的唯一機會。」葉西熙愣住，趁著此時，游江南掙開她，忽然衝了出去。這麼一動，立即有人察覺，馬上叫喊起來：「他們在這裡！」然後，所有的人都被游江南牽引著往另一邊跑去。葉西熙蹲在草叢裡，狠狠地咬著手指。她的心，從來沒有這麼慌亂過，從來沒有……

不出所料，游江南還是被團團圍住。四周的人全都拿著槍對準他，而他的面前則站著游子緯。游子緯揚揚嘴角，卻並沒有露出笑容：「江南，你果然夠倔強，即使腦袋安裝了晶片，還是控制不了你。」游江南沉下眼睛：「本來，你的計畫的確天衣無縫，只可惜這個晶片安裝得並不怎麼牢靠。看來，你今天的運氣不太好。」游子緯聲音轉嚴：「是嗎？但落在我的手上，看來，你今天的運氣也不太好。說，你把葉西熙藏在哪裡？」游江南的聲音中帶著嘲弄：「她？她可能就藏在樹林中，可能在來的路上便被我放下，可能剛才就被我趕走、現在已經回到了夏家。你猜，應該是哪種情況？」

游子緯陰沉沉地說道：「你是想逼我出手嗎？我很樂意成全你。」說完，掏出一把槍，穩穩地指著他。但就在同一時刻，游江南也掏出葉西熙給自己的槍，瞄準了他的胸膛。氣氛一下子緊張起來。游子緯忽然笑了：「真刺激，你說，我們誰會先倒下？」游江南的眼神銳利如箭：「我不在乎。只要能殺了你，我什麼都不在乎。」游子緯冷笑道：「可惜，你的願望是不可能實現了。」手上一動，一顆子彈呼嘯著朝游江南射去。游江南早有防備，提前避開，並且向他開槍。

游子緯大聲命令：「開槍，不准留活口！」手下們回過神來，開始了無情的射擊。一顆顆子彈，全飛向游江南。游江南見勢不妙，趕緊躲避到一棵大樹後。那些子彈帶著凜冽的聲響，從他身邊呼嘯而過。他已經被徹底圍困住。槍聲越來越密集，那些人的腳步聲也越來越近，他們馬上就會來到，將他斃命。游江南緊握著手中的槍，額上開始滲出冷汗。游子緯靜靜地觀望著，看著手下逐漸逼近游江南。五公尺，四公尺，三公尺……就在游江南即將被射成蜂窩之際，事情出現了變化。

游子緯聽見一個聲音：「把槍放下。」回過頭，他看見了夏逢泉。不只是他，還有慕容品、夏虛元，以及他們的手下。游子緯在腦海中迅速判斷了一下形勢，現在他們雙方勢均力敵，誰生誰亡還尚未分明。但更重要的是，看夏逢泉的神色，他並沒有找到葉西熙；也就是說，葉西熙很有可能被游江南藏在什麼地方。

一把把黑洞洞的槍相互對峙著，一雙雙警戒的眼睛互相對視著，樹林中，一派劍拔弩張，空氣緊張得能用刀劃開。此時，夏逢泉忽然下令：「動手！」他的手下立即開槍，游子緯那邊自然馬上還擊，一時間，子彈像雨點般到處飛散。而有些人也開始變身爲狼，迅速撲向對方。整個場面異常混亂，密集的槍聲、慘烈的叫聲混雜在一起，在夜空下迴盪。

夏逢泉趁機跑到游江南躲避的大樹後，想救出他。走近後，發現游江南蹲坐在地上，一直垂著頭。夏逢泉一邊說，一邊想扶起他：「受傷了嗎？忍耐一下，先跟我去安全的地方躲著。」這時，游江南抬起頭來，臉上沒有任何表情，他的一雙眼睛在月光下泛著冷冷的光。夏逢泉心中一驚，還沒來得及反應，游江南便掏出槍，沒有任何猶豫地扣下了扳機。夏逢泉連忙閃開，可是子彈依舊射入了他的肩膀。夏逢泉低咒一聲，趕緊退回自己的地盤。

慕容品衝過來，掩護著他：「怎麼回事？」夏逢泉眼睛微沉：「游江南又被控制了。」慕容品抬頭，眉頭緊皺：「糟糕，游子緯把他帶走了。」夏逢泉捂住傷口，看著血不斷湧出，心急如焚：「他們一定是去抓西熙了，我們快點跟著！」但此時，游子緯的手下正堵在前面，一時間無法驅散。夏逢泉看著游江南遠去的身影，心中的那種不安越來越強烈。

游子緯簡直不敢相信自己的運氣，在關鍵時刻，游江南居然被克魯斯控制住了，看來，今天果然是自己的幸運日。以防萬一，他還是讓手下收繳了游江南的槍，接著命令處於控制之中的游江南帶自己去找葉西熙。

他們快步往樹林深處走去。天色越來越暗，雖是夏季，但依舊有種涼意滲入四肢百骸。海風在林間穿梭著，嗅上去有種鹹腥味，像鹽、也像血籠罩著人的皮膚，充塞住每個毛孔，讓人渾身緊繃。而每個人的神經也是緊繃的，他們的速度已經非常快，但這段路卻像永遠也走不完。

游子緯覺得自己的血液在沸騰，所有的一切馬上就會揭曉。這場等待已久的賭注，終於要揭開底牌了。忽地，游江南停下，他面無表情地指向前面的草叢。游子緯眼中閃爍著銳利而興奮的光，他看見了，葉西熙就躲在那裡。他贏了。他贏了！他終於得到自己夢寐以求的血液了。游子緯快步朝葉西熙走去。葉西熙已自草叢的縫隙看見了一切，她清楚，游江南又受到了控制。她握緊手中的小刀，眼神堅定。想讓她束手就擒，可沒這麼簡單。游子緯這個混蛋想要她的血，那麼，就必須先用自己的血來交換！

在離她幾公尺遠的地方，游子緯停下，高聲警告道：「葉小姐，如果不想受傷，就乖乖出來。」葉西熙不理會他，只是將手中的小刀握得更緊。游子緯掏出槍，冷笑道：「葉小姐，很抱歉，現在我只好先讓妳的雙腿動不了。」說完，瞄準了葉西熙的腿。葉西熙眼中冒出了火，這個混蛋！但就在千鈞一髮之際，游子緯聽見背後傳來幾聲來自手下的慘叫。他心中一震，轉身，頓覺胸前一痛。他不可置信地低下頭，看見心臟處正慢慢地流出血來。抬頭，看見了游江南——游江南呈舉槍射擊的姿勢，而槍口上還冒著微微的煙。

游江南的眼中依舊平靜無波，可是仔細看，眼底卻有著無限的欣慰。他終於報仇了，終於爲自己的父親報仇了。葉西熙怔怔地看著此一變故，隔了很久，才省悟過來：「原來江南是故意假裝受到控制，接著引游子緯找到她，藉此降低他的警覺心。實在是太聰明了！」游江南微笑著朝葉西熙走來，越過游子緯的屍體朝葉西熙走來。他要與她分享自己的激動，他只想與她分享。但就在此時，游江南看見了葉西熙臉上的驚惶，一種從未有過的驚惶。緊接著，他聽見了槍聲，從背後傳來的槍聲——「砰，砰，砰，砰，砰……」是從一把槍發出的，一直不停地擊發而出。

游江南感覺自己的後背麻麻的，不，不是痛，是麻木，是疲倦，是涼意。他的心臟似乎被一種涼涼的金屬穿過，透了風，很冷、很冷。眼前的一切無一不晃動了起來，樹葉、草叢、月色全都流動成一片雜亂的色彩，在他眼前晃動著。唯一存在的，是葉西熙的臉。她呆立在原地，臉上的淚水靜靜地流淌著，彷彿永遠也止不住。是在爲他哭泣嗎？游江南想，她是在爲自己哭泣嗎？然後，他仰面倒在地上。周圍充斥著泥土的芬芳，原始的味道，沒有陰謀，沒有鮮血，沒有仇恨，很安寧的味道。

葉西熙覺得自己像是在做夢，她弄不懂，眞的不懂，爲什麼已經死去的游子緯會忽然站起來朝江南開槍。他的手一直不停地扣動扳機，一槍又一槍，直到子彈用罄。游江南慢慢地在自己面前倒下。葉西熙不明白這一切究竟是怎麼發生的，她衝過去，俯下身子，撫摸著游江南的臉。她想喚他的名字，可是發出的聲音卻破碎得連自己也聽不清楚。她已經說不出話，她的喉嚨是哽咽的，痛不可當。她的手在顫抖，她不知該捂住哪裡——到處都在流血，游江南的全身都在流血。那些濃稠的血液染紅了嫩綠的草，有一種淒豔。葉西熙的眼淚一滴滴落下，灑在游江南的臉上。

游江南睜開眼睛，看著她，慢慢地笑了，說：「別哭，西熙，別哭。」葉西熙沒法止住淚水，她拚命地搖著頭。她不應該哭的，有什麼好擔心的呢？上次夏逢泉不也是中槍，換上她的血不就好了？沒錯，只要換了自己的血，游江南就會好起來的。可是，爲什麼心還是這麼痛，彷彿預感到什麼……不可挽回的結局。游江南的聲音很淡、很弱：「西熙，替我向夏逢泉道歉，爲了殺游子緯，我傷了他，我對不起他。」葉西熙盡力平靜著自己的情緒：「你……自己……去說。」但話一出口，她忽然爆發出來，那些悲傷、那些不安化作濃濃的哭聲，爆發了出來：「江南，你自己去跟他道歉，等你傷好了就去跟他道歉！眞的，你自己去吧！我求求你，你自己去好不好？」

游江南緩緩伸出手，撫摸著她的臉頰：「西熙，我想知道……如果沒有遇見夏逢泉，妳……會不會和我在一起？」葉西熙覆上他的手，他的手已經逐漸變得冰涼。她拚命地點著頭，泣不成聲：「我會……我一定會的……我會的……」游江南的臉上出現一個恍惚的、釋然的笑容，彷彿什麼都已放下：「如果是那樣……多好。西熙，別哭，別難過，我現在很輕鬆，眞的……」葉西熙的眼淚如雨般灑下，落在游江南的眼中，他的視線爲之模糊。

他眼前的景物漸漸黯淡了，就連葉西熙的臉也只剩下一個輪廓，他正慢慢地遠離這個世界。「江南，你別睡，別睡！」葉西熙的哭喊聲在他耳邊響起，卻越來越遠。睡，沒錯，他想睡了，很累，眞的很累。身下的草是軟的、舒適的，而這個世界並沒有什麼値得留念的，除了……西熙。游江南身下的血越來越多，浸濕了她的膝蓋，那些血是冷的，徹骨的冷。葉西熙的身子開始發顫，游江南的唇已經蒼白，和他的臉一樣蒼白。他的眼睛是睜開著的，可是那曾經清澈溫柔的眼睛已然失去神采，沒有光能進入裡面。

游江南在呼喚她：「西熙。」可是眼睛的焦距，卻對準著天空——他已經看不清東西了。葉西熙用力將他的手按在自己臉上：「我在這裡，我一直都在。」她要讓他感受到自己，更確切地說，她要讓自己感受到他還存在。游江南動了動嘴唇：「我也是。」這是個輕微的動作，卻費盡了他全部的力氣。葉西熙湊近身子聆聽：「江南，你說什麼？」滿眶的淚水灼傷了她的眼，眼前的游江南非常模糊，彷彿隨時會消失。游江南的嘴角慢慢向上揚起，他在微笑，就像他們第一次見面時那樣微笑，讓人心中暖暖的：「我也會一直在妳身邊……永遠……永遠……」他慢慢閉上了眼睛，嘴角的笑容漸漸隱去，他的手無力地滑下了葉西熙的臉。

游子緯脫下外衣，裡面貼身穿著一件防彈衣。而胸前的血袋被子彈穿透，人造血液汩汩流出。他早有準備，如果被擊中，便裝死，然後找尋機會反擊。現在，他成功了。游江南再也不能干擾自己，而葉西熙也落在他的手中。他成功了！

趁葉西熙和游江南說話時，他撥通了克魯斯的電話：「游江南已經被我親手殺了，你趕緊開車來接我……還有，我已經吩咐女傭在微君的咖啡裡放了安眠藥，你現在就要人把她送到船上去。」掛上電話時，就像他所說的那樣，游江南已經永遠沉睡了。

游子緯走到葉西熙面前，拿槍指著她：「遺言已經聽完了，現在該跟我走了。」葉西熙懇求著游子緯：「放開我，我可以救他的，只要我換血給他，求求你！我跟你走，只要你趕緊把我們送到醫院，讓我爲江南換血，我願意一輩子成爲你的造血工具。」游子緯的眼睛與聲音都是冷的、硬的：「如果我希望他活著，又怎麼會開槍呢？快起來，否則別怪我不客氣。」

葉西熙的五指深陷入泥土中，她忽然站起，拔出小刀朝游子緯撲去，發了瘋似的在他身上亂劃著。這麼一來，游子緯身上的帶子被割斷，防彈衣掉落在地，他身上再沒有任何保護。游子緯惱羞成怒，忽然對準葉西熙的腳開了一槍。葉西熙只覺腳下一軟，頓時跌倒在地，然後她的後頸遭猛力一擊，一切陷入了黑暗。

游子緯扛著暈厥的葉西熙快步走著。他明白，自己的手下並無法抵擋夏逢泉一方太久，但已足夠讓自己帶著葉西熙安全離開。他抄小路，大約走了十多分鐘，終於來到公路邊。恰好這時，克魯斯的車趕到，在他面前慢慢停下。車身全黑，神祕肅殺，車窗玻璃亦黑得反光，游子緯只能看見自己的影子。

他伸手開門，一邊問道：「已經把微君送到船上去了嗎？」車裡傳出一個安靜溫婉、卻沒有絲毫感情起伏的聲音：「不用送，我就在這兒。」游子緯怔住。車門打開，他看見駕駛座上坐著的人，是柳微君，而車子後座則躺著克魯斯的屍體。那把殺了克魯斯的槍，正被柳微君握著，而槍口對準著他。

沒有任何反應的時間，槍聲響起。游子緯胸膛的同一處地方，第二次被擊中，但這一次溢出的血是真的。銀子彈，確確實實射入了他的心臟。游子緯低下頭，靜靜地看著不斷湧出的鮮血，那個黑紅的洞裡一直發出「噗噗」聲響。血，爭先恐後地流淌著，永遠也止不住。

游子緯輕聲問道：「是因為我殺了游江南？」柳微君的眼中一片空茫：「你答應過我，不會殺他的，你答應過我的。」游子緯微笑了，那個笑容帶有鮮血的味道：「微君，最終，妳還是選擇了自己的兒子。」然後，他倒臥在地。他輸了，輸在自己的女人手上。他仰望著天空，閉上了眼睛。

游子緯倒地的同時，葉西熙也醒了過來。看著眼前的變故，她驚愕得呆了——柳微君看起來非常平靜，她將克魯斯的屍體推下車，然後將丈夫的屍首搬到自己身邊。做完這一切，柳微君轉過頭來，聲音很輕很柔：「葉小姐，不管妳相不相信，我是愛江南的……可是，我是個自私的女人，我更愛我自己。」說完，垂下眼，撫摸著游子緯的頭髮，她白皙纖細的十指伸入他的黑髮中，那是一種鮮明的淋漓畫面，就像他們的曾經。

柳微君對著死去的游子緯嫣然一笑：「你一向喜歡海，我陪著你，我們一起去海裡。」然後，踩下油門，車快速地順著公路往下滑。柳微君一直低頭看著丈夫，她將那把槍對準了自己的胸口。

轉彎處，車子衝破了鐵護欄，飛躍在黑暗的空中，劃出一個優美的姿勢，用盡最後的絢麗，然後墜落，再也沒有浮起過。

葉西熙怔怔地看著這一切。完結了，一切……都完結了，但是江南……

葉西熙起身，開始往回走。她右腳上的傷口被拉扯著，劇痛難耐，可是她依舊快步走著。江南不會有事的，她會換血給他，江南不會有事的。葉西熙就這麼深一步淺一步地走著。她的背後，有著點點血跡。她的腳越來越痛，可是速度沒有減慢，但路依舊走不到頭。

今夜，沒有月，沒有星，到處都被黑暗籠罩。葉西熙咬著下唇，拚命地忍耐著疼痛。她可以的，可以的。忽然，腳下的石塊將她絆倒在地，那重重一摔猛地撕扯了她的傷口。她再也沒有力氣站起。

葉西熙趴在地上，發出哭喊：「逢泉、慕容、虛元，你們快來，來幫幫我！」那聲音在樹林中盤旋，卻沒有任何回音。葉西熙開始在地上爬動，不能走，她還能爬。她一定要去救江南。她大聲地叫喊著，一雙手在地上攀爬著。她不知道時間過了多久，她只覺得，自己的聲音越來越沙啞，而手掌也被石塊摩擦得血肉模糊。就在絕望之際，前方，一個高挺的身影朝自己跑來。雖然只看得清輪廓，但葉西熙知道，那是夏逢泉。

夏逢泉快速跑來，扶起葉西熙，關切地問道：「哪裡受傷了？」葉西熙抓住他的手，啞聲道：「江南，快……帶我去江南那裡……我要去救他！」夏逢泉怔了一會兒，忽然省悟發生了什麼，連忙用自己未受傷的那隻手臂，抱起葉西熙，喚來其他人，命令他們趕緊尋找游江南。

沒多久，葉西熙再度看見了江南。他已經變成了狼形，他的身體已經僵硬。葉西熙抓住夏虛元的手：「虛元，快給我們換血，快點救他！」夏虛元卻沒有動，一向玩世不恭的他，此刻臉色卻異常凝重。葉西熙的心開始緊縮：「快點啊，爲什麼不動？」夏虛元輕聲道：「西熙，江南已經去了。」葉西熙拚命地搖著頭：「他只是暫時死去，只要換上我的血就好了，上次，夏逢泉也是這樣的。」

夏虛元靜靜陳述著殘酷的事實：「不一樣，上次換血時，逢泉的心臟才剛停止跳動，可是……江南已經去世一個小時了，他的細胞組織已經壞死。」葉西熙抓住夏虛元的手，十指深陷入他的皮膚：「我不信！你是怕我暈倒，你是怕我出事，你是故意這麼說的！虛元，快點換，我沒有事，眞的，我挺得住，快點換吧！」夏逢泉忽然開口：「換吧。讓西熙試一次。」夏虛元點點頭，拿出醫療用具，開始爲他們換血。

葉西熙漸漸平靜了下來，她就坐在草地上，看著游江南。草軟軟的，像坐在雲上，有種不眞實的感覺。她的血慢慢流淌著，流淌進游江南的身體中。可是，他沒有動靜；風吹來，夏逢泉脫下外衣爲失魂落魄的葉西熙披上。游江南柔軟的、白色的毛，輕輕擺動著。可是，他沒有動靜；葉西熙仔細地看著他，游江南緊閉著眼，眼瞼上的褐色小痣彷彿在跳躍著。可是，他沒有動靜。他一直沒有動靜；樹林中開始出現飛舞的螢光，異常柔和。葉西熙輕聲道：「江南，是螢火蟲。」可是，他沒有動靜；葉西熙喃喃說道：「江南，你說過，等我們老的時候，等我兒孫滿堂的時候，我們一起去看螢火蟲……你怎麼能失約呢？」可是，他沒有動靜。

螢火蟲漸漸增多，在樹林間緩緩飛動，異常美麗。可是，游江南沒有睜開眼看。他再次錯過了，永遠地……錯過了。

葉西熙再睜開眼時，發現自己在醫院裡。

腦子一片茫然。隔了許久，她才想起發生了什麼——她失血過多，暈倒了，而江南……江南……忽然，她的手被一隻溫暖的大掌握住。是夏逢泉。

葉西熙望著他，安靜地望著他。夏逢泉明白她想知道什麼。他垂下眼，隔了許久，才緩緩開口：「江南……沒有救回來。」葉西熙看著天花板，白色的，是安靜的顏色。房間裡，也是安靜的。夏逢泉的聲音輕輕響起：「西熙……知道嗎，妳懷孕了。」

葉西熙閉上眼，她的思緒忽然回到了過去。她想起和游江南相處的每一分每一秒，她想起他的每一個眼神，她想起他說過的每一句話——「我也會一直在妳身邊……永遠……永遠……」

葉西熙睜開眼，深深地看著夏逢泉：「我要叫他念南，夏念南，好嗎？」夏逢泉撫摸著她的臉，他的眼裡是理解，是了然：「我們的兒子，就叫夏念南。」

五年後——

每個月的第一個星期天，是夏家的家庭聚會日，每當這時，夏宅便異常熱鬧。

有個小女孩邁著圓滾滾的腿從樓上的兒童房出來，仔細看，小女孩五官標致，粉雕玉琢，一看便知是美人胚。可惜那動作卻不怎麼美——雙手大幅度地擺動著，小腦袋左甩一下，右甩一下，活脫脫一副要流氓得逞的樣子。

「咚」——可愛的小臉蛋撞到了一個人。她抬頭，看見來人，趕緊嘴甜地問好：「舅媽，妳今天好漂亮啊。」葉西熙微瞇起眼睛：「少來這一套。慕容容，妳又做了什麼虧心事？」慕容容睜大黑葡萄般的眼睛：「沒有啊，容容今天很乖的。」

葉西熙捏住她嫩嫩的臉頰，威脅道：「妳這個血液中有著慕容品的奸詐、夏虛元的可怕、夏徐媛的異常的小惡魔，會乖？老實交代，妳去我家念南的房間做什麼？是不是又去欺負他了？」慕容容繼續鼓起臉頰裝無辜：「沒有沒有，我一向很疼念南表弟的。」葉西熙不想多費唇舌，一把抓起她，和自己的兒子對質。

開門，卻見可愛俊秀的兒子夏念南此刻正呆呆地站著，一張原本白皙的小臉紅得像番茄。葉西熙撲過去，拚命搖著夏念南的小身板：「兒啊，你怎麼了！」夏念南仍然怔在原地，一動也不動。葉西熙質問：「慕容容，妳究竟對他做了什麼！」慕容容擺擺胖乎乎的小手：「沒有沒有。只是剛才他在上廁所，我不小心推門進去，看見他的小鳥了。」葉西熙：「……」

事情還沒有完，慕容容補充道：「因爲爸爸昨天才跟我講了撒謊的孩子鼻子會變長的故事，容容的鼻子很漂亮，不想變長，就對念南表弟說了實話：『你的小鳥好小啊！』」葉西熙：「……」

慕容容眨眨眼睛：「但後來我覺得自己做得不對，虛元舅舅說，凡事都要親自實踐，所以我就伸手摸了摸念南表弟的小鳥，可是——果然不是一般的小。」葉西熙：「……」

慕容容露出可愛如天使般的笑容：「後來，我想起媽媽說過，要把自己懂的事情和其他小朋友分享，於是，我就很有耐心地告訴念南表弟，以後他的小鳥就是要放進女生的○（嗶，消音中）裡面，可是他的小鳥實在太袖珍了，以後根本不會有女生喜歡他。」葉西熙：「……」

然後，慕容容瀟灑地轉身走了出去，留下呆立成石塊的夏家母子。

中午，一家人坐在飯廳，開始吃飯。

由於葉家和忙於實驗，夏鴻天忙著度假，都沒回來，於是，阿寬便把白柏清也抓來湊數。

看著慕容容一副得意的模樣，葉西熙決定告狀：「慕容，今天你女兒對念南的小鳥實施了觀光、撫摸以及評價，還教了他關於以後應該將小鳥放在女生哪個部位的生理知識。」

慕容品小聲地問夏徐媛：「是哪次我們辦事被孩子看見了？」夏徐媛想了想：「我喝醉那次？」慕容品搖搖頭：「那次我有鎖門。是不是我喝醉那次？」夏徐媛否定：「那次是我鎖的門。」慕容品道：「那一定是我們倆都喝醉那次。」夏徐媛點點頭：「應該是。」

葉西熙捂住頭：「有沒有搞錯啊，你們兩個已經離婚了，怎麼還能做那種事情？」夏逢泉將兒子抱在懷中，輕聲問道：「念南，你眞的被容容表姐摸了？」夏念南點點頭，臉又再次紅得像顆蘋果。葉西熙要求一家之主主持公道：「夏逢泉，你再不管管，妳兒子的清白之軀就要毀了。」夏逢泉嚴肅地對兒子說道：「念南，做爲夏家的兒子，你絕對不能被這麼欺負……等會兒去摸回來。」葉西熙：「……」慕容容笑道：「逢泉舅舅，上次我掀開衣服追著念南表弟要他摸，他都不摸耶。」夏逢泉：「……」

夏念南默默丟了一塊骨頭給苦大仇深。苦大仇深叼起，跑到旁邊，放在慕容品家的小母狗珠珠身邊。珠珠閃爍著大眼睛，害羞地叼起骨頭還給牠。苦大仇深也害羞地伸出爪子，將骨頭推過去，珠珠再次害羞地用爪子推回。這樣重複了多次之後，苦大仇深輕喚一聲：「汪。」珠珠低下頭，將骨頭推回一半，示意兩犬共啃，苦大仇深高興地同意了。兩犬正要品嘗美食，骨頭卻被一隻手拎起……阿寬皺眉：「苦大仇深，跟你說了多少次，不能在地毯上吃東西，看，弄得多髒。」說完，便把那根鮮美的骨頭扔進了垃圾桶。苦大仇深，欲哭無淚。

葉西熙不甘休，繼續問道：「慕容容，老實交代，妳是怎麼知道男生的──（嗶，消音中）應該放進女生的○（嗶~消音中）裡面的？」慕容容眼中閃過狡黠的光：「我看見妳和舅舅這麼做啊，在浴室、床上，還有游泳池裡。」阿寬哀歎一聲：「又要清洗游泳池了。」葉西熙、夏逢泉：「……」

慕容容又看向自己的父母：「還有，媽媽和爸爸也是這麼做的，在餐廳的洗手間、幼稚園的洗手間，遊樂場的洗手間。」慕容品，夏徐媛：「……」

慕容容再轉身看向白柏清：「還有小白叔叔，不過他很特殊，是另一個叔叔把──（嗶~消音中）放進他的○（嗶~消音中）裡面。」白柏清：「……」

慕容容最後轉向夏虛元：「還有虛元舅舅，他……」所有的人都伸長了脖子，想探聽消息。只見夏虛元拿著刀叉，微微一笑：「容容，還記得上次被我嚇哭的事情嗎？」慕容容吞口唾沫，忽地展開燦爛的笑容：「容容最愛虛元舅舅了。」所有的人鄙夷：「小馬屁精！」

吃完飯，夏念南開始練習鋼琴。

慕容容走到他背後，輕輕拍拍他：「念南。」夏念南不理會她。

慕容容開始打他：「夏念南！」夏念南還是不理她。

慕容容轉轉眼珠，嘴巴一撇，開始嚶嚶哭起來：「念南，你好狠心，你怎麼可以這麼對我？」

夏念南無奈地回頭：「別哭了，我理妳就是了。」

慕容容捏著他的小臉，笑嘻嘻道：「念南眞好，以後長大，我一定要嫁給你。」夏念南皺眉：「可是，我不想娶妳。」慕容容反問：「你想被我欺負嗎？」夏念南搖頭：「不想。」慕容容一本正經地說道：「那就對了。娶我就像是被我欺負，雖然不情願，但你還是得承受。」夏念南感到疑惑：「這句話好熟悉，爸爸好像對媽媽講過。」

當夏念南正失神時，慕容容趁機攬上他的脖子，重重地吻上他的小嘴唇——味道不錯，甜甜的，應該是剛才吃的草莓蛋糕味。

夏念南問：「妳幹什麼？」慕容容命令道：「我在吻你。閉眼。」夏念南下意識遵循了她的話，閉上眼睛。這次，慕容容輕輕吻上了他的眼瞼。

夏念南的右眼瞼上有顆褐色的、小小的痣，在陽光下靜靜閃爍著。慕容容用嫩嫩的童音輕聲道：「念南，快點長大娶我。」

番外　不倫的飛躍

那是匹駿馬，全身暗紅，沒有一絲雜色，在陽光下，反射著血一般令人心悸的嚮往。

牠平穩的背上坐著一名女子，那雙纖細筆直的腿踩在馬鐙上。女子的臉上有種高貴的冷漠，一雙美目淡淡地看著前方。接著，她雙腿一夾馬腹，馬如離弦之箭飛快向前衝去。不久，便來到令人望而生畏的障礙欄杆前。但馬就像牠背上的主人那樣，沒有絲毫退縮，牠放開四蹄，輕鬆地越過欄杆，優美落地。一串動作一氣呵成，沒有任何瑕疵。那女子身上彷彿有種魔力，吸引著人不由自主地注意她。

有個人問身邊的教練：「那是誰啊？」教練答：「柳微君，柳家大小姐。」那人饒有興趣地說：「就是那個富商柳之成的獨生女？長得真漂亮。」教練笑道：「人家可是天之驕女，像你我這樣的人還是想都別想了。」

那邊廂，柳微君從馬背上下來，動作俐落優雅。

一身騎馬服令她玲瓏高眺的身材展露無遺，她的臉龐展現出一種從內散發的高貴，美麗得令人不敢直視。她從口袋裡拿出糖，餵馬吃。就在這時，她察覺有道目光正鎖在自己身上。平時的她一向是眾人矚目的焦點，應該對此習以爲常，然而這道目光並不尋常。她轉頭，看見了那名男子。

他將手環在柵欄上，雖然彎著腰，仍看得出他高挺的身材。那人有著俊逸的臉龐，淡薄傲然的氣質，一雙眼睛如稀世墨玉，泛著深沉的光，嘴角的弧度浸染著風華。他就這麼看著她，那種眼神，柳微君也看不明白。所以，她開始與他對視。不知爲何，她感覺到一種熟悉，她下意識地覺得，他和自己是同一類人。

他們就這麼靜靜地站立著，彷彿要到地老天荒。周圍的一切如此安靜，靜到可以聽見馬噴鼻的聲音，甚至是空氣中微塵的浮動聲。

不知過了多久，柳家的下人走來，小聲道：「小姐，老爺請妳現在回家一趟，說有事商量。」柳微君淡淡應道：「我知道了。」接著，她翻身上馬，最後看了那男人一眼，離開。

「微君，妳和游子經的婚期已經確定了，就在下個月二十日。」——回家後，柳微君從父親口中得到這樣的消息。她那張淡漠若蓮的臉上閃過一縷淡淡的模糊。

她的婚事，是她唯一不能反抗的事情。她得到了一切，美貌、財富、權勢，她擁有世人羨慕的一切，除了婚姻。從小，她便知道，父母能夠答應她的任何要求，除了婚姻。這是她必須付出的代價——爲了柳家的利益，她得和自己不愛的人結婚。

半年前，他們爲她選定了游家的繼承人——游子經。游家是狼人之中最大的家族，而游子經則是未來的當家，那麼她，將是游家未來的皇后。游子經她是見過的，他喜歡安靜，總是穿著寬鬆的白襯衫在書房裡看書。她不愛他，柳微君很清楚自己不愛他。她愛的，應該是危險的男人，能夠讓她心跳加速的男人。柳微君躺在床上，腦海中忽然浮現一雙眼睛，還有那眼中看不分明的情感。那個男人，她不能再想。

確定婚期後，便是一陣忙碌，試穿婚紗、挑選花束、確定宴客名單。可是準新娘柳微君並沒有欣喜之情，她的臉上常常顯出一種漠然。柳微君看著鏡中的自己，她穿著名家設計的婚紗，簡約典雅，有著低調的華麗。脖子上則掛著訂製的鑽石項鍊，璀璨奪目。

柳母微笑著：「看，多漂亮。嫁過去，妳就什麼也不愁了。」旁人附和：「沒錯，我看游子經那孩子脾氣很好，他們倆肯定合得來。」柳母叮囑：「微君，今後，妳要好好當別人的妻子，千萬別亂耍脾氣。」柳微君彷彿沒有聽見，她只覺得，身上的婚紗像有千萬根刺劃著自己的皮膚，而脖子上那條項鍊也越來越緊，勒得她不能呼吸。突然，她不顧眾人詫異的目光，走回自己的房間，換上衣服，衝了出去。

她來到馬場，騎上自己的馬。馬似乎感染了她的情緒，拚命地往前奔跑著。柳微君穩坐在馬背上，感受一股股凜冽的風颳著自己的臉。她讓馬來到障礙欄杆前，跳躍。她喜歡那種騰空的感覺，只有那樣才能讓她的血液恢復流動，才能讓她感覺自己依然是活著的。

在空中，不需要思考任何事情，只需要感受。可惜，時間太過短暫，她只能一次次地帶著馬跳躍。不知過了多久，馬累了，人也累了，她終於停下，將身子俯在馬背上。

忽然，她聽見了馬蹄的嘚嘚聲。睜眼，看見一匹全黑的馬正慢慢朝自己走來，那個男人，那個她警告自己不能想的男人，正坐在馬背上。他沒說任何一句話，便直接伸出手臂將她抱了過來，放在自己身前。接著，他雙腳一夾馬腹，帶著她駛入樹林。

柳微君沒有反抗，她靠在他懷中，聽著他規律的心跳。馬在林中快速地奔跑著，陽光穿過枝葉，在他們身上投下點點光影，移動的光影。風在她耳邊呼呼地吹著，捲走了她全部的煩思。她愛這種感覺。她愛這個男人，他們是同樣不羈的人。

任何事情都有結束，他拉住轡繩，她回到了現實。她躺在他懷中，他摟抱著她，兩人就保持著這樣的姿勢，許久許久。終於，她開口：「帶我走。」他的身子抖動了一下，可是，他沒有回應。這對驕傲的柳微君而言，是一種屈辱，她沒再說話，而是直接掙脫開他，跳下馬。但是他拉住了她的手，緊緊地拉住，毫不放鬆。柳微君轉過頭，看向他，眼中淨是漠然。

他說了他們認識以來的第一句話：「我不能答應，因爲，我是游子緯。」游子緯，游子經。柳微君自非媸顏陋質，瞬間明白了一切。她疲倦地閉上眼，再次睜開，裡面顯出了無奈的晦暗，她輕聲道：「記住，剛才發生的，只是一場夢。」接著，她沒有回頭，向前走去。游子緯的手停留在半空中，那上面依舊留有她的衣香，久久不散。

那只是一場夢，柳微君這麼告訴自己。

她還是和游子經結婚了，而游子緯則去了義大利，和當地的一個狼人家族聯姻。

她和游子經結婚之後，從來沒有吵過架，因爲根本沒有感情，也就不會有嫌隙。游子經喜歡看書，長時間待在書房裡；柳微君則喜歡馬術，自從結婚後，她更常去馬場了。唯有在馬背上，她才能讓自己的心重新跳動，暫時脫離這死水般的生活。這樣的生活一直持續到婚後第二年，她被確診出懷了身孕，於是，這唯一的愛好也被剝奪了。那七個月中，她被迫待在屋子裡，被迫在死寂的泥潭中掙扎。她甚至開始討厭這個孩子，她從沒想過自己會有孩子。

在這個世界上，她最愛的人是自己，她是自私的，她從不否認這一點。和其他的母親不一樣，她從沒爲這孩子準備任何東西以迎接他的出生，因爲他是不受她歡迎的。她只想快快地生下他，完成自己的任務。終於，那天來了。經過五個小時的掙扎，她終於平安生下一個兒子。柳微君已經精疲力竭，她閉上眼睛，沒有力氣，也沒有心情看孩子一眼。游江南，是游家的長孫，下一任接班人，因此自出生就被眾人捧著，而柳微君則在一旁淡漠地看著。

這天，柳微君終於得到醫生的許可，決定去馬場騎馬，她渴望那種飛躍的感覺。正當她要出門時，游子經叫住了她。柳微君問：「有什麼事嗎？可不可以等我回來再說？」游子經輕聲道：

「我想，妳應該抱抱江南。」柳微君看著他懷中的兒子，目光閃躲了一下：「爲什麼會提出這種要求？」游子經溫和俊逸的臉上沒有絲毫責怪，他只是在陳述一個事實：「因爲妳從來沒有抱過他，江南出生後，妳從來沒有抱過他。」柳微君偏過頭去，看向窗外，不語。

游子經的聲音很輕柔，像是微風，將冰冷的湖面吹起圈圈漣漪：「微君，我們的婚姻無法給予妳快樂，我很抱歉……可是，江南不應該爲此而受到牽連，他身上也流有妳的血液。」然後他走了過來，輕輕地將游江南放在妻子懷中，而後離開。

柳微君看著懷中的兒子，他正安靜地睡熟著，她的手碰觸著他的身體，是軟的、熱的。那是種熟悉的觸覺，這是她的骨血。當抱起他的那一刻，她感覺到一種無法用言語解釋的親密。這是她的兒子。柳微君低頭看著游江南，眼底氤氳出一種柔情，她用手指點了點兒子的臉頰，小聲道：「記住，以後要聽媽媽的話，不能惹我生氣……好嗎？」

時光荏苒，一轉眼便是十年。

因爲忙著照顧江南，柳微君並沒有度日如年的感覺，她的心，異常平靜。只是午夜夢迴時，心中依舊有那人的影子深深地潛伏著。

這天，送兒子去學校後，坐在回來的車上，她感到一股窒悶，對生活間歇性生出的窒悶感。於是，她來到了馬場。十年，這裡已改變了許多，只是，那份記憶卻是誰也撼動不了的。

柳微君騎上馬，往樹林深處駛去，這是她每次來都會做的事情。她閉上眼，思念著那份回憶。

風呼呼地在耳邊吹拂，頭髮在空中飛揚，而她的臉頰也彷彿感受著一個人平穩的心跳。她在感受那個下午，她依偎在他懷中的那個下午。

忽然，柳微君一拉韁繩，讓馬停了下來。她的心在跳動，因為有種熟悉的感覺。睜開眼，她看見，前方的褐色大樹前站著一個人。她根本不用辨認，因為那個身影十年來一直駐守在她心中。游子緯，他回來了。柳微君停止了思考，只是靜靜地看著他朝自己走來。

游子緯來到馬前深深地看著她，隔了許久，他說：「我一直在想妳。」聞言，柳微君的身子忽然顫動了一下。這，也是她心中的話，強烈的共鳴產生巨大的恐懼。她要離開，馬上離開。她不能和這個男人產生瓜葛，以前是這樣，現在同樣也是這樣。於是，她一拉韁繩，調轉馬頭。可是，游子緯拉住了柳微君的手，一把將她拽下了馬，摔進自己的懷中。衝擊力讓兩人都倒臥在地。嫩草軟柔，散發著泥土的清新。

柳微君看著自己身上的游子緯，一字一句地說道：「放開我，我是你哥哥的妻子。」游子緯的手覆在她水潤的唇上，輕輕壓出了一個淪陷：「不，妳是游家當家的妻子，妳是我的。」接著，俯下身子，吻了她。柳微君想抵抗，可是身體卻不聽從使喚。她想了他十年，愛了他十年，她無法推開他。陽光穿過樹葉，投射下一束束的光影，映在兩人身上，衍生出最靡麗的罪孽。

深淵，一旦踏入，便會不由自主地往下墜落。柳微君開始偷偷和游子緯來往。在沒有人的陰暗角落中，他們相互擁抱，互相拉著對方墮落。他們身上染滿了罪惡的氣息，令人昏眩。這樣的日子一直持續到某個週日的午後，游家所有的人都在花園中聊天，柳微君和游子緯則在花園中擁吻。他們是見不得光的罪人，卻因同樣的罪孽而相互吸引，不可分離。

但突然，柳微君的眼角瞥見了一個身影，頓時，她渾身的血液都從腳底流走。是江南，是年幼的江南！她猛地推開游子緯，走到兒子身邊，看著他，卻說不出一句話。江南看著自己的眼神，變了。柳微君蹲下身子，艱難地開口：「江南，我……」可是游江南轉身，朝屋子跑去。

柳微君蹲在地上，已經沒有力氣站起。她讓兒子看見了這樣的事實，她不配做一個母親。游子緯走過來撫摸著她的髮，他的動作很輕，聲音卻很冷：「我想，是時候該採取行動了。」柳微君什麼也沒說，她只知道，江南再也不會像以前那樣依賴自己了。

游江南什麼都沒說，他沒有告訴任何人自己看見的不堪事實，只是，他變得沉默，一種小孩子不該有的深沉沉默。終於，柳微君忍不住，來到了他的房間。當時，江南正在看書，和他父親一樣，他喜歡安靜。

看見母親，游江南眼中閃過一絲異樣。柳微君走到他身邊，緩緩說道：「江南……」她只是叫了他的名字，卻再也說不下去。游江南抬起頭，稚嫩的臉上淨是超出年齡的成熟：「媽，別離開我和爸爸。」柳微君怔住。游江南握緊她的手，輕而清晰地說道：「媽，別再見他。」

柳微君看著兒子，他的眼睛，已在陽光下失去了無憂無慮的純淨，是自己讓他失去了快樂。她對不起他。柳微君閉上眼，答應了兒子的要求。從那天起，她沒有再和游子緯聯繫，沒有再去馬場。她囚禁了自己的情感和身體，可是，事情還是發生了。

經過十年的策畫，游子緯終於布好局，在一個平靜的午後，他在路上暗殺了游子經。

當時，柳微君正準備送游江南去上學，門卻突然被人打開。游子經的親信陳鐘滿身是血地衝了進來，一把抓住游江南，他的身體、他的聲音，痛苦非常：「少爺，你父親已經死在游子緯的手上……為他報仇，一定要為他報仇。」

柳微君怔住，她不曾想到會有這樣的結局。游子經，那個安靜的男子，陪伴了她十年的丈夫，就這麼死去了。這時，陳鐘抬起頭來看著她，眼中淨是憤怒的火花，他舉起手，指著她，一字一句地對游江南說：「不要相信這個女人，她是游子緯的同夥，是她害死了你父親……恨她，永遠恨她！」說完這些，倒在地上，死去。

柳微君下意識地轉過兒子的身體，卻看見世界上最冷的一雙眼睛。那裡面只有仇恨，無邊無際的仇恨，對自己的仇恨。柳微君的心，在那一刻被狠狠撕去了一塊，再也無法復原。

一切都是混亂的，柳微君覺得自己像在做夢。

當她回過神來時，發現自己坐在梳妝檯前，鏡子清晰地映出她背後的游子緯。

她開口：「為什麼？為什麼要這麼做？」游子緯將手緊緊地放在她肩上：「因為不公平，只因為他是長子，所以就理所當然地得到一切！父母的關愛、當家的位置，甚至是妳，他得到了一切……我是對不起他，可是唯有這樣，我才能得到想要的一切。」

柳微君問：「接下來，你打算怎麼做？」游子緯俯下身子，親吻她的頭髮：「除去反對我的人，登上當家的位置，還有，娶妳。」柳微君看著鏡子中的他，逼問道：「那麼，江南呢？你打算怎麼對他？」游子緯緩緩地說道：「他已經知道了一切。微君，我們以後會有屬於自己的孩子的。」柳微君沒有動靜，她的臉上沒有任何表情，只是，她的聲音堅決而不容質疑：「如果江南發生了什麼事，我會親手殺了你。」游子緯的手緊了緊，隔了許久，終於答應：「好，我放過他……為了妳，我放過他。」他的唇輕觸著她的臉頰：「終於，我們可以正大光明地在一起了。」

柳微君閉上眼。他們是有罪的，犯下了天大的罪過，他們是會遭受懲罰的。可是在那之前，就讓她享受這甜美的毒汁，慢慢地腐蝕吧。

柳微君嫁給了游子緯，而游江南也徹底遠離了她。他去到外國念書，好幾年都不曾回來過。他恨她，柳微君知道，這輩子，他都不會原諒她。於是，她開始用冷漠來武裝自己，來表示自己對江南的不在乎。沒關係的，她這麼告訴自己，她是自私的，所以只要自己快樂就好，其他人又有什麼重要的呢？她這麼告訴自己。

可是，她不快樂。沒有了江南，她不快樂。時間慢慢流逝，江南長大，一定會開始報復游子緯。柳微君明白這一天遲早會來，可是，她依舊在他們之間徒勞地奔跑著、斡旋著，她甚至去找了葉西熙。柳微君不確定地問著：「江南，真的在乎我？」葉西熙這麼回答：「很在乎，他……非常愛妳。」在那一刻，柳微君的心彷彿又完整了。江南，還是愛自己的。

可是，一切發生得那麼突然。

游子緯殺了江南。她一生中最愛的兩個男人，互相殘殺了。這是報應，這是懲罰。柳微君很平靜地接受了這一切，她準備很平靜地解決一切。當車門打開時，她射出了子彈，準確地擊中了游子緯的心臟。

「微君，最終，妳還是選擇了自己的兒子。」——這是游子緯的最後一句話，他死在她的懷中。柳微君撫摸著他的髮，輕聲道：「你一向喜歡海，我陪著你，我們一起去海裡。」

車子快速地向下滑去，衝破欄杆，飛躍在空中。那是她最愛的飛躍。他們的罪孽將被烈火燒盡，永遠埋藏在海底。在陷入黑暗前，柳微君微笑了。

Side Story

番外　雪戀（下）

游斯人將徐如靜帶回了自己的宅寓。來來去去，幾次重複，她的腳，最終還是輕輕落在這裡，彷彿她的生命注定要滲進那高高的圍牆裡。

她以爲游斯人會懲罰自己，可是他沒有。他只是把她抱到床上，舉起她受傷的手仔細查看，眉宇間沒有任何明顯的表情，動作是那麼的輕。而她那隻白皙纖細的手，少了小指，是殘缺的。

游斯人緩緩問道：「還痛嗎？」徐如靜搖搖頭。游斯人幫她掀開被子：「先睡一覺，明天我會請最好的醫生來幫妳診治。」徐如靜看著他的眼睛。她一向最怕看他的眼睛，因爲那裡面的東西很深很深，她永遠也看不明白，但是現在，她很想弄懂：「當我向你舉槍時，爲什麼不告訴我事情的眞相？」游斯人沒有說話，他幫她蓋好被子，放下帷幔，然後起身離開。

透過深色的薄紗帷幔，徐如靜看見游斯人的身影漸漸縮小，但走到房間門口時，他停下了。游斯人背對著她，用輕不可聞、依舊沒有任何感情起伏的聲音說道：「因爲，我賭妳不會開槍……我輸了。」接著，他走了出去。

房間只剩下徐如靜，她安靜沉默地躺在床上，看著那扇已然緊閉的門，許久都沒有闔上眼睛。

沒多久，傳來一個消息——「葉西熙被游子緯加害，下落不明。」徐如靜很擔心，請求游斯人幫助夏逢泉找尋西熙。當時，游斯人正站在小橋上，水的粼光一波波投射在他臉上。

他薄薄的唇微啓：「我可以幫夏逢泉找到葉西熙，還可以殺了游子緯爲妳的父母報仇，但是，一切都是有條件的。」徐如靜用詢問的眼神看著他。游斯人一字一句地說：「條件就是，妳要留下，心甘情願地留下。」他走到她面前，迎著風，額前的碎髮撩亂，隱隱顯出右眼上那淡淡的的疤痕，那是她過去時常觸摸的傷痕。徐如靜的掌心開始有些微微的癢，她緊緊握住自己的手，因爲用力，手的骨節發白了。她說：「我答應你。」

和以前一樣，徐如靜依舊每天待在宅子裡。不同的是，那種被囚禁的窒悶感已經消失了。以前，她每天都喜歡看著天空，心心念念想著圍牆外自己的家。可是現在，她的家、她的父母，已經沒有了。她沒有了想念、沒有了依附，她感覺到孤寂。對她而言，這幢曾經意味著囚籠的宅子，漸漸成了她的依靠。而她對游斯人的感情也逐漸起了變化。她開始依賴他。先前失去游斯人的那段日子讓徐如靜明白，她對他還是有感情的，一種晦暗的感情，見不得光，只能躲在內心深處。

徐如靜經常做噩夢，夢見父母被一群狼活活咬死。她清楚聽見皮肉撕咬的聲音，清楚看見父母筋骨裂開的場景，還清楚感覺到那些血……父母的血漸漸染滿了自己的衣衫。她尖叫著醒來，在黑暗中感到無比的孤獨，那是種能將人逼瘋的孤獨。可是每當這時，會有雙手將她牢牢環住。手是冰冷的，沒有任何溫度，可是徐如靜的身體卻感到溫暖。接著，游斯人會摟著她入懷，沒有任何多餘的話語，只是用動作安慰著她，讓她平靜，讓她入睡。

至少，在這個空蕩的世界中還有游斯人，還有他。徐如靜的心慢慢安穩下來。有時候，她甚至覺得就這麼生活下去，也沒什麼不好。

游斯人遵守了與徐如靜的協議，他告訴夏逢泉，葉西熙的可能下落。

接著，他開始全力對付游子緯。徐如靜明白這不是件容易的事情，游子緯的勢力很大，要想撼動他的根基需要費很大力氣。游斯人繼續努力著，游子緯自然不肯忍氣吞聲，立刻進行反擊，雙方傷亡頗重。那段時間，游斯人每天都會帶著血腥和疲倦的氣息回家，然後，無論當時是白晝或夜晚，他都會將徐如靜拉到身邊，緊緊把她環在懷中，入睡。

徐如靜喜歡看著游斯人熟睡的臉，每當這時她會想，他究竟是什麼樣的人呢？似乎，從他們認識開始，他就一直活在陰謀與鮮血之中。他從來沒有提過自己的父母，從來沒有什麼朋友。一隻孤獨的狼，嘴角總是揚著冷意的笑，眼中沒有任何感情，受了傷，便自動躲在角落中舔舐血跡。這就是游斯人吧。他是孤獨的，儘管他從來不願承認，或者，從沒意識到自己害怕孤獨。徐如靜明白，因爲她也是孤獨的。他們是一樣的。

月光透過竹簾的縫隙，變換成一縷縷光束落在游斯人身上，柔化了他的臉部線條，融化了那層冰。徐如靜緩緩地抬起手，輕輕撫上游斯人眼睛上的傷疤。因爲是被銀子彈劃傷的，那傷痕注定無法消逝，注定永遠留在他臉上。就像自己和他，注定是要糾纏一世的。

忽地，游斯人睜開眼睛，一把握住了她的手腕。速度很快，動作卻不可思議的溫柔。他們保持著這個動作，在靜靜的月光下相互對視著。良久之後，游斯人忽然拉起徐如靜，半坐在床上，然後重重地吻了她。他的舌在她口中席捲，掠奪、吸取著她的芳汁。還是一樣，他的舌、他的唇、他的皮膚仍舊那麼的冷。可是徐如靜早已習慣，習慣了他的懷抱，習慣了他的吻，習慣了他的溫存。

當這個吻停止時，徐如靜直視著游斯人的眼睛：「爲什麼要幫我報仇？」游斯人的聲音浸潤在月光中，恍惚之間彷彿有種很淡、很淡的溫柔：「只有這樣，妳才會心甘情願地留下。只有這樣，妳才是暖的。」徐如靜喃喃問道：「爲什麼呢？爲什麼你要的是我？」游斯人沒有回答，他伸出手，開始解她的衣服。

徐如靜的睡裙是白色的，和她的皮膚同樣色調。薄薄的絲綢布料微微吸著皮膚，勾勒出她姣好的曲線。將帶子一扯，睡衣解開，劃過滑膩的肌膚鋪陳在床上，像是褪下的皮。而徐如靜則是新生的美女蛇，全身閃著瑩瑩的光。游斯人從後擁抱著她，他的雙手繞過她纖細的手臂，來到胸前的柔軟處，輕輕罩住，恣意地撫弄著。他的唇在她頸間徘徊，她薄薄的皮膚敏銳感覺到他唇部的紋路。他是冰冷的，可是卻帶來了火，燃燒著她。徐如靜的身子，開始發燙。

游斯人有技巧地撩撥著她，一隻手慢慢下滑，來到她的花蕊處，耐心地撫弄著。那是種噬人的快感，徐如靜承受不住，她拉住游斯人的手，不肯讓他繼續。可是沒有用，她的力氣根本無法阻止這一切。受到撩撥的花蕊開始流出情慾的蜜汁，他的手指開始進入濕潤的小徑。裡面是柔弱的、暖熱的，和她一樣。她是暖的——那是游斯人從未接觸過的東西，他不願放手，他不會放開她。游斯人的手指在小徑中進出著，混合著滑膩的汁液進出著。徐如靜閉上眼睛，咬住下唇，忍受著那種酥麻的刺激，那種在難受與快感間徘徊的刺激。

游斯人並不滿足，他的舌開始舔舐著她的耳，沿著她耳朵的輪廓遊走。徐如靜被他困住，無法動彈，她身體的每一處地方都燃著小小的火花，溫度聚集在體內，彷彿要爆炸開來。情慾的驚濤駭浪，即將決堤。她抓住游斯人的手，指甲深深陷入他的皮膚中。游斯人轉過她的身子，讓她面對著自己，將她那兩條纖長的腿放置在自己的腰部，徐如靜下意識地將手臂環上他的頸脖，讓身體靠近他。她在尋找可以讓自己舒緩的方式。

游斯人握住自己的堅挺，放入徐如靜的私密之處，一個挺身，進入了她。強烈的感覺，逼迫得徐如靜喚出聲來，那朦朧的嬌吟讓游斯人的身體一緊，他的動作脫離了自己的思緒，變得更加激烈。他的分身在她的體內充斥著，他的堅硬、她的柔軟，相互摩擦著。他們緊緊環抱在一起，皮膚牢牢貼合著，他的冰冷、她的溫暖，融為了一體，再也無法分開。夜風潛入房間，輕輕吹動薄紗帷幔，幻化為一股股的水，環繞在兩人四周……

第二天，游斯人很早便醒來。家族中一位相熟的長老派來手下，約他去談話。游斯人穿戴完畢，並不急著出門，而是坐在徐如靜身邊看著她。

「爲什麼你要的是我？」昨晚她這麼問他。爲什麼要的是她，因爲——她是溫暖。

當他受傷躺在雪地上時，他第一次感覺到了冷，難以忍耐的噬骨之冷。他以爲自己會永遠這麼睡下去，在冰天雪地中睡下去。可是卻有雙暖熱的手救了他，他沒有力氣睜眼，卻感覺得到寒冷正逐漸遠離自己。那雙手幫他療傷，幫他蓋上被子，最後還撫摸了他的臉。多久了，已經有多久沒有人碰觸過他。他努力地睜開眼，他要看清楚，那份溫暖究竟屬於誰。終於，他成功了，他睜開了眼睛。他看見了一個女孩，一個有著雪一樣白皙肌膚、卻像火一樣溫暖的女孩。他第一次有了渴望，他渴望得到她。於是，他這麼做了。可是她不快樂，她因爲他而失去了自由。尤其是她的父母去世後，她的溫暖漸漸消逝。他要幫她報仇，讓她重新快樂起來，讓她永遠待在自己身邊。游斯人俯下身子，在徐如靜的額角親吻了一下，接著離去。

他沒有再回來。

原來，那名相熟的長老暗中投靠了游子緯，設下陷阱，抓住了他。當聽見這個消息時，徐如靜的胸口像被鐵錘狠狠一擊，痛得麻木。她當然清楚，游子緯是不會放過他的。

她呆呆地站著，什麼也想不了，什麼也不能想。任廣明告訴她，游斯人早有命令，萬一自己遭遇不測，立刻護送她到夏家。他什麼都替她設想了，卻沒有想到自己。徐如靜沒有反抗，她依照他的命令，來到夏家。因爲只有這樣，游斯人才會安心。她現在唯一能做的，就是讓他安心。

「我現在……已經不會想那麼多了。」「我會等他，我會在他回來時就在屋裡等著他……我不想再跑了，我累了，也倦了。」「妳和夏逢泉是緣，而我和他則是孽……但無論是什麼，都是命中注定的，掙不脫，逃不開。」——這些是長久以來深埋在心的話，她終於敢向西熙承認了。她在乎游斯人，就像游斯人在乎她那樣。徐如靜不懂這是不是愛，但他們是在乎彼此的，這就夠了，眞的。她不會再逃了，就算游斯人沒能爲自己的父母報仇，她也會待在他身邊。就算這是孽，她也甘之如飴。

後來，事情發生了。

游子緯用計，替游江南做了植入晶片的腦部手術，綁架了西熙。所有事情都在海邊發生與結束。游江南去了，游子緯和柳微君也葬身大海，可是卻不見游斯人的蹤跡。

原來，游子緯在行動之前，便派人到獄中暗殺游斯人。當夏逢泉一行趕到牢房時，那裡彷彿成了煉獄，到處都是血污。根據夏虛元的檢查，那種場面是由特製炸彈所造成，因裡面含有銀片，爆炸後會向外四射，刺入狼人的心臟，讓他們斃命。仔細檢查完滿地的血肉模糊之後，夏虛元認爲裡面並沒有游斯人的屍體。

游斯人從此失蹤了。

徐如靜什麼也沒有說，只是一直待在宅子裡等著他。每天，她都坐在亭子裡，看著院中花草，一天天長成，再一天天枯萎。時間就這麼流逝著，游斯人依舊沒有任何消息。所有的人都說，如果他活著，一定會回來的，可是他沒有。游斯人已經死了，所有的人都這麼認為。徐如靜還是什麼也沒說，只是靜靜地坐著。院中的景象變換著。流螢等來了秋葉，之後便是冬梅。又是冬天，又是和游斯人初次見面的季節。徐如靜終於從亭間站起，她要回家，她要去看看他們相識的地方。

纜車慢慢地滑行著，極目所見全是白皚皚的雪，覆蓋了整片山林。這次，纜車裡只有她一個人。很安靜。下了車，走沒幾步，便是她的家。雖然父母已經去世，但游斯人一直派人定期打掃，因此並不顯得荒寂。

徐如靜走進屋子，開始往爐裡生火。紅色的火光漸漸顯著，在她臉上閃耀著。那是溫暖的顏色。屋子很空，她的心也很空，又剩下她一個人了。火，很快融化了衣服上的雪花，變為水滴，落在她的腳邊——「滴答、滴答」聲在屋裡迴響著，寂寞逐漸擴大。

忽然，她似乎聽見了一陣輕微的腳步聲，像鞋子踩在雪地上的聲音。徐如靜趕緊起身，倏地將門打開。外面，依舊一片白茫茫，沒有任何人影，沒有任何聲音。徐如靜眼中滑過深深的失望。她關上門，走進了自己的房間。

那裡，和自己離開時一樣。她蹲下身子，將臉枕在毛毯上，毛絨絨的，就像當年那幾晚她抱著變換成狼形的游斯人時，那種感覺。她閉上眼靜靜地回憶著，回憶著他的冷、他的孤獨，他對自己的好。此時，徐如靜似乎又聽見了輕微的腳步聲。「答」的一聲輕響，她的眼淚墜落在毛毯上。她沒有再起身。游斯人不會回來了，他眞的不會回來了。從此，世上只剩下她一人，再沒有誰會在她噩夢驚醒時抱住自己，再沒有誰會在乎她的一顰一笑，再沒有誰會讓她情不自禁地想要擁抱。

徐如靜哭泣著，將所有的情感都發洩出來，她忍耐了很久，緊緊拽住希望忍耐了許久。她不想在其他人面前哭，她要用自己的鎮定告訴他們，游斯人還活著，他一直都活著。可是她騙不了自己的心，游斯人不會回來了，她哭泣著，撕心裂肺地哭泣著。

忽然，手機鈴聲響起，徐如靜勉強忍住悲痛，鎮定心神。當接通之後，裡面傳來任廣明興奮的聲音：「徐小姐，游先生回來了，他已經上山去找妳了……」徐如靜沒有回答。她慢慢站起身子，她的視角漸漸變化著，漸漸看清了外面的全部……手機掉落在地上，徐如靜倏地衝了出去。

她打開大門，看見了。就在屋前的雪地上，就在她第一次發現他的地方，游斯人就站在那裡。他在微笑，那個微笑不再是冷的，不再是沒有感情的。在絮絮的雪花中，他就站在那裡，彷彿從不曾離開過。以後也不會離開，永遠，永遠。

番外 《狼》劇全體演員，接受《葡萄日報》專訪

《我的男友是條狼》一劇終於在日前殺青，《葡萄日報》記者第一時間對該劇全體演員進行了深度訪談。

《葡萄日報》記者（客套地笑）：「恭喜《狼》劇殺青，不知大家此刻心情如何？」

全體劇組演員：「嘎嘎嘎啦啦啦唧唧唧咕咕汩汩……」

《葡萄日報》記者（完全聽不懂）：「那個，可以請一位代表發言嗎？」

夏鴻天起身：「編劇兼導演太偷懶，每天只拍兩千字，不怎麼長的一部戲，卻拖了足足好幾個月才完成，實在是浪費大家的時間。」

劇組其他演員紛紛附和。

撒空空（低頭認錯）：「我錯了，我再也不敢了。」

撒空空（內心戲，面目猙獰）：「好你個夏鴻天，總共才出場幾次，就這麼多怨言，本來想找你來演我的其他劇本，現在看來，沒門！」

《葡萄日報》記者（開始打圓場）：「編劇兼導演工作忙，這也是可以理解的。那麼，進入正題，接下來讓我採訪一下劇中的幾對情侶。首先是人氣最高的……」

幾對情侶開始伸長脖子。

《葡萄日報》記者宣布：「夏徐媛和慕容品！」

葉西熙不服氣，第一個鬼叫起來：「有沒有搞錯，這部戲我和夏逢泉從頭帶到尾，每天累死累活，臨到末了，居然連個最佳情侶也沒得到？」

《葡萄日報》記者（聳聳肩）：「沒辦法，有觀眾反應你們的激情戲太多，容易教壞小孩。」

葉西熙憤怒：「現在的小孩可比我們精多了，不信請參考慕容容！」

撒空空（輕咳一聲）：「葉西熙，注意風度。」

葉西熙將怒火轉移到自家老公身上：「都是你，每天都精蟲衝腦，活像大色狼，我再也不跟你做那檔子事了！」

夏逢泉冷冷地看了她一眼，然後起身，扛起葉西熙，在眾目睽睽之下將她拖進了旁邊的休息室。沒多久，裡面便傳出衣服撕破的聲音、葉西熙的救命聲，再然後是兩人此起彼伏的呻吟聲……

《葡萄日報》記者（目瞪口呆）：「好豪放的一對啊！」

撒空空喝口茶：「記者先生，習慣就好，習慣就好。」

得獎人之一夏徐嫒，也對這個稱號不滿意：「我和慕容品根本就不是情侶。」

慕容品靜靜說道：「我們是比情侶更進一步的夫妻。」

夏徐嫒反駁：「我們早就離婚了。」

慕容品不徐不疾地說：「我們在三年前，就已經重婚了。」

夏徐嫒睜大眼：「什麼！」

慕容品不急不躁地說：「三年前的耶誕節，妳喝醉了酒，我就把妳帶到拉斯維加斯，重新結了一次婚。」

夏徐嫒：「……」

這時，《葡萄日報》記者感到身旁有股寒氣，轉頭，看見游斯人正一手摟住徐如靜的腰，一手拿著手機，用沒有任何感情的聲音吩咐道：「居然沒讓我和如靜得到最佳情侶獎，膽子果然夠大，去給我查查這個記者住在哪裡，等會兒採訪完了，替我好好『感謝』他。」

《葡萄日報》記者正在冷汗淋漓，卻感覺有人在拉自己的褲腳，低頭一看，發現原來是可愛的慕容容。

慕容容嗲聲嗲氣地說道：「叔叔，我和念南才是人氣最高的情侶檔。」

《葡萄日報》記者哈哈大笑：「小妹妹，等妳長到我胸口這麼高，再說吧。」

慕容容的大眼睛閃過一絲狡黠，她手上一用力，竟倏地將記者的褲子拉了下來。害得記者先生趕緊蹲下身子。

慕容容扠手笑道：「叔叔，現在我可是和你一樣高了。」

《葡萄日報》記者（憤恨）：「誰家的小孩啊！快抱回去，好好教養一下吧。」

慕容品和夏徐媛：「我們生的，怎麼，有意見嗎？」

《葡萄日報》記者（點頭哈腰）：「沒有沒有，那個，現在可以詢問兩位問題了嗎？」

慕容品和夏徐媛（不耐煩）：「問吧。」

《葡萄日報》記者（清清嗓子）：「請問你們現在愛對方嗎？」

慕容品（斬釘截鐵）：「愛！」

夏徐媛（同樣斬釘截鐵）：「不愛！」

《葡萄日報》記者（擦去冷汗）：「爲什麼呢？」

慕容品：「因爲她讓我產生強迫的慾望。」

夏徐媛：「因爲他總是強迫我做這做那，我夏徐媛又不是葉西熙那種軟皮球，會任由他對我捏圓捏扁。」

《葡萄日報》記者（皺眉）：「看來兩位的想法很分歧呢……那麼，要怎麼樣，你們才會像正常夫妻一樣和平相處？」

慕容品：「當她乖的時候。」

夏徐媛：「當他聽我命令的時候。」

《葡萄日報》記者（暗歎口氣）：「看來這一天是很遙遠了。下一個問題，你們還想要孩子嗎？如果想要，請說出數量。」

慕容品：「想要，越多越好。」

夏徐媛：「容容已經是例外，我不想再跟他生了。」

《葡萄日報》記者（呼出口氣）：「謝謝兩位的合作。那麼，接下來，有請游斯人和徐如靜這對情侶。」

游斯人與徐如靜就坐。

徐如靜：「記者先生好。」

《葡萄日報》記者（微笑著伸出手）：「徐小姐，妳好。」

游斯人緩緩說道：「只要你挨到她，你這隻手也就廢了。」

《葡萄日報》記者（頭髮被嚇得豎起，趕緊把手收回，勉力鎮靜下來）：「那個，兩位應該是本劇最先以情侶身分出場的。第一集的時候便有場強姦，噢不，是激情戲。縱觀全劇，感覺你們的愛情應該是屬於虐戀類。我不明白的是，如靜小姐到最後怎麼會喜歡上了游斯人呢？」

游斯人（慢條斯理）：「你好像對此感到非常不滿。」

《葡萄日報》記者（忙疊聲否認）：「沒有沒有沒有沒有！是觀眾這麼說的！」
徐如靜（認眞地想了想）：「因爲後來我家裡發生了一些事情，再加上和他相處久了，發現了他的一些優點……當然，後來我去看了心理醫生，醫生說我得了斯德哥爾摩症候群。」
游斯人（陰沉地拿出手機）：「查清楚，如靜看的是哪個心理醫生，替我好好『感謝』他。」
《葡萄日報》記者（顫抖一下）：「好可怕的男人。」
爲了完成工作，非常有責任感的《葡萄日報》記者不屈服於淫威，繼續發問：「徐小姐，可以描述一下妳對同劇組男演員的印象嗎？」
徐如靜：「嗯，夏逢泉有點大男人主義，可是內心深處卻很疼西熙；慕容品很穩重，可是遇見徐媛就會破功；夏虛元這個人滿奇怪的，我猜想他的戀情應該和平常人不太一樣；阿寬是個居家的男人，不過聽說以前是位花花公子，我對他的轉變有點好奇；我沒有和游子緯對到戲，不過，聽說他是個很不一般的人。」
《葡萄日報》記者：「那麼游斯人呢？妳現在對他是什麼感覺？」
徐如靜（垂下眼睛）：「我現在，有點依賴他。」
《葡萄日報》記者：「正文的結局裡頭並沒有對你們兩位做一個交代，這是爲什麼？」
徐如靜：「我們的編劇兼導演其實相當用心良苦，她安排了我們在這齣劇的前後段各演一集名爲〈雪戀〉的番外，詳細交代了我們認識、愛上彼此的心路歷程，以及事情的結局。」

生孩子？」

《葡萄日報》記者：「有些觀眾有疑問，妳是普通人，而游斯人是狼人，那麼你們豈不是不能

徐如靜沉默，神色惘然。

游斯人（嘴角上揚，露出令人毛骨悚然的招牌微笑）：「記者先生，你的膽子果然夠大。」

《葡萄日報》記者（身子顫抖）：「這個……這個是觀眾提的問題，和我無關。」

徐如靜輕輕握住游斯人的手臂，道：「沒關係，我們以後可以收養孩子，這樣也很好。」

游斯人頷首，接著上下打量著《葡萄日報》記者：「對了，你的孩子多大了？明天抱來讓我們看看。」

《葡萄日報》記者（倒吸口冷氣）：「沒有沒有，我還沒生……那個，謝謝兩位的合作。接下來，請男女主角上場。」

撒空空（悄聲道）：「記者先生，他們兩個還沒做完呢。」

《葡萄日報》記者（傻眼）：「都已經這麼久了，還沒做完？」

撒空空（咔嚓咔嚓吃著洋芋片）：「習慣就好，習慣就好。」

《葡萄日報》記者（無奈）：「那麼，我們就先請本劇組年紀最小的一對情侶——慕容容和夏念南上場。」

慕容容：「叔叔你好。」

《葡萄日報》記者（咬牙強笑）：「妳，好。」

慕容容：「叔叔，你的樣子好猙獰呢，小心把牙齒咬碎了。」

《葡萄日報》記者（深深吸口氣，不再和小孩一般見識）：「嗯，有觀眾留言，說你們其實是表親關係，在一起等於亂倫……」

慕容容（用童音把話截斷）：「可是，我們狼人認爲表親在一起很正常。而且根據狼人的基因，近親結婚不但不會得遺傳病，還能保證血統的純淨，好處多多呢。」

《葡萄日報》記者（小聲嘀咕）：「這是六歲小孩說出的話嗎？……嗯，那個，念南，你眞的喜歡慕容容嗎？世界上比慕容容可愛、比慕容容溫柔、比慕容容善良的小女孩，應該很多吧？」

夏念南（皺緊漂亮的小眉毛）：「可是從小到大，我只見過容容這個同年紀的玩伴。」

《葡萄日報》記者（訝異地睜大眼）：「怎麼可能！」

夏念南：「因爲其他女生只要靠近我，容容就會打她們。」

慕容容：「念南，你冤枉我，我沒有打她們，我只是用針刺她們，就像這樣……」

《葡萄日報》記者（慘叫）：「啊！慕容容，妳幹嘛刺我！」

慕容容（眨著貌似無辜的大眼睛）：「叔叔，你居然唆使念南去找其他女孩，這種行爲難道不該被刺嗎？」

《葡萄日報》記者摸摸傷口，趕緊送走這對小冤家：「好了，接下來歡迎《狼》劇中年齡最長的一對情侶上場。」

柳微君和游子緯上場。

《葡萄日報》記者：「做爲本劇的大反派，兩位被觀眾罵得很慘，對此，有什麼想說的嗎？」

游子緯（雙手閒閒交握）：「如果不是我的存在，這齣劇根本就不會出現矛盾衝突，也就無法繼續演下去，所以，觀眾應該感謝我才對。」

《葡萄日報》記者（嘴角抽搐）：「大叔的心理素質好強……嗯，那麼柳小姐呢？在最後關頭，妳爲什麼會殺了自己的丈夫，繼而殉情？」

柳微君：「我是個很驕傲而且自私的女人，可是我這輩子也愛過兩個男人——子緯和江南。子緯答應過我不會殺江南，可是他食言了，這讓我無法忍受，因此，我決定帶著他一起去死。」

《葡萄日報》記者（眉毛跳動）：「好激烈的性子……嗯，感謝兩位。那個，男女主角應該準備好了吧。」

黑著臉的夏逢泉和紅著臉的葉西熙上場了。

夏逢泉：「有什麼話一次問完，我們還有事要辦。」

《葡萄日報》記者（滿頭黑線）：「還要做？體力眞好。」

夏逢泉（覷記者一眼）：「你好像很不滿。」

《葡萄日報》記者趕緊搖頭。

葉西熙揉揉痠痛的腰：「他一定是很想代替我的位置被你蹂躪，夏逢泉，等會兒你把他拖進去好了，我不會介意的。」

《葡萄日報》記者（冷汗淋漓）：「不用了，不用了！我馬上把問題問完。嗯，請問兩位是何時愛上對方的？」

葉西熙：「好像是被游一誠抓到義大利的那段時間，我覺得自己整天都在想他。」

夏逢泉：「不記得了，似乎很早就開始了。」

《葡萄日報》記者：「那麼，你們爲什麼會愛上對方？」

葉西熙：「因爲他身材好，模樣也不錯，而且很有安全感。」

夏逢泉：「因爲她是笨蛋。」

《葡萄日報》記者（撓撓頭）：「這是什麼邏輯！下一個問題，平均每天做多少次？」

葉西熙（哀怨）：「很多很多很多很多很多次。」

夏逢泉：「三點五次。」

《葡萄日報》記者（抹去冷汗）：「好精確。那麼，最滿意對方身材的哪一點？」

葉西熙：「胸膛。古銅色，非常性感，肌肉練得很緊實，而且冬天很暖和。」

夏逢泉：「胸部。很白皙，很柔軟，手感好，性感。」

《葡萄日報》記者（再次抹去冷汗）：「也描述得太具體了吧。下一個問題，兩人還打算生孩子嗎？如果想，請說出數量。」

葉西熙：「要！越多越好！只有我懷孕時，夏逢泉才會有點人性，自己用手解決生理需求。」

夏逢泉：「不要，有念南就已經夠了。懷孕的時候，她會理直氣壯地拒絕我的要求，將近一整年的時間我都得自己解決需求，太折磨人了。」

《葡萄日報》記者：「請問下輩子還願意跟對方做夫妻嗎？」

夏逢泉（斬釘截鐵）：「當然。」

葉西熙（咬著指甲猶豫中）：「如果……我是說，如果下輩子他的性格溫和一點……」

夏逢泉（眼神慢慢銳利起來）：「如果我沒聽錯，妳的潛臺詞是不願意嗎？」

葉西熙（連忙否認）：「沒有沒有，我很願意！」

《葡萄日報》記者（清清嗓子）：「下一個問題，請問想把夏念南培養成什麼樣的人？」

葉西熙、夏逢泉（異口同聲）：「情聖。」

《葡萄日報》記者（冷汗）：「很特別的期許……那麼，你們願意他長大後娶慕容容嗎？」

葉西熙：「……」

夏逢泉：「……」

慕容容走過來，抱住他們的腿：「舅舅、舅媽，你們怎麼不說話？快說願意啊。」

葉西熙、夏逢泉（一起看向提問的人，眼神怨毒）：「這都是些什麼爛問題？」

《葡萄日報》記者：「沒辦法，觀眾要我問的。接下來，嗯，這個……這個問題是……」

葉西熙（不耐煩）：「是什麼？不問，我們走了。」

《葡萄日報》記者（豁出去了）：「有觀眾問，會不會是葉西熙背著夏逢泉和游江南胡搞瞎搞，所以才有了念南，不然孩子怎麼會和游江南長得這麼像呢？……這眞的不關我的事，是觀眾要我問的。啊，別打我的臉，我是記者……也不要打胯下，我是男人……」

慘叫聲持續了五分鐘。

《葡萄日報》記者（鼻青臉腫）：「雖然遭遇了挫折與打擊，但我發誓，一定會完成這個採訪……接下來，請本劇的兩位男配角上場。」

游江南和游一誠坐定。

《葡萄日報》記者（面向游江南）：「請問你對自己死去的結局滿意嗎？」

游江南（一如既往的溫柔）：「其實，編劇兼導演曾經開導過我，她說，西熙既然已經永遠屬於夏逢泉了，那麼我生無可戀之下，死去倒未必不是一種快樂。」

《葡萄日報》記者：「很多觀眾對你的遭遇感到同情，認爲你是典型的炮灰男配角。爹不在，娘不愛，好不容易喜歡上一個女主，又被人家搶了，最後仇也沒有報到，就嗝屁了。還有觀眾要我悄悄地提醒你，是不是無意間得罪了導演，才把你弄得這麼慘？」

撒空空（咳嗽兩聲）：「記者先生，請注意一下啊。」

游江南（微笑）：「應該不是吧，我平時和導演的關係不錯的，她還邀我加入她的新戲呢。」

《葡萄日報》記者：「噢，看來傳言果然是不可靠的。請問，你現在還愛著葉西熙嗎？」

游江南（沒有任何猶豫）：「愛，直到死的那一刻，心裡都還是愛著她的。」

《葡萄日報》記者（向後張望了一番，確定葉西熙和夏逢泉不在，才悄聲道）：「說實話，念南是不是你和葉西熙的兒子？」

游江南（失笑）：「怎麼可能，我和西熙之間的感情是屬於柏拉圖式的，我們根本沒有做出逾矩行爲。」

《葡萄日報》記者（不可置信）：「那……爲什麼念南會和你長得這麼像呢？」

游江南（沉默了一會兒，輕聲道）：「因爲我在臨死前告訴過西熙會永遠陪在她身邊，而念南，就是一個信念，代替著我重新活下去，重新給西熙不一樣的快樂。」

《葡萄日報》記者：「可是念南在慕容容的小魔掌下，生活得很痛苦呢。」

游江南（長歎口氣）：「我也沒想到那個小女孩怎麼會跑出來。」

《葡萄日報》記者（面向游一誠）：「做爲男配角，而且是全劇裡長得最好看的男配角，但你的人氣卻出乎意料的低，對此，你有什麼看法？」

游一誠（聳聳肩）：「很簡單，我太完美，觀眾可望而不可及，自然也就不敢產生慾念了。」

《葡萄日報》記者（眼角抽搐）：「果然夠自戀……我這裡有一則觀眾發來的資訊，她問：

『你媽媽從小是怎麼教育你的，爲什麼會把你養得這麼變態呢？難道眞的像葉西熙說的，她對你施行過ＳＭ？』」

游一誠（坦然）：「我是在很正常的教育下長大的。只是，天才在常人眼中往往是瘋子，同樣地，我在他們這些凡人眼中也成了變態。」

《葡萄日報》記者：「請問，聽見父親去世的消息，你難過嗎？」

游一誠：「還好，不過我媽有點難過。」

《葡萄日報》記者（睜大眼）：「原來胡安妮對游子緯還有感覺，等等，我趕緊寫下來，中年黃昏三角戀這個題材夠新鮮。」

游一誠（緩緩說道）：「她本來想在屍體上踏幾腳，但我父親的屍體墜落到海裡找不到了，她覺得很不爽。」

《葡萄日報》記者（吞口唾沫）：「好悍的女人……嗯，還有個問題想幫觀眾問問，請問你是眞的愛葉西熙嗎？」

游一誠：「我覺得是，但西熙不這麼認爲。」

《葡萄日報》記者：「你曾經和葉西熙有過約定，說要娶她的女兒，可是她生的卻是個兒子，怎麼辦？」

游一誠（微微皺眉）：「關於這個問題嘛，我還在思考……或者取出西熙的細胞，重新複製一個她好了。」

《葡萄日報》記者（身子抖一抖）：「拿複製人當老婆？你還眞厲害……好，謝謝兩位的受訪。接下來，歡迎本劇中最古怪的夏虛元上場。」

夏虛元就坐。

《葡萄日報》記者：「觀眾對你的感情生活非常感興趣，請問，你眞的像自己在本劇上半部收錄的〈妖女與惡狼〉番外所說，喜歡屍體嗎？」

夏虛元（微笑）：「沒錯。」

《葡萄日報》記者（強笑）：「你在說笑吧。」

夏虛元（繼續微笑）：「你摸過屍體的皮膚嗎，冰冰的，非常舒服。」

《葡萄日報》記者（毛骨悚然）：「拜託你，快說出你眞正喜歡的人吧，這樣我好交差啊。」

夏虛元（保持著微笑）：「雖然屍體是僵硬的，但那種膚色帶著微微的紫，很漂亮。」

《葡萄日報》記者（身上的毛全豎了起來）：「大哥，別嚇人了，咱們早說早收工吧。」

夏虛元（笑容逐漸變得鬼氣）：「因爲氰化物中毒而亡的人，屍體會散發出一種杏仁味道，非常好聞。」

《葡萄日報》記者（終於撐不住，衝向了洗手間）：「觀眾朋友，我對不起你們，實在是問不出來啊！」

輪到阿寬穩穩地坐著。

《葡萄日報》記者：「聽說你是《狼》劇中最正常的人。」

阿寬（沾沾自喜）：「那當然。」

《葡萄日報》記者：「不過，有觀眾認爲，你很愛撒謊。」

阿寬（疑惑）：「我沒有啊！」

《葡萄日報》記者：「她們不太相信你曾經是花花公子。」

阿寬（得意地搖搖頭）：「也難怪，我絕世好男人的形象太深入人心了。」

《葡萄日報》記者：「不是因爲這個，是因爲你的臉。」

阿寬（皺眉）：「我的臉怎麼了？」

《葡萄日報》記者：「你明明就是個大叔，怎麼可能和帥哥這字眼連結在一起？」

阿寬（憤怒）：「我是帥哥型大叔！」

《葡萄日報》記者：「言歸正傳。有觀眾想問，你對以前虐待年幼的夏逢泉一事，曾感到過愧疚與後悔嗎？」

阿寬（堅定地搖頭）：「吃得苦中苦，方爲人上人。如果不是我和茉心在逢泉小時候給了他小小的折磨，現在，他能經得起西熙這個巨大的折磨嗎？大家說對不對？」

臺下響起了雷鳴般的掌聲。

《葡萄日報》記者（無語中）：「……」

阿寬（看看手錶）：「還有事嗎？我可要回家煮飯了。」

《葡萄日報》記者（使出殺手鐧）：「說說你和葉西熙母親的事情吧。」

阿寬（開始有點不自在）：「我們只是普通朋友。」

《葡萄日報》記者：「少來，這種官方回答休想在我面前唬弄過去。」

葉西熙等一眾看熱鬧的劇組演員，在後面慫恿著：「對啊，阿寬，快說吧。」

阿寬（無奈坦白）：「我暗戀茉心，但她只把我當兄弟。」

葉西熙（吃著洋芋片分析）：「所以你就任由我爸把她搶走了？可是，說不定我媽當時對你還是有點喜歡的，但你一直沒動靜，她心灰意冷，便投入我爸的懷抱？」

阿寬僵硬中。

夏逢泉（引用自身的例子）：「如果是我，一定會用強讓她留下，就像西熙，現在不也幫我把念南生下來了？」

阿寬破裂中。

《葡萄日報》記者（不忍觀看）：「接下來，我們請敢於在本劇一開始便公布自己性取向的白柏清上場。」

白柏清就坐。

《葡萄日報》記者：「做爲小小的配角，你的人氣卻不低呢。」

白柏清（撩撩頭髮，一臉得意）：「這就是魅力。」

《葡萄日報》記者：「請評價一下你的好友葉西熙。」

白柏清：「她是一個有狗屎運的女人。」

《葡萄日報》記者（狂汗）：「這個形容還眞……新穎。那個，爲什麼會這麼說呢？」

白柏清：「這個葉西熙，長得也不怎麼漂亮，性格也不好，大腦裡也像少根筋，卻有好幾個大帥哥爭先恐後搶她，這個世界簡直瘋了！」

《葡萄日報》記者：「爲什麼你的口氣中會帶有這麼深的嫉妒呢。」

白柏清（長歎口氣，娓娓道來）：「其實當初是我先看到游江南的，但西熙對他一見鍾情，我就看在多年好友的分上成全她，全力撮合他們兩個。後來在旅館中，夏逢泉出現，他那副身材好得簡直讓人流口水，害我心花怒放，可是夏逢泉的眼睛卻一直在西熙身上打轉。之後，這兩個絕世帥哥爭她爭得頭破血流，我也在一邊氣得吐血。好不容易，看開了，釋然了，結果前些日子，我無意中看見那個傳說中喜歡西熙的變態游一諴的照片……」

《葡萄日報》記者（好奇）：「游一諴怎麼了？」

白柏清（大力捶桌）：「他根本就是我夢寐以求的類型！一而再再而三，我喜歡的人都喜歡西熙，這究竟是什麼世界啊！」

《葡萄日報》記者（盡力安撫他的情緒）：「還是別談這個了……下一個問題，請問，在床上，你是攻還是受？」

白柏清（氣定神閒）：「宜攻宜受。」

《葡萄日報》記者（仰望）：「好強悍。」

最後，請出了苦大仇深。

《葡萄日報》記者：「鑒於苦大仇深的語言比較難懂，我們特地請了動物學家來翻譯。嗯，不得不說，你的人氣很旺，觀眾都非常同情你、喜歡你，請問你開心嗎？」

苦大仇深（垂淚中）：「汪汪汪！」

動物學家（翻譯中）：「牠說，你只看見了牠表面的光環，沒看見牠被折磨時的慘狀。」

《葡萄日報》記者：「那麼，你願意爲我們講述一下自己的悲慘遭遇嗎？」

苦大仇深（繼續垂淚）：「汪汪汪汪汪汪汪汪汪汪汪汪汪汪汪汪汪汪汪汪汪汪汪汪汪汪汪汪！」

動物學家（繼續翻譯）：「牠說，當牠懂事時，便發現自己待在寵物店裡，沒多久，就被游江南這個帥哥買走。當時牠以爲此生有靠，今後一定會幸福地生活下去。可是沒想到，游江南把牠送給葉西熙這個惡魔，害牠骨折、墜海，還差點被漲死。接著，葉西熙帶著牠進入夏家，於是牠開始被夏家的一群怪人修理，阿寬逼牠吃生肉，夏徐媛強行灌牠喝下很噁心的湯，夏虛元整天不懷好意地看著牠，活像在找機會剝牠的皮……整天活在恐懼中的日子，實在不是狗過的。好不容易，念南長大了，開始保護牠，原本以爲時來運轉，但怎麼也想不到，這才是更大折磨的開始。」

《葡萄日報》記者（不解）：「爲什麼呢？念南不是很疼愛你嗎？」

苦大仇深（哀怨）：「汪汪汪汪汪！」

動物學家（翻譯）：「可是，誰知道念南把那個小魔女慕容容也吸引來了，她比夏家任何一個人都要變態。」

《葡萄日報》記者（願聞其詳）：「此話怎講？」

苦大仇深（痛苦地回憶）：「汪汪汪汪汪汪汪！」

動物學家（翻譯）：「牠說，慕容容喜歡惡作劇，常常在牠的飯裡面放瀉藥，在牠睡覺時堵住牠的鼻孔，把牠放進搖籃裡不停地搖，害牠連膽汁都差點吐出來。更過分的是，她居然把牠當抹布，整天拖著牠的尾巴，用牠的毛擦地板、擦皮鞋。」

《葡萄日報》記者（抱不平）：「你應該要堅決反抗啊，你們倆個子差不多，打起架來你不一定輸。」

苦大仇深（搖頭）：「汪汪汪！」

動物學家（翻譯）：「牠說，慕容容知道牠的死穴。」

《葡萄日報》記者（好奇）：「什麼死穴？」

苦大仇深正要回答，那邊的慕容容開始喊道：「苦大仇深，霜淇淋掉在我的新皮鞋上了，快過來用你的毛幫我擦一擦。」

苦大仇深遲疑中。

《葡萄日報》記者（幫牠壯膽）：「苦大仇深別怕，有我們在，她不敢對你怎麼樣，別去。」

慕容容（嬌哼一聲）：「苦大仇深，我數三聲，你還不來，我就把珠珠送給我們家隔壁的大狼狗做老婆，等牠們生出一窩孩子時，你就改名叫追悔莫及吧。」

話音剛落，苦大仇深便「嗖」的一聲衝過去，為了珠珠和自己的幸福，忍辱負重地用自己的身子幫她擦去那些黏乎乎的霜淇淋。

《葡萄日報》記者（好半天才回過神）：「此女，前途不可限量。」

全體劇組演員（不耐煩）：「你問完沒有啊，我們很忙的。」

《葡萄日報》記者（翻看筆記本）：「噢，還有一點點。請你們說說拍完本劇之後，下個工作是什麼？」

葉西熙：「導演嫌我腦子太簡單，暫時想冷凍我，那我就休息個一兩年，安心陪念南好了。」

慕容品：「我這類型還挺受歡迎的，今後應該會在每部戲裡軋一角。」

夏徐媛：「我和慕容品一樣。」

夏虛元：「我已經確定下一部戲也是現代劇，也是飾演醫生，只不過，這次是和女主角發生感情糾葛。」

阿寬：「導演要我爲下一部戲的劇組做飯。」
游一誠：「我一般都拍好萊塢的大戲，以後這種小成本的戲，不會再接了。」
游子緯、柳微君：「反正有壞人的戲，就有我們的身影。」
慕容容：「我會演女主角的小時候，而念南會演被我調戲的小帥哥。」
苦大仇深：「汪汪汪！」
動物學家（翻譯）：「牠說，打死牠也不演了。」
《葡萄日報》記者（八卦）：「那麼，夏逢泉呢，聽說在本劇拍攝過程中，他和導演之間有些不愉快。」
葉西熙：「沒錯，就是那次的中槍事件，導演因爲他而被觀眾威脅。」
《葡萄日報》記者：「那麼，導演會不會因此懷恨在心而冷凍他呢？」
葉西熙（摸摸下巴）：「像導演那種小肚雞腸的婦女，會做出這種事也很平常。」
《葡萄日報》記者（轉向撒空空）：「那麼夏逢泉本人呢，妳就不擔心他報復？」
撒空空（躲在陰暗的角落奸笑）：「哼，夏逢泉，快向我賠禮道歉，我就放你一馬。」
夏逢泉（氣定神閒）：「還好，大不了我到別家拍戲，反正現在想簽我的公司也不少。」
撒空空（趕緊蹦出來，忍氣吞聲，放軟聲音）：「造謠造謠，我怎麼可能對男主角有怨言呢？你們別胡說，夏逢泉一定還會在下部戲中擔任要角的。」

撒空空（內心旁白）：「夏逢泉，看我以後不虐死你！」

《葡萄日報》記者（長長鬆了口氣）：「好了，今天的訪問就到這裡，謝謝大家的合作，咱們下次再見了。」

全體劇組演員（懶懶揮手）：「這麼累，誰還想接受你的採訪！下次去找別人吧。葡萄不是傳說中的色情水果嗎，什麼報紙，居然取這種名字，太低俗了。」

《葡萄日報》記者被打擊得渾身無力，目送著他們遠去，然後收拾採訪筆記，準備起身離去。但是，他起不來，他的屁股被緊緊黏在凳子上。

這時，慕容容折了回來，笑著說道：「對了，叔叔。忘記告訴你，我在你的凳子上塗了厚厚一層強力膠，拜拜。」說完，一溜煙跑掉。

《葡萄日報》記者（使出全力大吼）：「你們全部給我回來！」

番外　怪醫奔向春天

慕容容坐在院子裡，雙手托著腮幫子，白嫩的小臉上滿是苦惱。

夏念南走過來，關切地問道：「容容，妳怎麼了？」慕容容看著面前的草地，疑惑問道：「念南，你看過虛元舅舅的女朋友嗎？」夏念南努力地想了許久，最終搖搖頭：「他好像從來沒有對象。」慕容容挫敗地歎口氣：「就是啊，我們家裡所有人的感情經歷都逃不過我的眼睛，就連珠珠和苦大仇深的姦情都是我第一個發現的。可是，虛元舅舅的感情卻始終是個謎。」夏念南提議：「我們去問大人吧，或許他們會知道。」

於是，兩人一同來到客廳，提問了這個令他們困擾的問題。

葉西熙喝了一口果汁，皺眉道：「根據我的火眼金睛和豐富的經驗，夏虛元一定是同性戀。」夏徐媛搖搖頭：「可是，我們這些年來也沒見他和哪個男人在一起過啊。」慕容容恍然大悟：「你們的意思是，虛元舅舅是處男？」好勁爆的消息！葉西熙若有所思地點點頭：「欸，確實有這種可能啊。」夏徐媛提議：「乾脆以後我們就叫他處男夏虛元好了。」慕容容舉雙手贊成：「好好好！他的英文名字還可以叫虛元・處男・夏。」葉西熙贊同：「對啊，以後就這麼叫他好了。」

夏念南同情地看著面前三個笑得稀里嘩啦的女人，然後伸出小手，指了指後面。沒等她們回頭，背後便傳來夏虛元的聲音：「眞是勞妳們費心了。」三個女人的臉同時僵住。

夏虛元揉揉慕容容的頭髮，柔聲道：「容容啊，今晚可要好好睡覺，千萬不能睜開眼睛，不然，看見枕頭旁邊那條粉嫩嫩、血淋淋的舌頭，嚇得大叫起來，吵醒別人可就不好了。當然，如果不小心眞的醒了，也別往妳媽媽房間跑，因爲她那裡可能會出現更可怕的東西。」接著，夏虛元看著葉西熙，緩緩說道：「西熙，聽說過幾天大哥會出差，那時妳可要小心了，說不定某天晚上妳醒來時，會發現自己躺在我的實驗室，和一罐罐人體器官標本待在一起呢。」說完，夏虛元優雅地轉身，走出了大門。背後的三個女人抱成一團，瑟瑟發抖。

寒冬的清晨，風呼呼地颳著，凍得人的骨頭都僵住了。外賣咖啡店前排著一整條長龍，熱氣騰騰的提神咖啡，對隆冬的上班族而言確實是救命寶物。

終於要輪到夏虛元了，前面的那個女人要了杯拿鐵咖啡，加兩個糖包。居然和他的口味一樣重，夏虛元下意識看了她一眼——一件帶有英倫風的格子外套，厚厚的圍巾牢牢遮住臉龐下半部，高高瘦瘦的，五官端正，一眼看上去並沒有什麼出眾的。只是那雙眼睛有著薄薄的單眼皮，簡單又清爽，那細細的線條如流水般朝鬢角滑去。在等待咖啡時，她的手機響了，便踱到旁邊接聽。

夏盧元上前，對店員道：「一杯拿鐵咖啡，兩個糖包。」店員道歉：「不好意思，先生，剛才那位小姐的拿鐵已經是最後一杯了，麻煩選擇其他的吧。」夏盧元想了想：「這樣啊，那請來一杯和拿鐵一樣口味的咖啡。」

和拿鐵一樣口味的咖啡，不就是拿鐵嗎?店員的額頭出現一絲冷汗……

正在這時，前面那個女人的拿鐵端上了，那名店員喚道：「小姐，妳的拿鐵好了。」喬若流結束通話，正準備回頭來拿咖啡，卻見櫃檯上空空如也，她疑惑：「請問咖啡呢?」店員張大嘴，用手指著前面：「被那位先生……搶走了。」

搶了人家的咖啡，夏盧元一點也不心虛，依舊保持悠閒的步伐向前走著。直到肩膀被人輕輕拍了一下，回過頭，他看見了被害者。喬若流伸出手，面無表情地說道：「不好意思，先生，麻煩把咖啡還給我。」夏盧元微微一笑，輕吐了三個字：「不可能。」

喬若流鎮定地吸了三秒鐘的冷空氣，接著優雅說道：「你知不知道，人們稱你這種行為叫做『偷』?」夏盧元搖搖頭：「這杯我已經付了錢，妳可以回去要其他口味的。」喬若流把錢塞在他手上，將咖啡奪了過來：「錢還你，麻煩你自己回去要其他口味的。」說完，正準備往前走，卻被夏盧元叫住：「等等。」喬若流問：「什麼事?」夏盧元又一派輕鬆地奪過咖啡，打開圓蓋，在杯子四周完完整整地舔了一遍，然後鎮定地準備還給喬若流：「拿去喝吧。」

喬若流站在原地吹了許久的冷風，直到一雙眼睛吸滿了空氣中的冷。她沒再說一句話，越過夏虛元向前走去。手中握著熱騰騰的咖啡，夏虛元的嘴角微微上揚。

從來沒生過病的夏虛元病了，他身體的某些部位最近常常墜漲不適。查閱醫書後，他發現自己好像得了慢性前列腺炎。做爲醫生，自然不可能諱疾忌醫，於是，他決定去泌尿科做檢查。

搭電梯時，他遇見了剛做完腦部手術的醫生——余盛。儘管夏虛元平時性情古怪，但看在他是醫院未來繼承人的分上，余盛還是熱情地招呼著：「夏醫生，你去哪兒？」夏虛元毫不顧忌：「泌尿科。」剛說完，電梯到達樓層，夏虛元正準備走出去，余盛卻緊張地拉住他：「夏醫生，難道你還不知道？」

夏虛元挑挑眉毛：「知道什麼？」余盛左右觀望了一番，小聲道：「泌尿科現在坐鎮的是一位女醫生。」夏虛元問：「所以呢？」余盛猶疑：「那個，你覺得將自己的隱私給一個陌生女人看……沒什麼關係嗎？」夏虛元覺得無所謂：「還好。藏在褲子裡，只給自己看未免太可惜了。」

余盛：「……」

泌尿科前排著一隊長龍，清一色全是男人，個個臉上都寫著惶恐不安。夏虛元鎮定地坐下，拿出一本醫學雜誌翻看起來。

他前面的那名病人一直在自言自語地嘀咕：「怎麼辦？怎麼辦？爲什麼會是女醫生呢？爲什麼她不是男的？爲什麼不是男的？爲什麼？爲什麼？爲什麼？」夏慮元忍不住放下雜誌，建議道：「如果覺得不舒服，其他醫院有男醫生，爲什麼偏要來這裡看？」那病人長歎口氣：「聽說這位醫生醫術很好，所以，就算她是女的，還是這麼多人來讓她看。」剛說完，裡面出來一個病人，腳步跌跌撞撞，神情失魂落魄。

眾人趕緊圍上前去，紛紛詢問：「她有沒有對你怎麼樣？」那病人怔了許久，忽然嚎啕一聲：「她，她，她她她……俺不活啦！」說完便向前衝去。此時，裡面傳出一個冷冰冰的女聲：「下一位。」其他人面面相覷，接著，迅速追隨著那人的腳步散去。於是，夏慮元順理成章成了「下一位」。

他不慌不忙地走了進去，但看見那名女醫生時，卻呆愣住。那雙如流水般線條的眼睛，就是那個——前幾天被自己搶了咖啡的女人。

喬若流看了夏慮元一眼，便低頭寫著病歷，問道：「說說你的症狀。」看她的樣子，是不記得自己了。夏慮元於是坐下來，仔細描述了一下自己的症狀。喬若流把門關上，要夏慮元褪下褲子：「可能是慢性前列腺炎，先來做個直腸檢查。」夏慮元的眉頭微微皺了一下。

喬若流眼中淨是了然，只道：「如果不好意思的話，我去找男醫生來幫你好了。」夏慮元淺淺一笑：「不用，我相信妳。」然後，將自己下身的束縛褪去，上了病床。喬若流戴上手套，在指頭處塗抹上凡士林，然後問：「準備好了嗎？」夏虛元點點頭，接著感覺到一根纖纖玉指慢慢來到了自己的後庭。

看她的動作是熟練的，夏虛元放心地閉上眼。但慘劇就在一瞬間發生，她狠狠地……進入了他。夏虛元的額頭滲出了冷汗，喬若流一下又一下地殘忍進出著。她的聲音在夏虛元的耳邊縈繞著：「以後，千萬別再搶別人的咖啡。」

這天，夏家的幾個閒人聚集在一起，召開祕密家庭會議。

葉西熙小聲道：「你們有沒有發現，虛元這幾天變得很奇怪？自從那天回來之後，他就一直待在家裡，連醫院也不去，實在是太奇怪了。」阿寬拿著鍋鏟，抬頭遙望窗外的天空，語氣中有著深深的惘然：「我能理解他的心情。當初，我失去茉心時，也是一個人待在房間裡，什麼地方也不想去，什麼事情也不想做，什麼人也不想見。」夏徐媛不可置信：「你的意思是……虛元失戀了？他戀都沒戀過，怎麼可能失戀呢？」葉西熙分析：「不是失戀，那就是失身了。」

輪到慕容附和，接著繼續暢想：「沒錯，沒錯，一定是失身。在一個月黑風高的深夜，弱柳扶風的虛元舅舅被一雙罪惡的手抓住了。然後，單薄的襯衫被撕開，白皙平坦的胸膛暴露在空氣中，虛元舅舅努力地掙扎著，卻撼動不了那人分毫。那雙手繼續向下，毫不客氣地伸入了他的褲頭，握住那灼熱……」見所有人無不詫異地望著自己，慕容容綻開了甜美的笑容，「這是我前幾天在書上看到的句子。好了，你們放心吧，我一定會查出虛元舅舅出了什麼事情。」

說完，慕容容又到廚房去搜刮吃的。其他幾人只能用仰望的眼神，目送這個小小的身影離去。

這是人生中第一次，夏虛元覺得自己失敗了，敗給了那個名叫喬若流的女人。

待在家裡養好病之後，他又回到了醫院。禮尚往來，他也應該送給這女人一點回報。於是，他躲在暗地仔細觀察，想看看喬若流的弱點在哪裡。

第一天，他看見一個水嫩嫩的十五六歲小男生滿含著嬌羞的淚水跑了出來，但還沒踏出門，就被喬若流拽了回去：「怕什麼怕，又不會吃了你，不就是一層皮嗎？割了就好了，不會痛的！」三分鐘後，裡面傳出小男孩的慘叫聲：「醫生姐姐，不要啊！」

第二天，他看見一個五大三粗的漢子雄赳赳氣昂昂地走了進去，但沒多久，便被一腳踹了出來。那大漢嘴裡不停地咕噥：「不是妳要我脫褲子的嗎？還裝什麼純潔啊？」話音剛落，裡面飛出一把手術刀，一個完美的拋物線從他的褲襠滑過，差點就宰了他家的小鳥。大漢嚇得屁滾尿流，連滾帶爬地跑出醫院。

第三天，他看見一名模特兒般的帥哥，西裝革履、自信昂揚地走了進去。十多分鐘後，當那人出來時，已是衣衫不整，臉色蒼白，手腳不停地哆嗦。經過觀察總結，夏亖元明白，這個喬若流，確實是個對手。不過正因如此，夏亖元的興致就更濃厚了。

有天晚上，喬若流留在太平間，和另一名醫生一起解剖屍體，檢查病因。劃開腹腔沒多久，那名醫生說有事要出去一下，留下喬若流一人。正在繼續，太平間的燈忽然閃爍了起來，電流流過燈絲，發出嗡嗡聲響，使這死寂的、缺少生命力的房間頓時充滿恐懼。環顧四周，全是一具具覆蓋著白布的屍體，顯現出死亡的輪廓，空氣中滿是緩慢腐爛的冰冷氣息。

這時，原本安靜的太平間中有個聲音持續地迴響著，「咚，咚，咚，咚，咚……」不明的撞擊聲有節奏地響起。喬若流看見，在那黑暗的角落中有具屍體的腳正在抖動，一下又一下地敲打著鐵架床……

夏亖元在太平間外等待著，等待那一聲尖利驚恐的慘叫響起。

這是他精心策畫的，和醫生串通，讓喬若流一個人留在裡面；然後變動電壓，讓燈光閃爍；特意在屍體的腳上貼上裝置，讓它在電流的作用下開始彈起。沒錯，一切都在計畫中，可是喬若流並不知道。夏亖元等著她被嚇哭。可是……裡面許久都沒有響動。夏亖元的眉宇第一次出現了疑惑，難道是驚嚇過度，喬若流沒來得及叫，就暈倒了？

夏亖元決定進去查看，可是剛打開門，便迎面飛來一把亮錚錚的手術刀，來勢快、狠、準，直接對準了他的胯下。幸虧夏虛元的身手不錯，趕緊往旁邊一閃，這才躲過了致命的一擊。

旁邊的喬若流問：「好玩嗎？」夏虛元饒有興趣地看著她：「妳沒被嚇到？」喬若流輕描淡寫地說著：「你是指屍體在動嗎？我一開始還以爲是病人假死，查看了，才知道是你動的手腳。」夏虛元微微一笑：「眞是個有趣的對手，我期待著妳的下一步。」喬若流問：「下一步什麼？」夏虛元道：「還擊啊。妳別告訴我，妳甘願就這麼算了。」喬若流走到手術檯前，準備繼續解剖：「我們扯平了。雖然你想嚇我，但剛才我也差點毀掉你最重要的器官，大家扯平。」聞言，夏虛元站在原地，靜靜地看著她。喬若流察覺到了，抬起頭來，道：「有沒有興趣一起解剖？」燈光投射在夏虛元臉上，映亮了他嘴角的那絲笑意：「好，我幫妳。」

夏虛元怎麼也想不到，自己會和喬若流成爲朋友。但，他倆的共同點實在太多了。

他們有相同的口味——拿鐵咖啡，加兩袋糖包。他們有相同的愛好——每週都在太平間解剖屍體，當消遣。他們有相同的惡趣味——喜歡在吃東西時，觀看做手術的片子。總之，世上再也找不出比他們更般配的一對……朋友。

這天，夏虛元拿出一張影碟，向喬若流挑挑眼睛：「這是湯姆・米歇爾主刀的變性手術全部過程，有沒有興趣看看？」喬若流驚喜：「你從哪裡弄到的？他的手術從來都是保密的。」夏虛元把影片交給她：「越神祕的東西，我越有興趣。」喬若流邀約：「欸，反正晚上沒事，你到我家來，我們一起看吧。」

夏盧元扳著手指算了算，知道葉西熙的生理期剛過，忍了五天的夏逢泉一定會狠狠發洩，與其收聽他們無趣的現場A片，還不如看有意義的閹割手術。於是，兩人就這麼約定了。

到了晚上，夏盧元拿著從中式餐館買來的食物，依約來到喬若流的家。當第一眼看見她的屋子時，夏盧元怔住了，實在是……太髒、太亂了。到處都是外賣餐盒、吃過的零食袋、廢棄的易開罐，還有穿過沒洗的衣服四處亂丟。

夏盧元緩緩問道：「這是妳家？」喬若流聳聳肩：「如假包換。好了，你先坐，我去廚房再把這些菜熱一熱。」接著，喬若流來到廚房，熱菜、倒飲料、切水果。弄好一切之後，走出來，抬頭，卻愣住了——屋子煥然一新，所有的垃圾都已消失，地板光可鑑人，空氣中還有著清新的氣息。喬若流不可置信地看著夏盧元：「這……這些全是你做的？」夏盧元聳聳肩：「如假包換。」

喬若流看傻了眼睛，忽然想到什麼：「你實在是太厲害了。對了，你會不會修水管？」夏盧元剛點完頭，便被喬若流拉到浴室裡。夏盧元問：「這管子起碼壞一個月了，這段時間妳在哪裡洗澡？」喬若流坦白：「醫院啊。」夏盧元把手擦乾淨：「弄好了。」喬若流問：「對了，我記得你以前說過自己從不做家務的。」夏盧元答：「那是因爲，我家從來不會像妳這裡，亂得足以引發我動手的慾望。」

環境弄得整齊清潔了，兩人開始一邊看手術紀錄影片，一邊吃飯。螢幕上那些血淋淋的畫面對他們而言簡直就像調味料，非但不噁心，反而能增進他們的胃口——「哇，看看看，刀法眞準。」「看那些白色液體，還眞像我們剛才喝的奶昔。」「咦，還眞像……哇，這一刀，是劃開做那個嗎？」「沒錯。」

就這樣，兩人把飯吃完，又開始喝酒，一起笑鬧著。喬若流已經有了醉意，拍拍他的肩膀，笑道：「夏盧元，你實在是太可愛了。如果你不是0號，我肯定嫁給你。」0號？夏盧元轉過頭來，緩緩說道：「妳剛才說什麼？」喬若流立即反應過來，開始道歉：「原來你是1號？不好意思，一開始沒看出來。」夏盧元一下下地拍著她的臉，笑容裡帶著寒光：「喬若流，我只說一遍，我不是同性戀！」喬若流立刻酒醒了大半：「你不是？」夏盧元的眼睛很慢、很慢地眯起來：「妳從哪裡看出我是呢？」喬若流皺了一下眉頭，猶疑地問道：「上次做直腸檢查時，我怎麼覺得你在興奮？你眞的不是？……夏盧元，你就說實話吧，我不會告訴其他人的。」

夏盧元靜靜地看著喬若流，直看得她心中開始發虛。於是，喬若流決定自己探查眞相。她抹去嘴角的醬料，坐直身子，一把勾住夏盧元的脖子，將他拽到自己面前。現在，他們臉對著臉，近得不能再近。喬若流突然靠近，吻了夏盧元。由於關係著測試的結果，喬若流使出了渾身解數，讓這個吻吻得激烈無比。夏盧元愣了一下，也開始回應。唇舌的交纏，灼熱的呼吸，互換的蜜汁。一邊是血淋淋的手術畫面，一邊是火辣辣的熱吻鏡頭，這樣相互映襯，引發了更大的火花。喬若流的手，慢慢摸到夏盧元的小腹之下，手上傳來的熱度與硬度完完全全證明了夏盧元的話。

喬若流放開他，喃喃道：「原來，你眞的不是。」夏盧元摟住喬若流的腰，制住她後退的腳步，輕聲道：「怎麼樣，還想不想來一番徹底的檢查？」喬若流直視他的眼睛：「你是開玩笑？還是認眞的？」夏盧元鼓動著：「怎麼，難道妳一點都不好奇？」喬若流抬起他的下巴，眼睛的弧度增加了一絲嫵媚：「既然如此，我們就一起來研究一下吧。」

三個小時後。

床上的被單終於掀開，剛剛進行過激烈運動的兩人，大口大口地喘著氣。

夏盧元問：「怎麼樣？現在確定了嗎？」喬若流沒有回答，只是靜靜地看著天花板，隔了許久，忽然問了句：「夏盧元，這是你的第一次吧。」夏盧元大方承認：「沒錯。」喬若流發出嘶嘶的聲響：「糟糕，你後面的第一次和前面的第一次，都被我給奪了，我可眞是罪孽深重……喂，我們還是朋友吧。」夏盧元轉頭看向她：「爲什麼這麼問？」喬若流道：「我喜歡我們現在的關係，男女關係太複雜，最容易破裂，你不覺得嗎？」夏盧元提議：「那麼，今後我們就做一對可以做男女之間事情、但不談男女之間感情的朋友，怎麼樣？」喬若流拍拍他赤裸的胸膛，讚揚道：「果然有前途，有想法。」

於是，一切就這麼說定了。

「姐姐，姐姐！」

值班檯前的護士抬頭張望了一番，咦，明明聽見一個小女孩的聲音，怎麼沒人呢？正在疑惑，一隻胖胖的小手伸了出來：「姐姐，我在這裡！」

護士起身，這才發現有個粉雕玉琢的可愛小女孩被櫃檯擋住了。慕容容歪著腦袋，對護士甜甜一笑：「姐姐，我來找我舅舅。」護士摸摸她的臉蛋：「小朋友，妳舅舅叫什麼名字啊？」慕容容奶聲奶氣地說道：「我舅舅叫夏虛元。」護士笑道：「啊，妳是夏虛元的外甥女啊。妳去外科找他吧，妳舅舅就在那裡工作。」慕容容摸摸腦袋：「我去了，可是沒有人。」護士提醒：「噢，那他一定是在泌尿科的喬若流醫生那兒。她是那個科唯一一位女醫生，很好找的。」慕容容眼中閃過一道精光：「謝謝姐姐！」居然是女醫生，哈哈哈，虛元舅舅，我就要來抓你的把柄了！

泌尿科的一號診間，激情燃燒，春光旖旎。

病床上，夏虛元和喬若流正翻滾著。她的手指伸入他的髮間，他的唇印在她的胸前。

喬若流嬌喘著問道：「夏虛元……你覺不覺得，我們最近做了很多次這種男女之間的事？」夏虛元理直氣壯地說：「那妳有沒有發覺，我們的友情更進一步了？這都要託這種行爲的福。」喬若流的眼睛微瞇：「既然如此……那以後我們就多多益善吧。」於是，增進友情的行爲繼續著。但，正在興頭上，一個清脆的童聲響起：「舅舅、姐姐，你們怎麼能在上班時間偷懶呢？」

兩人嚇得從床上翻滾下來，定睛一看，發現那人正是慕容容。

夏虛元輕聲威脅道：「容容，妳好像走錯地方了。如果妳不小心被人關在太平間，嚇得尿濕褲子，那可就丟臉了。」慕容容摸摸嘴巴，大眼睛中閃過一道精光：「是嗎？可是，如果容容被嚇住，就會變得語無倫次，說不定會把剛才舅舅和姐姐做的事情，詳細描述給所有人聽。」夏虛元問：「妳是在威脅我嗎？」慕容容露出邪惡與無辜並存的笑容：「嘿嘿，舅舅好聰明。」

這時，喬若流已經鎮定地穿好衣服，慢慢走到慕容容面前，居高臨下地看著她：「小妹妹，如果妳敢說出去，我就免費幫妳裝上小雞雞。」話音很輕，可是慕容容聽得很分明——那裡面並沒有玩笑的意味。喬若流並不罷休，繼續威脅著，「或者，姐姐可以替妳喜歡的那個男生，噢，他是叫念南嗎？姐姐可以把他的小雞雞給拿了，讓妳從此沒得玩……怎麼樣，現在，妳還記得剛才看見的事情嗎？」

慕容容最大的願望就是念南的小鳥能快快長大，和自己比翼雙飛。如果小鳥夭折了，那她活著還有什麼意思呢？想到這兒，慕容容立刻撲過去，抱住喬若流的褲腳，大叫道：「姐姐，我錯了，我真的錯了，我剛才什麼也沒看見，求求妳放過念南的小雞雞，求求妳！」喬若流將眼睛一瞇，那流水般的弧度顯出了冰冷的味道：「看在妳這麼誠心的分上，我就饒過你們吧。那麼，現在，馬上給我消失。」

話音剛落，慕容容便用她那胖胖的小腿，劃著筋斗雲圓圈圈，消失不見。

夏虛元眼中露出了讚賞神色：「沒想到，妳對付小孩，也有一套。」喬若流看他一眼：「誰要她撞在我們的槍口上呢？還有興趣嗎？」夏虛元輕輕一笑：「樂意奉陪。」於是，診間中的溫度，又開始上升。

面對眼前喋喋不休的母親，喬若流開始走神——葡萄啊葡萄，香蕉啊香蕉，黃瓜啊黃瓜，菊花啊菊花。

喬母皺著眉頭拍拍女兒的手臂：「妳有沒有在聽我說話！」喬若流坦誠：「沒有！」喬母只得重複：「我說，妳年紀也不輕了，是時候考慮自己的終身大事了。反正一句話，明天妳必須去和這個楊儒成見面。」喬若流看著母親推過來的照片，一眼看去，那上面的男人長得倒是人模人樣的。她將照片推回：「媽，我說過很多次了，我不想相親。」「我不管，如果妳明天不去，以後就別認我和妳爸爸了。」喬母動了真氣，撂下一句狠話，轉身離開。喬若流無奈地搖搖頭。

……

有隻手拿起了桌上那張照片。喬若流抬頭，看見了夏虛元。

夏虛元問：「這是妳的相親對象？」喬若流點點頭。夏虛元評價著：「看起來很普通。」喬若流瞄他一眼：「千萬別告訴我，你在吃醋。」夏虛元微笑：「放心，我可不會做這種沒營養的事情。妳會去嗎？」喬若流靠在椅背上，伸個懶腰：「我媽都下最後通牒了，必須做做樣子。所以，明晚別等我了，你就自己看著辦吧。」「好的。」夏虛元這麼回答。

可是，第二天晚上，夏虛元並沒有乖乖地待著，他來到喬若流相親的餐廳，就坐在他們隔壁桌。喬若流無奈地搖搖頭，繼續埋頭吃菜。

對面的楊儒成發問：「……若流，妳在聽嗎？」喬若流一貫坦誠：「老實說，我沒在聽。」楊儒成並沒有生氣或難堪，他看著她，饒有興趣地說道：「若流，妳知道嗎？妳很特別，和其他女人很不一樣。」喬若流抬頭：「怎麼，你接觸過很多女人？」楊儒成的睫毛抖動了一下，忙道：「沒沒沒，我的意思是，妳在我心中是獨一無二的。」喬若流用餐巾抹抹嘴：「可能是因爲，我身上有屍體的腐臭味道吧，我才剛解剖完，沒來得及換衣服。」

楊儒成了然地笑笑：「妳想嚇走我？」喬若流搖搖頭：「你想多了，我沒必要這麼做，因爲我會先走。」說完站起身，道，「不好意思，我覺得我們不適合，謝謝你今天請我吃飯。就不說再見了，以免耽誤我們倆的時間。」正準備走，手卻被楊儒成拉住：「妳還沒有眞正地瞭解我，就這麼走了會不會太可惜？說不定我們很合適……啊！好燙！」話還沒說完，一碗熱湯便倒在他頭上，楊儒成狼狽地站起身，發現肇事之人是一名秀氣俊逸的男子。夏虛元說：「不好意思，手突然抽了一下筋。」說完，悠哉地拉著喬若流離開。

走出餐廳，喬若流拍拍他的肩膀：「你今天幹嘛來？」夏盧元坦白：「我想看看妳和別的男人在一起時，有什麼不同。」喬若流問：「那觀察出什麼了？」夏盧元握住她的手：「我覺得，妳還是跟我在一起適合些。走吧，一起去看手術錄影帶，這次是心臟移植。」喬若流任由他牽著自己在夜色下走著，那雙乾淨的眼睛中慢慢盛滿了笑意。

這幾天，喬若流一直覺得有人在跟蹤自己。是一個年輕女人，長髮垂肩，身形異常纖細柔弱，臉上有種不符年齡的憔悴。她總是喜歡躲在角落中偷看喬若流，可是當喬若流回轉過身時，她又跑遠。不過，既然她沒做出什麼惡意的舉動，喬若流也就沒怎麼放在心上。

這天，她和夏盧元正在聊天，那個女人突然出現，站在診間外朝他們張望了一眼。只是一眼，卻含著怨毒的光。夏盧元也注意到了，關心地問：「妳和那女人有仇？最近怎麼總看見她跟蹤妳。」喬若流揚揚眉毛：「我還以爲她是你的瘋狂粉絲，看見我們常在一起，所以就嫉妒呢！怎麼，你不認識她嗎？」夏盧元搖搖頭：「我本身就已經夠瘋狂了，所以我的粉絲一向很正常。」喬若流疑惑：「那她是誰？」夏盧元提醒：「反正妳最近小心點。」

正說著話，喬若流的手機響起，接聽後，才發現是楊儒成打來的，想找她約會。這已經不是第一次了。那天被拒絕之後，楊儒成並不死心，反而纏她纏得更厲害。但這次，喬若流沒有拒絕，反而答應了：「好吧，半小時後，你在外面等我。」掛上電話，喬若流對夏虛元伸出手：「借我那件東西。」夏虛元看著她的臉色，慢慢勾起嘴角：「沒問題。」

楊儒成的手指，一下下地敲打著方向盤，帶著閒適與得意。果然是烈女怕纏郎，喬若流這個冷美人，最終還是被自己搞定了。他想，再一個多月，她也就乖乖上了自己的床。女人，沒什麼不一樣。正想著，喬若流的身影出現，楊儒成紳士般地幫她打開車門，迎她上車。

楊儒成朝她眨眨眼：「我帶妳去一個神祕的地方。」正準備開車，卻被喬若流制止，遞給他一個盒子：「我來，只是想送你一件東西。」楊儒成開心地說：「眞的？是什麼？」這麼快就送自己禮物，看來這個喬若流比預想中容易得手。他喜孜孜地接過盒子，打開一看，差點沒嚇得尿褲子——裡面，裝著一根血淋淋的小鳥！喬若流拍拍他的臉頰：「這是最後一次警告，下次再惹我，盒子裡就會換成你身上的東西。明白了嗎？」楊儒成臉色蒼白地點點頭。

喬若流滿意地下了車，開始走回醫院。盒子裡放的，是她拜託夏虛元做的模型，再加上人造血漿，果然夠逼眞，把楊儒成嚇得夠嗆，想必他再也不敢來找自己了。正聚精會神地想著，喬若流忽然察覺到一股危險，下意識回頭，發現有輛車正朝自己駛來。她發現，駕車之人正是那個最近一直跟蹤自己的年輕女人。她想……殺了她！速度實在太快，喬若流根本無從躲避，只能站在原地，任由厄運降臨。但就在這時，有隻動物飛撲過來，咬住喬若流的衣服，將她拖到旁邊的綠帶草地上。

那年輕女人見事情敗露，立刻轉動方向盤，逃離了現場。喬若流鎮定下來，這才看清，救自己的，是一條狼，全黑的狼。見她沒有危險，牠扭動身子，準備快速跑走。但牠的腳步卻因喬若流的聲音而停下：「你是……夏盧元？」既然已經被認了出來，也沒什麼好否認的，夏盧元跟著喬若流來到她家，變回了人形。

喬若流遞給他一瓶飲料，埋怨道：「你實在有點不夠朋友。我們認識了這麼久，你都沒告訴我，你是狼人。」夏盧元打開蓋子，喝了一口，說道：「我是怕妳嚇到。對了，妳是怎麼認出我的？」喬若流解釋：「憑你身上的味道。你身上有股我的香水味。還有，你看我的眼神，我也覺得很熟悉。當下搜尋了大腦，我認識的人之中只有你夠奇怪，即使變成狼也在我的意料之中。」夏盧元淺淺一笑：「夠聰明。」

喬若流拿手肘碰碰他：「喂，夠朋友的話，借你的身體來研究一下吧。」夏盧元曖昧地笑笑：「妳不是已經研究透徹了？」喬若流摟住他的肩膀，採取懷柔策略：「我是指，你身為狼人的體質。你這麼大方，肯定不會介意我稍稍取一點血，或者切下一些組織吧。」夏盧元立即看出她的意圖：「其實妳最想的，是解剖狼人的屍體，對嗎？」喬若流保證：「果然是同道中人。不過放心，我一定會耐心地等待你自然死亡。」

夏盧元提出要求：「其實，我手上有狼人的所有資料，還有……狼人的屍體。如果妳保證以後別再去相親，我就讓妳親自解剖，滿足妳的慾望。」喬若流立刻答應，忽然想到什麼：「話說，你幹嘛這麼討厭我相親？」夏盧元道：「因爲那樣……我們就不能常常在一起了。知道嗎？要找一個像妳這麼志同道合、又可以解決生理問題的女人，確實很困難。」喬若流輕笑：「和我想的一樣……對了，你怎麼會突然救了我？」夏盧元解釋：「我看見那個女人跟著妳走了出去，覺得有點古怪，便偷偷跟著她，這才及時救了妳……需要報警嗎？」

喬若流還沒回答，護士便進來通知有緊急手術。聽員警的描述，是一個名叫陳思思的女人開車撞向男友的車子。女人懷有三個月的身孕，當場流產。當看見傷者時，喬若流發現，那陳思思正是開車撞向自己的女人。

陳思思很虛弱，她抓住喬若流的手，不停地道歉：「對不起，我是一時糊塗……眞的不關妳的事。」喬若流皺眉：「究竟是怎麼回事？和楊儒成有關，是嗎？」聽見這個名字，陳思思閉上眼，淚水滾滾而下：「他騙我，他說他愛我，會永遠和我在一起……可是，當我懷了他的孩子之後，他竟然逼著我墮胎……還說，自己只是和我玩玩……但我是眞心的，我是眞的愛他。」喬若流搖搖頭：「放心吧，妳撞我那件事我不會告訴員警，妳安心養傷，別爲那種垃圾男人虐待自己。」

喬若流出來後，發現夏盧元正在門外等著自己，眼中淨是了然。

夏盧元問：「想不想以德報怨？」喬若流挑挑眼睛：「你的意思是？」夏盧元揚揚眉毛：「那個被撞的男人正是楊儒成，不知道是不是諷刺，他傷及的地方正是男人最重要的部位。有興趣和我一起做手術嗎？」一個小時又十分鐘後，手術宣告失敗，楊儒成再也無法使用男人的功能。

在洗手檯前，夏盧元問：「今晚想幹嘛？」喬若流回答：「老規矩，去我家看影片，吃東西。」夏盧元問：「還有呢？」喬若流踮起腳，吻了他：「還有，這個。」

誰也不知道，他們之間的關係應該算是愛情還是友情。誰也不知道，這種關係會維持多久。誰也不知道，將來會發生什麼。不過至少現在，他們在一起是快樂的，這就夠了，足夠了。

番外 慕容容成長記事簿

慕容容一個月大時。

小小的臉，圓圓肉肉的，像擰得出水來，一雙漆黑的眼睛滴溜溜直轉，鼻子挺翹，嘴唇紅潤，人見人愛。

葉西熙看著慕容容，然後摸摸自己的肚子，豔羨道：「太可愛了。眞希望我肚子裡這個，有容容這麼漂亮。」夏虛元直言：「從遺傳基因的角度來說，這個願望要實現，確實有一定的困難。」葉西熙問：「什麼意思？」夏逢泉閒閒解釋：「他的意思是，妳拖垮了我們孩子的整體水準。」葉西熙：「……」

此刻，慕容品使了個眼神，夏逢泉會意，轉向夏徐媛，道：「徐媛，從今天起，妳就去和慕容住。」夏徐媛強烈抗議：「爲什麼？這裡也是我家。」夏逢泉冷面說道：「容容應該有權利跟自己的爸爸住在一起，再加上以後念南出生了，人口變多，我們家沒地方給妳這個嫁出去的女兒住。」

夏徐媛辯駁：「我沒有嫁，我已經跟慕容品離婚了。」夏逢泉的口氣沒有半點轉圜餘地：「反正我們夏家也把妳養這麼大了，算是仁至義盡，今後妳多保重吧。」夏徐媛在沙發上重重一坐：「反正我就是不走。」

夏逢泉拍拍手：「那可由不得妳。」只見阿寬提著兩個行李箱從樓上下來，放在夏徐媛面前，然後捂住臉，拚命地抹著眼淚。夏逢泉開始下逐客令：「這些都是妳的東西，剩下的我們明天會送到慕容家，時間不早了，你們快回去吧。」

一旁的葉西熙看不過去：「夏逢泉，你太絕情了。你沒看見阿寬都難過成這樣了，還忍心趕徐媛走？」夏虛元笑得頗有意味：「阿寬應該不是在難過吧。」阿寬吸吸鼻子：「我是高興啊，終於盼到徐媛這個魔女離開了，以後我可以輕鬆不少啊。」葉西熙：「……」

阿寬抹乾眼淚，催促道：「別廢話了，抓緊時間吧，大家快點動起來，等會兒還來得及看黃金八點檔大結局呢。」於是，一些人負責把慕容容放在嬰兒車上，固定好；另一些人則把夏徐媛的行李全部搬到慕容品的車上。

一切準備完畢，夏徐媛還是穩穩地坐著。

夏逢泉徹底失去耐心：「慕容，人就在這兒，你自己看著辦吧。」慕容品得令，快步走過去，想將夏徐媛扛到自己肩上。夏徐媛早料到他會這麼做，二話不說，立即使出絕招，推、打、咬、抓……下手狠毒，毫不留情，慕容品的臉上立即中招，逼得他無法靠近。夏逢泉忍無可忍，一聲令下：「全部一起上。」話音剛落，所有的人都朝沙發撲了過去。

夏徐媛就算再厲害，此刻也得束手就擒。就這樣，阿寬和夏虛元抓著她的腳，慕容品抓住她的身子，齊心協力將夏徐媛抬到了門外的車上。而夏逢泉則將放著慕容容的嬰兒車固定在車子座位上，將門重重一關。車，隨即揚長而去。

無奈的葉西熙只得揚起小手帕，含著熱淚道別：「徐媛，保重啊，一定要好好地活著。」

這天晚上，當夏逢泉幫自己按摩因懷孕而痠痛的腰部時，葉西熙好奇地問道：「你幹嘛要把徐媛趕走？」夏逢泉道：「原因我不是說過了嗎！」葉西熙不信：「你那些理由都不成立，我們家屋子還挺大、挺空的，再說，慕容一整天都待在這裡，對容容而言，也沒什麼影響。說，你究竟在打什麼算盤？」

夏逢泉嘴角上揚：「我希望在念南出生之前，這間屋子只剩下我們兩個人。」葉西熙不解：「爲什麼？」夏逢泉的聲音低啞了些：「因爲那樣才能方便我們自由地到處做運動。等念南出生之後，我會把這些日子沒做的床上運動全部補回來，到時候他們的存在全是障礙，所以要清除。」

看著夏逢泉眼中日益加深的情慾，葉西熙不由得顫慄了起來。

慕容容一歲時。

慕容品將女兒抱在懷中。小小的臉蛋，姣好的五官，藕節似的小手，惹人無限憐愛。

屋裡的夏徐媛又在發脾氣：「怎麼可以這樣？」慕容品走過去問道：「怎麼了？」夏徐媛沮喪又焦急：「我又胖了一公斤！以前的衣服全都穿不下了，怎麼辦？」慕容品建議：「再買新的不就好了？」夏徐媛尖叫：「不關衣服的事，是我的身材！我引以爲豪的水蛇腰變成水桶腰了，小腿粗得都塞不進靴子裡了！」慕容品聳聳肩：「有什麼關係？反正妳都是當媽媽的人了，以前那些裸露的衣服也不適合穿。再說，我更喜歡妳現在的身材，D罩杯，很完美。」夏徐媛狐疑：「你怎麼知道我現在是D罩杯？」慕容品回答：「妳給容容餵奶時，我不小心瞄到的。」夏徐媛嗤之以鼻：「慕容品，你連小孩吃飯都要偷看，眞是變態。」

慕容品把夏徐媛從體重計上拉下來：「別氣了，我買了妳最愛吃的起士蛋糕，過來嘗嘗。」夏徐媛意志堅定：「不吃，才剛吃過晚飯，而且還是整整兩碗白飯，說什麼都不能再吃了。」慕容品切下一塊蛋糕，開始一小勺一小勺地餵女兒吃：「那，我就給容容吃了。」顏色鮮豔的水果，甜滋滋的糖漿，濃郁的巧克力，美味無比。夏徐媛實在忍受不了那種誘惑，將蛋糕全奪了過去，拿起勺子開始猛吃起來：「這種東西，容容吃了對身體沒什麼好處，還是等我消化了，變成營養豐富的母乳，餵她好了。」

看著母親狼吞虎嚥的樣子，年幼的慕容容抬起頭，她看見父親的眼中，有道亮光一閃而過。

這天，夏徐媛回到娘家，立刻詢問葉西熙：「有沒有什麼好的減肥藥推薦？」

葉西熙皺眉：「妳不是在餵母乳嗎？現在吃減肥藥，不好吧。」夏徐媛唉聲歎氣：「那我的身材該怎麼辦？」葉西熙建議：「多做做運動吧。」夏徐媛揉揉發痛的額角：「不行，每次做了，我都會管不住自己，又開始大吃大喝。最近不知道怎麼了，胃口特別好，剛吃完飯，肚子又餓了。」葉西熙疑惑：「我記得妳以前每餐吃得很少的，怎麼會突然變這樣？難道是吃了什麼開胃的東西？」夏徐媛也覺得有些什麼地方不對勁，她輕蹙眉頭，腦中忽然靈光一閃：「夏虛元在家嗎？」葉西熙問道：「去醫院了。妳找他幹嘛？」夏徐媛慢慢瞇起眼睛：「我不是找他，我是找藥。」說完，快步跑到地下室，沒幾分鐘，便拿著兩瓶藥，冷著臉上樓來。

葉西熙喝口果汁，看著好戲：「誰要遭殃了？」夏徐媛一字一句地說道：「慕容品，他就要被我閹了。」葉西熙好奇：「他做了什麼？」夏徐媛咬牙說道：「他在我的飯菜裡面下了這種開胃粉，害我猛吃海喝，他狼子野心，應該被千刀萬剮。」葉西熙囑咐：「千萬別在容容面前做太過血腥的事啊。」

葉西熙說完，準備起身拿遙控器，但夏逢泉及時抱著襁褓中的兒子出現，按住了她。

夏逢泉把遙控器遞給葉西熙：「我不是說過，妳只需要好好坐著休養，其他事情交給我就行了。還想喝果汁嗎？我去拿給妳。」看見這一奇景，夏徐媛渾然忘了自己的憤怒，不禁問道：「大哥，你又帶小孩，又幫西熙拿這拿那，怎麼一夜之間就轉性了？」夏逢泉回答：「西熙才剛生下念南，身子虛弱，當然要好好休養，才會儘快復原。」

夏徐媛頓時對葉西熙起了敬佩之心：「西熙，妳實在厲害，居然把大哥訓練成一個好男人了！」可是葉西熙卻長長歎了口氣：「妳聽說過《糖果屋歷險記》的故事嗎？裡面的巫婆抓住小兄妹之後並不著急，而是等到養肥後才吃的。」夏逢泉微笑：「原來妳已經覺悟了。」夏徐媛終於明白夏逢泉打的算盤，拍了拍葉西熙的肩膀：「西熙，未來的日子，要挺住。」葉西熙：「……」

夏徐媛回家後，並沒有多說什麼。

和往常一樣，她吃完了慕容品盛的兩碗飯，吃光了慕容品買的蛋糕，又在看電視時把慕容品遞來的一大盒霜淇淋吃了個底朝天。然後，她回到房間，洗完澡，換上新買的性感內衣，抹上淡淡的香水，來到慕容品的房間。

當時，慕容品正靠坐在床上讀著受理案件的資料，看見她，眼中閃過一陣訝異——雖然兩人已經住在一起，可是由於夏徐媛的強烈反對與不合作，這一年來，慕容品連一絲熟女豆腐味都沒有聞到。可是現在，夏徐媛卻突然穿成這樣來找自己，也難怪慕容品會詫異。

慕容品問：「徐媛，有什麼事？」夏徐媛一步步走到床邊，在慕容品身旁坐下。夏徐媛反問：「你認爲呢？你認爲，我找你會有什麼事？」慕容品眼中閃過一道晦暗不明的光：「我一向猜不透妳的心思。」夏徐媛長歎口氣，低頭看看自己，問道：「這件睡衣是新買的，你覺得好看嗎？」慕容品的嗓音染上一絲粗濁的低啞：「很漂亮。」夏徐媛垂下眼睛，睫毛長而濃密，卻遮蓋不住裡面的失落：「睡衣是漂亮，可是身材已經毀了。連我看了都覺得厭惡，男人一定沒興趣的。」

檯燈的燈光投射在慕容品的臉上，照出他的隱忍：「夏徐媛，妳是在誘惑我嗎？」夏徐媛哀怨地看著他：「我還有這個本錢嗎？你對這樣的我還有慾望嗎？」慕容品看著夏徐媛，靜靜地看著她，接著他倏地出招，將她壓在自己身下。檔案夾掉落在地板上，紙張也撩亂地散落了一地。慕容品直視著夏徐媛：「我對妳，永遠都有興趣。」夏徐媛揚揚眉毛：「那就證明給我看。」

慕容品低下頭，吻上她的唇。那張唇水潤而柔軟，有著淡淡的香氣。久違的味道。慕容品細細品嘗著，他用舌頭輕輕舔舐著她的嘴唇，有技巧地描繪著那美好的唇形，撩撥著，直到她放棄堅守，自動爲自己開啓。接著，他順勢進入，追逐著她的嬌美，霸道地糾纏，征服她的全部。夏徐媛將手勾住他的頸脖，迎合著他。他們唇舌糾纏，互相擒住對方的進攻，他們的滾燙相互傳遞著，兩人的體內都彷彿燃燒著灼人的火。

慕容品的手開始伸到夏徐媛的裙底，一路來到大腿內側，在那滑膩柔軟的肌膚上，傳達更深的刺激。男人的手將那薄而透明的蕾絲內褲扯下，然後將自己的灼熱對準她全身最柔軟之處。一個挺身，慕容品進入了那濕潤的小徑。此刻的夏徐媛，臉頰染滿情慾的櫻紅，星眸半睜，朦朧誘人。慕容品看著她在自己身下輾轉，聽著她發出半是痛苦、半是愉悅的呻吟，他的額頭布滿了薄薄的汗。

仔細算起來，他已經禁慾許久，已經到了忍耐的極限，今天，他要全部討還回來。但是，男人的噩夢在此時發生了——他的小鳥才剛起飛，便因不知名的原因墜落。他的小慕容，在熱身運動剛開始便敗下陣來，很早很早地疲憊了。慕容品不敢相信這個事實。這是悲劇，男人莫大的悲劇。慕容品化作固態的石像。

與此同時，夏徐媛原本因情慾而朦朧的眼睛，開始變得清明，布滿了復仇後的得意，殘忍的得意。她的聲音，也帶著同樣殘忍的戲謔：「慕容品，我連三都沒數出來，你居然就不行了？」慕容品從固態變爲液態，俗稱溶化。

夏徐媛肯定不會就此甘休，她一邊整理自己的衣服，一邊慢條斯理地說道：「身爲狼人，居然會有這個問題，眞是讓人無法相信。別人家狼人的妻子，一般都是澇死，可是你以後的妻子恐怕得旱死，眞是可憐……」慕容品從液體變爲氣體，俗稱汽化。

夏徐媛慢悠悠地起身，發出最後的冷箭：「以後，我就叫你三郎吧，希望你今後努力一點，能堅持到別人數到三。」接著，夏徐媛邁著女王的步伐，走了出去。慕容品，已經往生。

回到房間的夏徐媛，把玩著那瓶從夏虛元那兒偷來的、能讓男性功能下降的藥，輕輕地笑了。

慕容容兩歲時。

穿衣鏡前，終於又出現了夏徐媛窈窕的身影。

她身著一套酒紅色晚禮服，布料柔滑，勾勒出妖嬈的曲線。頭髮高高盤起，留下一兩縷黑髮落在頸邊，襯托出她的雪肌玉膚，無比勾人。

慕容品一直站在房間門口，眼神陰沉：「穿成這樣，妳想去哪裡？」夏徐媛在手腕噴了些香水，輕描淡寫地回答道：「吃飯。」慕容品揚揚眉毛：「不會是一個人吧。」夏徐媛開始整理手提包：「和一位朋友。」慕容品追問：「男的？」夏徐媛一句話打發他：「和你無關。」

慕容品提醒：「夏徐媛，我希望妳能明白自己的身分，妳已經是一個孩子的媽了。」夏徐媛提起底下這件事依舊憤怒不已：「所以，你去年就偷偷在我飯菜中加上夏虛元給的開胃粉，害我吃成了大胖子，費了好大的力氣才把體重減下來，實在是卑鄙至極！」

慕容品的瞳孔驟然緊縮：「不這麼做，妳會乖乖待在家裡？再說，妳還不是在我飯菜裡下了藥，讓我在床上敗下陣來，害我看了一個月的心理醫生。」夏徐媛看著鏡中的他，櫻唇微啓，一字一句地說道：「你，活，該。」慕容品明白自己是制止不了她的，便轉身去搬救兵。

廚房中，一個小小胖胖的身影正費力地開著冰箱。只可惜力氣太小，費了九牛二虎之力還是沒能打開。正努力著，一隻大手抓住了慕容容的衣領，將她提起，舉到自己面前。

慕容品一眼看穿女兒的主意：「又想偷吃巧克力蛋糕？」慕容容眨巴著水潤的大眼睛，重複道：「蛋糕……容容吃。」慕容品搖搖頭：「這招沒用了。再吃下去，妳的牙齒都會被蛀壞。」

這個女兒，打從會說話起，就開始用自己的可愛當作武器，挾持大人答應她的任何要求，連慕容品也是最近才免疫。希望落空，慕容容流著口水，沮喪地垂下頭。慕容品微笑：「不過，如果妳答應幫一個忙，爸爸就准許妳今晚吃一塊蛋糕。怎麼樣？」慕容容立即點頭。

夏徐媛準備完畢，從樓上下來，卻看見慕容容躺在地上，小小的身體在地板上蠕動著。

夏徐媛疑惑：「容容，妳幹嘛用自己的衣服擦地板？」慕容容虛弱道：「容容肚子痛，媽媽不走。」為了一塊蛋糕，慕容容賣力地演出著，我擦，我擦，我擦擦擦。

夏徐媛微瞇著眼睛，看出了端倪，她走過去摸摸女兒的頭髮，歎口氣：「哎，容容，媽媽出門之前本來替妳準備了兩塊蛋糕，可是妳的肚子卻痛成這樣，好可惜。」年幼的慕容容腦神經並未發育完全，聞言，眼睛一亮，立刻從地上跳起來：「容容不痛了，吃蛋糕！」夏徐媛得意地一笑，踏著高跟鞋走了出去。

慕容容跑到父親面前，拉著他的褲腳，笑嘻嘻道：「爸爸，兩塊蛋糕。」

慕容品的額角頓時出現了幾根黑線，他怎麼會生出這麼笨的女兒啊！

慕容容三歲時。

慕容容長大了。一方面，長得越來越水靈；另一方面，因為情竇初開，智力也開始蹭蹭蹭地往上漲。每週日是她最開心的日子，因為，可以到逢泉舅舅家和念南玩耍。

慕容容舉起夏念南的小手，我摸摸摸：「念南，你的手好暖和。」

慕容容捧起夏念南的小臉蛋，我親親親：「念南，你的臉好軟啊。」

慕容容把手伸到夏念南的屁股上：「念南，你的屁股好有彈性啊。」

正準備捏捏捏，卻被人打斷。葉西熙及時抱起兒子，躲開慕容容的蹂躪，咬牙道：「慕容容，不准吃我們家念南的嫩豆腐！」慕容容咬著手指，歪著腦袋：「念南身上藏了豆腐嗎？我怎麼都沒發現！」

簡直是雞同鴨講。

葉西熙懇求夏徐媛：「徐媛，拜託妳管一下容容，要不然我們家念南挨不到三歲，貞操就要被她奪去了。」夏徐媛繼續打磨著指甲，閒閒說道：「反正這輩子你們家念南的處男之身注定會被容容奪去，早點或晚點也沒什麼分別。」葉西熙皺眉：「妳怎麼能這麼看不起我們家念南！」

夏徐媛長歎口氣，抬起慕容容的小臉蛋，分析道：「不是看不起念南，而是我太清楚自己女兒的本事了。看，這孩子的眼睛裡有慕容品式的狡猾沉靜，鼻梁的輪廓是夏逢泉式的煩人固執，嘴唇是夏虛元式的變態殘忍，而臉上卻有阿寬式的腹黑無辜。妳自己想想，這樣一個匯聚了夏家人特質的慕容容，她看中的人，能逃得過嗎？」

葉西熙如遭雷殛，腦中一片空白，隔了許久，忽然將夏念南摟入懷中，放聲大哭：「兒啊，我對不起你，居然把你生成這樣，注定要被慕容容蹂躪一輩子！」

年僅兩歲的夏念南雖然還不懂事，卻依稀從母親慘烈的哭聲中察覺到了一點——今後漫長的歲月裡，他會生不如死。

在一陣愁雲慘霧之中，慕容容用著與氣氛不協調的清脆歡快童音問道：「舅媽，妳和逢泉舅舅是怎麼認識的？」

葉西熙見兒子也用好奇的眼光詢問自己，覺得這是個向他們灌輸正確愛情觀的時刻，便清清嗓子，說出了美化版本的故事：「事情是這樣的——當時，柔弱善良的我被一個壞人抓住，妳逢泉舅舅憑著自己矯健的身手把我救了出來。沒多久，我又再次被另一個壞人抓住，妳逢泉舅舅憑著聰敏的頭腦，將我救了出來。再後來，我又被另一個壞人抓住，妳逢泉舅舅憑著先進的高科技，將我救了出來。

「就這樣，在被抓、救出，再被抓、再救出的過程中，我和他互相產生好感，在三媒六聘之後，我們依法結婚，生下了念南……聽清楚關鍵字了嗎？我們是彼此都對對方有好感，最終才在一起的，單方面的強迫是不會成功的。而且結婚之前，我們連手都沒有牽過，交往是非常純潔的，絕對不會做出親臉蛋、捏屁股之類的舉動。慕容容，妳聽清楚了嗎？」

慕容容沒回答，只是從沙發上跳了下來，跑到葉西熙跟前，仔細看著她的臉。葉西熙疑惑：「妳看什麼？」慕容容奶聲奶氣地讚揚道：「舅媽，妳好厲害，撒謊都不會臉紅的。」葉西熙心中有鬼，但依舊嘴硬：「誰，誰說我撒謊的？」慕容容慢慢說道：「是逢泉舅舅一直持續不斷地強暴妳，妳才會和他在一起的。而且你們結婚之前，念南都已經在妳肚子裡面待了三個月了。」

葉西熙僵硬成石像，她轉轉頭，脖子發出「咯吱咯吱」的聲響，看向夏徐媛。夏徐媛裝作喝咖啡，不敢看她。

葉西熙不敢置信：「夏！徐！媛！妳女兒才三歲啊，妳怎麼可以把這種事情告訴她？」夏徐媛也很無辜：「是她不小心聽見的，我哪裡知道她聽得懂！」葉西熙決定，死也要拉人一起下水：「容容，我告訴妳，妳爸爸也是用這招對付妳媽媽的！只不過，他更低劣，他下藥！」夏徐媛覺得無關痛癢，反正自己和慕容品在慕容容心目中，早就沒有什麼形象可言。

這時，夏逢泉從公司下班回來，還是和往常一樣抱起兒子，笑問道：「今天乖不乖？」誰知夏念南斷續地重複著剛才的話：「爸爸，強暴，爸爸，一直持續不斷地強暴媽媽。」夏逢泉：「……」葉西熙已經碎裂成一塊塊，迎風飄散。

罪魁禍首慕容容再次開口：「逢泉舅舅，以後長大了我也要向你學習，一直持續不斷地強暴念南，讓他嫁給我。」夏逢泉和葉西熙同時往生極樂世界。

「那個，我們還有事，先走一步，你們好好保重。」說完，夏徐媛連忙將女兒塞進包包裡，飛快逃離案發現場。

當天晚上，在飯桌上，慕容容詢問慕容品：「爸爸、爸爸，舅媽說你很『地雷』，不僅強暴媽媽，還對媽媽下藥。」慕容品皺眉：「地雷？」夏徐媛替他解疑：「是低劣。」

慕容容拉拉他的衣袖：「爸爸，你真的這麼做了？」慕容品坦誠：「沒錯。」夏徐媛冷冷一笑，就讓女兒永遠鄙視他吧。

誰知慕容容卻鼓起掌來：「爸爸好厲害，爸爸快教我。」夏徐媛頭上飛過一陣烏鴉……果然又小覷了這個女兒。

慕容品仔細地向女兒講解要點：「容容啊，做爲過來人，我必須告訴妳，做這種事情是要冒風險的，稍不注意就會進監獄。所以，第一步，妳要在施行犯罪時確定自己是受害人的合法伴侶，也就是說，要先弄到一張結婚證書。第二，在施行犯罪之後，精神要高度集中，因爲此刻受害人的情緒會異常激動，很容易對妳進行報復，爸爸當初就是因爲一時大意而被妳媽媽打進了醫院……什麼，妳是要對付念南，噢，那就沒什麼好注意的，放心大膽地去做吧。」夏徐媛：「……」

慕容容四歲時。

夜闌人靜，萬物俱寂，慕容家一片寂靜。

忽然，一陣鑰匙聲響起，接著，大門打開，一道高眺窈窕的身影搖搖晃晃地走了進來。

「啪」——客廳中的檯燈打開，映亮了慕容品陰沉的臉：「妳喝酒了？」夏徐媛一步一搖地往樓上走去：「只是幾杯，沒關係。容容睡了吧，我去看看她。」剛走到樓梯口，慕容品便拉住她：「妳喝醉了，明天再去吧。」夏徐媛醉得眼睛有點朦朧：「好吧。那我先回房睡了。」

慕容品盤問：「等等，妳還沒交代今天跟誰出去了？」夏徐媛站都站不穩，但嘴巴還是硬的：「我幹嘛……幹嘛告訴你，你是我的誰？」慕容品一口氣說出自己的身分：「我是妳孩子的父親，妳的前夫，唯一碰過妳身體的男人。」夏徐媛藉著酒意說道：「你怎麼知道我沒跟其他男人上床？我今天，就是出去跟其他男人約會了。」慕容品輕笑：「妳就編吧。」

夏徐媛不服氣：「你看不起我？慕容品，雖然我已經是孩子的媽了，但站出去還是有人追的。」慕容品背對著燈，眼睛微微一沉：「這點我相信，可是，我不會讓他們碰妳的。」夏徐媛狠狠捶打了一下慕容品的胸膛：「我就知道，以前我選的那幾個好男人都是被你趕走的！」慕容品嗤之以鼻：「那幾個男人就是好？夏徐媛，妳眼光太差了。」

夏徐媛瞪著他：「你害我單身四年！我恨你！」慕容品反駁：「就因爲妳的不合作，我也單身了四年。」夏徐媛的腦子被酒精灌滿，脫口而出：「你害我四年都沒上過床！」慕容品提醒：「容容一歲時，我們上過一次的。」夏徐媛鄙夷：「那次，你一上床就繳槍了，哪裡算？」慕容品被刺中痛處：「那次是意外，是妳下了藥！」夏徐媛嫣然一笑，但話語卻是殘酷的：「可是那次之後，你就從此不行了吧。」慕容品眼中開始燃起冷冷的怒火：「夏徐媛，注意妳的語句。」

夏徐媛眼中露出戲謔的神情：「惱羞成怒了？看來是被我猜中了，難怪一天到晚在家裡扮演好好先生，原來是自己硬體不足，沒辦法出去玩。」這次，慕容品沒有動氣，他靜靜說道：「看來，我只好親自證明了。」說完，一把抱起夏徐媛，三步併兩步來到了自己的房裡，將她往床上一扔，接著撲了上去……

兩個小時後，兩人躺在床上，被單下是赤裸的身體。

夏徐媛一直看著天花板，隔了好一會兒，才緩緩說道：「慕容品，你的功力好像進步了很多。」慕容品坦誠：「對於一個三年都沒做過愛的男人而言，這是正常的。」夏徐媛用商量的口吻說道：「慕容品，不如我們定個規矩，每個月以友情的名義固定上三次床吧。當然，和感情無關，是用來紀念……紀念我們因爲這種行爲而獲得了容容，怎麼樣？」

誰知慕容品竟一口拒絕：「不行。」夏徐媛疑惑：「爲什麼？」慕容品繼續說道：「除非，是一個星期上三次床。」考慮到剛才他的優秀表現，夏徐媛一口答應：「好。」

於是，被單重新蓋在兩人的頭上。床，又開始搖動了。

慕容容五歲時。

凌晨一點，慕容家。

一個高挺的人影，惦著腳，小心翼翼地在走廊上行走。經過兒童房時，更是小心，幾乎到了屏氣斂息的地步。

但忽然，門開了，慕容容揉著眼睛走了出來，看見走廊上的人，疑惑地問道：「爸爸，這麼晚了，你起來幹什麼？」慕容品立即鎮定下來：「我上洗手間。」慕容容摸摸頭髮：「你房間裡不是有洗手間嗎？」慕容品繼續扯下去：「堵住了。」慕容容將慕容品拉到自己房裡的洗手間，大方地說道：「噢，原來是這樣。那爸爸，你到我房間來上好了。爸爸，別客氣，儘管拉吧。」

慕容品看著那幼兒型的粉紅色馬桶，徹底無語。

凌晨兩點，慕容家。

慕容品再接再厲，繼續在走廊上行走著，這次，他更加小心翼翼，沒發出一點聲響。慕容品成功越過了危險區，也就是慕容容的房間。

正在暗喜，背後又傳來女兒的聲音：「爸爸，你又去洗手間啊。我看電視上說，只有腎不好的人，才會頻繁地小便，爸爸，你要補腎了。」慕容品滿頭黑線，明白上廁所這個藉口已經行不通了，便道：「我口渴了，想去廚房拿點喝的。」「好啊，容容也口渴了，我們一起去。」慕容容拉著父親，來到廚房。

兩人在桌邊坐下，慕容容用吸管喝了一大口果汁，一邊說道：「爸爸，我們父女倆好久沒有這麼談過心了。爸爸，我告訴你哦，我準備過幾天趁舅媽不注意時就對念南下手，嘿嘿，我是不是很聰明？」

慕容品將面前那杯馬丁尼一飲而盡。有這種女兒，乾脆喝死自己算了！

凌晨三點，慕容家。

慕容品這次開啓了慕容容房間裡的嬰兒監聽器，直到聽見那邊傳來均勻的呼吸聲後，才從房裡出來，小心翼翼地來到走廊上。

可是他又失敗了。和前兩次一樣，慕容容準時地在他背後問道：「爸爸，你是不是患上夢遊症了？爲什麼不睡覺，一直在房子裡走來走去的？好可怕。」慕容品徹底爆發，二話不說，直接提起女兒的衣領，將她往兒童房一丟，然後從外頭重重把門鎖上。

世界總算是安靜了。

接著，他來到夏徐媛的房間。穿著性感睡衣的夏徐媛從凌晨一點起就開始擺出撩人的姿勢。經過兩個小時的等待，她終於放棄，拿起洋芋片狂吃。

看見慕容品來了，夏徐媛埋怨：「怎麼這麼久？還以爲你不來了。」慕容品疲倦地搖搖頭：「還不是怕被容容發現，以後別讓那丫頭午睡了，免得她晚上沒事做，在屋子裡到處轉。」夏徐媛懷疑：「看你這麼累，今晚還行不行啊？」見自己的男性能力被質疑，慕容品輕哼一聲：「妳試試不就知道了。」

說完，來到床上，將夏徐媛拉入懷中，以一個法式深吻做爲開幕式，接著開始正常的生理運動。在被窩裡滾了差不多兩個小時之後，兩人停下來休息，把頭伸出被單外，大口大口地喘氣，補充剛才失去的氧氣。

忽然，夏徐媛察覺到有點不對勁，轉過頭，竟然看見慕容容正抱著小狗珠珠站在一旁，不知已經待了多久。

夏徐媛趕緊捂緊被單，遮住自己的胴體，一邊嘿嘿地僵笑著：「容容啊，妳……這麼晚了，還在這裡幹什麼？」慕容容反問：「媽媽，妳和爸爸在幹什麼？妳爲什麼要叫？是不是爸爸打得妳很痛？」慕容品輕咳一聲，嚴肅解釋道：「容容，爸爸怎麼可能打媽媽呢？爸爸是在替媽媽按摩。」夏徐媛連忙附和：「沒錯沒錯，媽媽是因爲爸爸按摩得很舒服，才會叫的。」

慕容容看著他們，眼中忽然露出晶亮的光：「我想起來了，你們是在上床、嘿咻、妖精打架，電視上的那個阿姨和叔叔也是這麼做的。哼，以爲我沒看過電視，居然騙我是在按摩，爸爸媽媽是撒謊鬼，明天我要到幼稚園跟老師報告。」說完，邁著小胖腿，抱著睡眼朦朧的珠珠，雄赳赳氣昂昂地走出了房間。

夏徐媛和慕容品保持著僵硬的姿勢怔了三分鐘。

隔了許久，慕容品問道：「妳在想什麼？」夏徐媛緩緩說道：「我在想，反正都要丟臉，不如乾脆再做一次，比較划算。」慕容品自然舉雙手贊成，於是，床又開始搖動了。

慕容容十二歲時。

慕容容女大十八變，當年可愛的小球團已經出脫成一位亭亭玉立的美少女。

每天放學後第一件事，就是跑去夏家找夏念南。一進門，慕容便將書包一丟，大聲道：「念南，念南我來了。」葉西熙看見她，一臉詫異：「容容？現在才四點鐘不到啊，妳怎麼這麼早就放學了？」

慕容容將阿寬遞來的果汁一飲而盡，抹抹嘴，問道：「噢，老師被我們氣得哭著跑出了教室，沒人上課，我就回來了。舅媽，念南呢？」葉西熙語氣閃躲：「嗯，那個，念南還沒有回家。容容，不如妳陪舅媽出去逛街吧？」說著，便要拉著慕容容出門。

慕容容自然瞧出了端倪，將那雙漆黑水靈的大眼睛一瞇：「舅媽，是不是念南不守夫道，背著我在屋子裡會其他女人？」葉西熙無法，只得解釋：「我說容容，妳這些臺詞是從哪裡學來的！那個小女孩是念南鋼琴補習班的同學，下週，他們兩人要參加比賽，正在練習，他們是很正常的關係。」慕容容嬌哼一聲：「哪對情侶不是從正常的關係發展來的？」不顧葉西熙的阻止，立刻衝到樓上。

也不敲門，慕容容一把將門推開，只見，鋼琴凳上並肩坐著夏念南和一個文靜溫和的小女孩。慕容容這下徹底怒了，試想，平時夏念南身邊五公尺以內的雌性生物，哪個不是被她給滅了。誰知道這幾天疏於防範，居然讓這個小丫頭挨到了念南的身體。慕容容暗自揣測一下，還好自己下手快，早就奪走了念南的初吻，至於初夜，諒夏念南也沒這個本事。

慕容容正眼也沒看他們倆，直接走到夏念南的床上，躺下。

夏念南問：「容容，妳今天怎麼這麼早就放學了？」慕容容語帶深意：「想早點來會會你身邊的那位小同學呀。」夏念南建議：「容容，她是我同學蕭舞舞，我們下週要參加鋼琴比賽。時間很緊，今天可能沒空和妳玩了，不如妳和我媽媽去逛街吧？」慕容容笑得很無害：「沒關係，我就在這兒坐，不會打擾你們的。」

夏念南用詢問的眼光看了看蕭舞舞。蕭舞舞笑著點點頭：「沒關係，有觀眾更好。」

於是，三人行開始了。

和往常一樣，慕容容根本沒有遵守諾言，她一會兒站在鋼琴旁邊哼歌，一會兒又插到他們中間坐著，總之就是不讓他們有獨處的機會。

終於，蕭舞舞受不了了，委婉地說道：「我們還是先休息一下吧。」夏念南起身，出了房間：「好，我去替妳們拿飲料。」

見沒有其他人在，慕容容也就撕下剛才那層稍見溫和的面具，上下打量了蕭舞舞一眼，道：「夏念南，是本小姐早就看中的。識相的，就別再纏著他了，否則別怪我不客氣。」誰知蕭舞舞也不是什麼好惹的，她嘲諷地笑道：「小姐？明明是大姐吧，念南說了，妳比他大一歲，老太婆還想吃嫩草，也不怕羞？」慕容容怒不可遏：「哪裡來的小丫頭，再胡說，小心我扁妳哦！」蕭舞舞用手撐著下巴，挑釁道：「妳敢嗎？」

慕容容被徹底激怒，走過去一把揪住蕭舞舞的衣領，擺出學校大姐大的派頭，威脅道：「小丫頭，我要看看是妳的嘴巴硬，還是我的拳頭硬。」誰知這時，蕭舞舞的態度忽然來了個一百八十度大轉彎，淚眼朦朧，我見猶憐，哀聲道：「對不起，我會聽妳的話，以後都不見念南了。」慕容容正在詫異，卻聽見背後傳來夏念南的聲音：「容容，快放開她！」

原來是裝柔弱！蕭舞舞立即跑到夏念南的背後躲著。

夏念南皺眉：「容容，人家是客人，妳怎麼可以這樣！」蕭舞舞拉住他的手，開始裝善良：「念南，我猜，她是在和我鬧著玩吧，你別怪她了。」

念南的手居然被摸了！慕容容氣得眼睛冒火，三步併兩步衝到他們面前，扯開面前的兩隻手，接著推了蕭舞舞一把，罵道：「妳再敢碰他一下，我就把妳的手剁下來餵我們家珠珠！」

夏念南忙扶住蕭舞舞。

慕容容氣不過，問道：「夏念南，快讓她走！」夏念南為難：「容容，妳就別胡鬧了！」慕容一跺腳：「好，既然你選了她，那麼我走，我再也不會來了！」說完，衝了出去。蕭舞舞故作擔憂：「她是不是生氣了？」夏念南搖搖頭，沒有說話。

沒一會兒，葉西熙走了上來，疑惑地問道：「容容怎麼跑出去了？」蕭舞舞代答：「我們有些誤會，慕容容很生氣，就走了，還說永遠也不來了。」葉西熙愣了一會兒，然後轉身，欣喜若狂地大叫道：「阿寬，天大的好消息，容容說她再也不來我們家了！」

為了感謝蕭舞舞「為民除害」，葉西熙執意請她留下來吃飯，蕭舞舞推辭了一會兒，也就答應了。晚飯後，她和夏念南繼續練琴，但練沒多久，夏念南便被阿寬叫到樓下。

蕭舞舞一個人在房間裡坐著，百無聊賴，忽然想起下午慕容容躺過夏念南的床，便走過去，用力拂去她的痕跡，接著，自己躺了上去。以後，夏念南就是她的了。

一個嬌俏的聲音忽然響起：「喂，怎麼隨便躺男生的床？要不要臉？」蕭舞舞吃了一驚，抬頭，發現慕容容不知何時來到了房間中。蕭舞舞問：「妳，妳怎麼會進來的？」慕容容眼中有著得意的光：「搞清楚，這是我未來的婆家，爲什麼不能進來？」蕭舞舞覷她一眼：「妳未來的婆家？笑死人了，妳怎麼知道夏念南會娶妳？」慕容容揮揮手：「念南從出生下來那天就被我預定了，所以，妳還是去找其他的目標吧。」蕭舞舞不服輸：「如果我偏不呢？」慕容容看著她，紅潤的唇勾出一抹嗜血的笑：「這，可是妳自找的。」

「啊！」——夏家人只聽見一陣慘烈的叫聲，還沒弄清楚是怎麼回事，便看見蕭舞舞完全放棄了淑女氣質，連滾帶爬地從樓上跑下來，接著像箭一般衝出了大門。

夏念南沉吟了一會兒，立即明白是怎麼回事。來到房間一看，果然不出所料，慕容容正躺在自己的床上，並且——沒有穿衣服。

非禮勿視，夏念南馬上背轉過身，質問道：「容容，妳是不是變成狼形嚇走了蕭舞舞？」慕容容坦誠：「沒錯。好了，我穿好衣服了，轉過來吧。」夏念南轉身，看著慕容容，無奈地搖搖頭：「容容，妳是女孩子啊，怎麼可以隨便在人前光著身子呢？」慕容容招招手：「我只是在你面前光而已。過來，和我躺一躺。」

夏念南依言照做，兩個小孩子就這麼在床上躺著。

慕容容得意地摸摸自己的胸部：「念南，就像你所看見的，我是同年齡女生當中胸部最大的，比蕭舞舞那個荷包蛋好多了。如果你選擇我的話，未來性福無窮哦。」夏念南問：「容容，妳整天在想些什麼啊？還有，究竟是選擇什麼？」慕容容努力推銷著自己：「選你未來的老婆啊。念南，我身材好，臉蛋佳，又可以幫你打架，比那個蕭舞舞好多了，選我吧。」

夏念南搖搖頭：「我和她只是同學，容容妳想到哪裡去了？」慕容容側過身子，認真地看著夏念南：「可是她看著你的樣子，就像看著一塊肥肉，我有危機感啊。念南，你老實說，你喜不喜歡我？」夏念南看著她姣好的臉蛋，並沒有說話，只是臉紅了紅。

慕容容開心地摟過他的脖子，重重地親上一口：「原來你對我也是有感覺的，那就好，只要有一點愛的火星，我慕容容就有能力把它變成燎原慾火，哈哈哈！」夏念南：「……」

站在門外偷聽的葉西熙，淚盈於睫地暗道：「我可憐的兒子，你這輩子注定逃不了慕容容的魔掌了！」

New Side Story

全新番外

游江南——美夢

他的右眼瞼上有一顆褐色的小痣，曾有個算命先生斷言這並不是什麼好痣，今後將會婚姻不順，命途多舛。他從來不信怪力亂神，因此並不將這件事放在心上。

直到……很久很久以後，遇見了葉西熙。

認識葉西熙並非偶然，而是爲了抓住她，獲得寶貴的不死狼人血液。但刻意只是一剛開始，慢慢地，他逐漸認識了這個女孩，她恣意、不做作、笑起來像豔陽，和她在一起，他也會情不自禁變得快樂許多。而在快樂的表象之下，她也擁有和自己相似的、那缺乏母愛的靈魂。從某種程度上來說，他們是同類。

可是，她終究是獵物，他用螢火蟲引誘了她，抓她墜入陷阱。

他是個謊言，但她卻是眞實的，他羞於去見她。葉西熙受了很多苦，被折磨、被實驗，整個人消瘦了一圈。是他讓她變成這樣，他的心，整夜整夜地像被毒蟲啃噬著。

夏家的人來營救，在危急關頭，他放走了她——他做了自己本應做的事。他希望彼此不要再見面，畢竟他們是敵對的狼人家族，再相見，氣氛不會太好。

想像中是如此，但再一次相見時，卻還是忍不住叫了她。他問：「你愛他嗎？」她默認了。他握住她的手，低下頭，擋住眼裡的無盡寂寥。明明是他結的因，爲何又不敢接受這樣的果？看著夏逢泉擁著她，在眾人面前宣布他們的婚約，他的心忽然像被那顆訂婚鑽戒劃過，有著尖銳的疼。

沒多久，便是他們的婚期，他原本打算一個人獨醉，可是命運不知是偏愛還是懲罰，竟讓她做出逃婚的決定。驚喜還沒持續一秒，他便被她胸前盛開的血花震散了魂魄。他抱著渾身是血的葉西熙，手腳變得比她更加冰涼。那一刻起他便決定，只要她醒來，他便什麼都不要了，什麼仇恨都可以放下。只要她醒來。

像是聽見了他的禱告，老天讓葉西熙睜開了眼，並給予了他們一段最美好的時光。

白沙綠樹，碧海藍天，海邊的別墅美得融了人的心。葉西熙想離開，他請求她留下，五天，只要五天，就足夠他懷念一生。

他們每天上午一起去逛超市，回來合力弄好飯，吃過，便帶著養的小狗坐在露臺上曬太陽，看看書，喝點自己調的瑪格麗特，就這麼待一下午。歲月靜好，人世安穩，這是他的美夢。他們之間沒有多餘的話，沒有多餘的親暱動作，就這麼安靜地待在一起，彷彿那將是天長，那將是地久。

她離開的前一天便是他的生日，葉西熙決定爲他製作一個大蛋糕。看著她在廚房忙碌的模樣，他心裡竟喜悅得有些疼。若這一切便是永遠，那該有多好。他自小過生日從來不許願，可是這次他卻許下了一個願望——他想和她永遠在一起。在海灘上，他請求她留下，並做出了放棄復仇的決定。然而，葉西熙退卻了。她已經不再是過去那個無憂無慮的女孩，是他一步步將她推遠，是他自作自受。

返回別墅時，夏逢泉出現了，他接走了葉西熙——他名正言順的未婚妻。自己的生日願望，沒有實現。他和葉西熙是不可能的了，他明白，於是只能在午夜夢迴中回憶著當初的美好，只能在暗中探知她的消息——據說她和夏逢泉兩人的關係日漸親密，據說夏家上下都樂於看見他們在一起，據說他們會馬上再次補辦婚禮。他默默祝福著，祝福裡有苦笑，有欣慰。畢竟，她是幸福的。

然而，獨特的身體體質讓災難再次降臨在葉西熙身上。她失蹤了，他四下幫忙尋找，在得知她無恙時才放下心來。接著，游家局勢起了變化，游子緯抓獲了游斯人，準備獨攬大權。而夏逢泉卻找到了自己，要推他當上游家的當家人。他沒有多想，便答應了。一半是爲了殺父之仇，一半是爲了葉西熙——如果他是游家的當家人，將會有足夠的能力保護葉西熙。在夏家大門前，他與葉西熙將所有過往的感情都化爲相對一笑。

與夏逢泉的合作計畫有條不紊地進行著，眼看就要成功，游子緯卻以母親病重的消息誘他陷入圈套，趁機在他腦內植入了晶片，讓處於白茫狀態的他誘拐了葉西熙。

他時而清醒，時而糊塗，在清醒時深知已無法自我控制，只能請求葉西熙離開。如果她因自己而再次受傷，他寧願死去。可是葉西熙很固執，她怎麼也不願意拋下自己離開。在最後關頭，他假裝受到控制，降低游子緯的警覺心，一槍擊中了他。父仇得報，他最重要的女人也得以保全，老天看似對他很好。然而正當他微笑著走向葉西熙時，游子緯從他背後站了起來，一槍槍擊中他。冰涼從心臟穿過，身體所有的血液都不可抑止地流淌了出去。

原來，他沒有報仇，也沒有保護好最重要的女人。原來，他眼角的那顆痣一直都在，婚姻不順，命途多舛。那個算命先生沒有騙他。

在生命即將結束的那一刻，愛恨情仇都已不再重要。他看著葉西熙的淚臉，只想問一個問題——「西熙，我想知道……如果沒有遇見夏逢泉，妳……會不會和我在一起？」他並非是想挑撥他們的關係，只是想要一個美好的夢境。

在那個夢境裡，他並未帶著目的見到葉西熙，他們相處得很愉快，很自然地成爲情侶，在海邊的別墅裡，她爲他做檸檬派，他爲她做飯，他們養著苦大仇深，他們生育了兩個子女。

沒有血腥，沒有銀子彈，沒有敵對的家族，只有幸福的他們。

這個夢很美，很美。

他逐漸睡去，只留下了一句誓言——「我也會一直在妳身邊……永遠……永遠……」

全新番外

夏逢泉——他的女人

笨蛋。這是夏逢泉第一次見到葉西熙時，心裡浮現的兩個字。

原諒他不厚道，可是他實在想像不出，到底一個女人要笨到怎樣徹底的程度，才會看不出對方是在欺騙她，難道她以爲憑自己的一股傻氣就能吸引游江南？一想到這個笨女人居然是家人爲自己選定的妻子，夏逢泉腦袋很疼。

但再怎麼說，她也是自己失散多年的表妹，攸關生死之際還是得出手相助，因此他襲擊了游江南，可是關鍵時刻，葉西熙卻出現，打傷了他。

笨到底線了，這個女人！他去找她興師問罪，卻意外發現這女人有副好身材，他本來就是狼，色一點也是應該的，看在那美麗胸部的分上，他給了她最後一次機會——要她遠離游江南。

她的愚笨終於讓她落入了對方手中，不過，幸好他的智慧足以將她救出。

接下來，他們開始住在同一個屋簷下，近距離接觸著，他發現葉西熙是愚笨裡透著點可愛那種女人。逐漸地，他喜歡玩調戲她的遊戲，喜歡看她因羞惱而漲紅的臉。或許，把這個女人留在身邊也不錯。可是葉西熙卻一再挑戰他的神經，居然又私下和游江南見面，而且之後還刻意躲避他。每每想到這點，一股無名火便上升。

爲了打消葉西熙的壞念頭，他刻意攜著她在眾人面前，尤其是在游江南的面前，逕自公布了他們訂婚的消息。他並不是在開玩笑，葉西熙注定要成爲他的女人，別說是游江南，即便是葉西熙自己也無法改變這命運。因此，當葉西熙說出她嫁給游江南的機會還比嫁給他大時，夏逢泉強吻了她，直到她求饒。

可是與葉西熙之間的戰爭，他並非永遠勝利，這個女人太倔強了，義氣起來可以不顧自己的性命。她不顧他的三令五申，仍舊深入了狼穴想要救出徐如靜。葉西熙，這個讓人又愛又恨的女人。他擔心她的安危，不分晝夜地找尋，結果卻發現她和游江南單獨待在一室。

這一次，她眞正地惹惱了他。他必須讓她明白，她是誰的女人。他將葉西熙帶到夏家的私人島嶼，在那裡，他強要了她。他不後悔自己的舉動，因爲只有這樣，這個蠢女人才會懂得自己的心。她果然也不是省油的燈，回家之後，居然三番五次地想要離開。但他是狼啊，狼怎麼會讓到口的肉飛走呢？她是一隻跑得飛快的野兔，可是他會追，被追到最後她總會累，總會在他身邊待下。

在電影院裡，那樣安靜的時刻，他逐漸剖白了自己的心。而他也看得出，葉西熙對自己的態度於抗拒中有了一絲迎合。第一次，她沒有反抗，讓他進入了她。情況越變越好，他已經開始計畫又一次的婚禮。

但，葉西熙要是不出點狀況就不叫葉西熙，這一次，她被襲擊，生死未卜。他不惜與游家開戰，也要找回他的女人，卻得知葉西熙是被游家另一個當權者游一誠給挾持了。就這麼一個笨女人，還有這麼多人來搶，這年頭，和他一樣重口味的人還眞多。

他不顧安危，來到了游一誠的地盤，只爲救出葉西熙，他的女人。他將她從游一誠手中救出，當看見她胸前染上了屬於其他男人的痕跡時，他嫉妒得快要發狂，只恨自己沒有保護好她。他們在羅馬的公寓裡躲避著追兵，在那擁有異國情調的地方，他們像一對眞正的夫妻般生活著，做飯、吵鬧、鬥嘴，經歷瑣碎的開心。

當游一誠的手下找上門來時，他爲葉西熙擋住了子彈。沒有猶豫，彷彿是天生的本能。但沒料到，在關鍵時刻，葉西熙居然再次衝上前來幫他擋子彈，眼中的義無反顧讓他驚呆住。然而，保護她已經成爲本能，他又再一次地擋在她面前。

這次他傷得很重，在無盡的黑暗裡，他聽見一個堅定的聲音：「給我聽清楚了，我葉西熙的男人，誰也不能動！」她終於承認他了。他醒來，與她擁吻，那個吻綿長而激烈，確定了彼此的心意。終於，這個笨女人開竅了。

回家後，游家局勢發生變動，他決定聯合游家的其他勢力，將游江南推上游家的當家位置。他確信這個男人不會傷害葉西熙，同時也確定，葉西熙不會再動什麼歪腦筋。這是他屬於男人的自信。然而醋意還是大大存在著的，直到她主動地、帶點強迫地吻上他。

計畫持續進行著，他很清楚游子緯這個老狐狸不可能束手就擒，但饒是預防了所有的可能，也沒料到游江南的心智竟然被控制，帶走了葉西熙。

這次是他們與游子緯的決戰，心狠手辣的敵方是不會對葉西熙手下留情的。幸好在危急關頭，他尋到了游子緯的下落，並前往制止。但游子緯的老奸巨猾讓他們再度失手，葉西熙落入了他的手中。最終，救了葉西熙的，是游江南。

當他們趕到時，游江南已經變成了冰冷的狼形。他讓葉西熙輸血給他，即使心裡很清楚一切只是徒勞，但這是他們唯一能做的。這個男人對葉西熙的愛，一點也不比他少。

游江南還是去了。

葉西熙在自己懷中暈倒，醫生檢查得知，她已經懷了他的孩子，她想叫這個孩子做念南。念南，懷念江南。他同意、理解，並接受。

游江南，是個讓他佩服的男人，是他保全了葉西熙母子，他感激游江南，並允許這個名字在葉西熙的心頭常駐。但僅此一人，此外，她心頭的所有都必須留給他。因為，她是他的女人。

全新番外

葉西熙——爭吵

狼人也是人，也會生育子女，也會在子女的教育問題上發生分歧。最近，葉西熙與夏逢泉便在這方面不斷發生爭吵。

自從他倆的兒子夏念南從幼稚園畢業、升上小學開始，夏逢泉便要求他每天都跟著自己學習武術。本來，小男孩學習武術鍛鍊身體是很不錯的，可是夏逢泉的要求十分嚴格，彷彿要將兒子送上戰場般，時常弄得小念南渾身青紫。

葉西熙看不下去，挺身護在兒子面前：「夏逢泉，你實在很狠心，兒子還這麼小，怎麼可以讓他練那種危險的東西？」夏逢泉淡淡道：「那不是危險的東西，反而可以幫他在關鍵時刻擺脫危險。」葉西熙趕緊另外找論點：「可是，他這個階段正是該讀書的時候，你占用他的課餘時間，以後他還怎麼考大學、研究所、博士班？」夏逢泉看著公司的帳目，眼睛也沒抬一下：「念南遺傳的是我的智商，學校門門功課都拿第一，這方面妳完全不用擔心。」

葉西熙可不是這麼容易就能被打敗，立刻又出擊：「現在，正是他人生觀、價值觀成長的關鍵時刻，你一天到晚讓他做這些打打殺殺的事，會影響他身心健康的！」夏逢泉水來土掩：「念南是個聰明的孩子，從小就明白自己生活在什麼樣的環境裡。況且，他的世界觀、人生觀、價值觀這三觀正得很，沒有被妳拉偏。」

葉西熙終於爆發了：「難道你就沒有考慮過念南的感受嗎？你有徵求過他的意見嗎？」夏逢泉早有準備：「我徵求過，念南說，他願意學。」葉西熙怎麼也不信，把念南叫到跟前，握緊他的雙臂，問道：「念南，你老實告訴媽媽，你根本不想學武術，對嗎？都是你爸爸逼的，對不對？不要怕，有我在，他不敢對你怎麼樣。」葉西熙這番話，活脫脫將夏逢泉當成一股惡勢力。

然而，小念南眨巴眨巴著晶亮的眼睛，搖頭：「不是，是我自己想學，不是爸爸強迫的。」這番話讓葉西熙徹底怒了。而夏逢泉仍在火上澆油：「聽清楚了嗎？」葉西熙惡從膽邊生，抱住念南，泫然欲泣：「兒子，有件事我不得不告訴你了……其實，你不是你爹親生的，所以他才會這麼欺負你。」

此話一出，小念南的嘴張得可以塞下一顆蘋果，夏逢泉的眼角青筋暴現。一直貼著牆壁偷聽的阿寬適時出現，直接將念南帶走：「別聽你媽胡說，她才不是親生的。」

現下只剩兩人在書房，想到自己剛才挑撥他們父子關係的罪惡行徑，葉西熙有點膽寒，但外表還是裝作滿不在乎。夏逢泉一步步向她靠近，一雙火眼金睛隱在陰影裡，看不清晰：「葉西熙，妳的膽子越來越肥了。」葉西熙仍舊嘴硬：「是你自己做得太過分了，居然這樣整念南，明明就是不把他當親生的！反正我告訴你，我就念南一個兒子，絕對不會允許他受委屈！」

夏逢泉的聲音於危險中透露著古怪：「一個兒子嗎？這可不一定呢。」葉西熙忽然明白夏逢泉意欲為何，轉身便想要逃。才剛打開門，一隻大手便從後方伸來，將門死死按住，任憑葉西熙如何用力也打不開。葉西熙怒視著夏逢泉，雙手緊抵著他越來越逼近的胸膛：「你想幹什麼！」夏逢泉咧嘴一笑，露出獸牙：「妳明知故問。讓妳多生幾個孩子。」葉西熙慘叫：「我不要再生了！」

然而這可由不得她，夏逢泉將她牢牢抵在門板上，唇靠近她的頸脖。她的肌膚白皙如玉，有著暖熱的溫度，他的唇可以清晰觸到血液在肌膚下流淌的速度。他是一匹狼，嗜血的狼，她的血液讓他獸性大發。

葉西熙只覺一陣癢麻從頸脖處蔓延開來，直達全身上下四肢百骸，讓她頭腦空茫。當回過神來時，才發現衣衫已然不整。她的胸衣被他從後解開，推了上去。他輕輕咬住她的胸，像是撕咬的姿勢，疼一陣癢一陣。葉西熙護住僅存的理智請求：「不行，不要在這裡。」夏逢泉的聲音裡，情慾濃得攪不動：「為什麼不行？」

他褪下她的底褲，將她一條長腿抬起，纏在自己的腰上，一個挺身，猛地進入她身體。一剛開始的疼痛讓葉西熙驚叫出聲，夏逢泉捂住她的嘴，輕聲安慰著。他減緩了動作，直到她適應了自己，才逐漸開始律動。

門板在他們的撞擊下發出一聲聲悶響，那聲音像是催化劑，讓他們更加瘋狂。葉西熙完全攀附在他的身體上，像攀附著岩石的藤蔓，享受著情慾的狂浪衝擊，直到一股灼熱液體沖入自己體內。激情逐漸散去，葉西熙這才意識到自己又著了道。太沒自尊了，又氣又惱的葉西熙當夜拒絕和夏逢泉共眠，而是跑到念南的房間。

念南雖然小，懂事卻早，看出了端倪，問道：「媽媽，妳是不是還在生爸爸的氣？其實，武術眞的是我自己想學的。」葉西熙怎麼看兒子也不像暴力型的：「爲什麼想學武術呢？」念南稚氣的話音讓葉西熙淚奔：「因爲爸爸說有很多壞人會抓媽媽，學了武術，就可以保護媽媽了。我和爸爸都是男子漢，我們要保護媽媽。」

將念南哄睡之後，葉西熙悄聲地回到臥室，輕輕躺在夏逢泉身邊，伸手環住他的腰，用自己也聽不見的聲音，說道：「謝謝。」

夏逢泉閉著眼，沒有說話，只是嘴角隱隱浮出一個微笑。

（全文完）

作・者・後・記

動物性的愛

以前有讀者問，我所寫的作品當中，眾多男主角裡頭，我最喜歡哪一個？我想了想，應該就是《我的男友是條狼》裡的夏逢泉，理由如下——

一、他渾身無時不刻都在散發濃濃的雄性荷爾蒙。床下可以一次扛大米幾十斤，床上可以一夜七次郎，怎麼看怎麼賺。

二、當你看膩他的時候，還可以撒個嬌，要他變身變個狼形來看看。又可以當男人，又可以當寵物，一物兩用。

其實，我一直覺得夏逢泉對葉西熙是出於一種動物性的愛，非貶義。就像野狼在追逐獵物那般，他們之間，說穿了，就是追逐的愛情。從一開始便是夏逢泉來追，葉西熙在逃，兩個人的性子都倔強，俱不服輸，否則也就沒有這個故事了。

其實，書裡還有一對配角挺受歡迎的，那就是徐如靜和游斯人。游斯人是冷漠的渣男，卻勝在對徐如靜一往情深，所以人氣還是挺高的，哈哈。對比於夏逢泉與葉西熙這一組，他們的戀愛更具有野性的血腥氣，簡直是捆綁的愛——徐如靜壓根兒就逃不了，和游斯人相比，她段數太低，只能被推倒推倒再推倒。但大家都看得好過癮，我這才發現，孽戀情深是言情小說永恆的主題啊（回聲重複一百遍）。

我一直都在說，自己寫的就是一個個夢，幫自己、也幫別人圓夢。

社會日趨冷漠複雜，男女關係也越見淡薄，而女人再如何倔強，骨子裡需要的，還是這樣一種動物性的、狂熱的愛，讓激情浸透骨髓。

所以，就算這些故事不夠現實，我一樣愛，你們呢？

撒空空

二〇一三年四月十五日

國家圖書館出版品預行編目資料

我的男友是條狼（2）／撒空空著；── 初版
── 臺中市：好讀，2014.02

冊；　公分，──（眞小說；42）（撒空空作品集；06）

ISBN 978-986-178-307-9（平裝）

857.7　　102022147

好讀出版

真小說 42

我的男友是條狼（2）

作　　者／撒空空
封面插畫／度薇年
總 編 輯／鄧茵茵
文字編輯／簡伊婕
內頁編排／王廷芬
行銷企畫／陳昶文
發 行 所／好讀出版有限公司
台中市 407 西屯區何厝里 19 鄰大有街 13 號
TEL:04-23157795　FAX:04-23144188
http://howdo.morningstar.com.tw
（如對本書編輯或內容有意見，請來電或上網告訴我們）
法律顧問／甘龍強律師

戶名：知己圖書股份有限公司
劃撥專線：15060393
服務專線：04-23595819 轉 230
傳眞專線：04-23597123
E-mail：service@morningstar.com.tw
如需詳細出版書目、訂書、歡迎洽詢
晨星網路書店 http://www.morningstar.com.tw

印刷／上好印刷股份有限公司 TEL:04-23150280
初版／西元 2014 年 2 月 1 日
定價／ 250 元
如有破損或裝訂錯誤，請寄回台中市 407 工業區 30 路 1 號更換（好讀倉儲部收）

Published by How Do Publishing Co., LTD.
2014 Printed in Taiwan
ISBN 978-986-178-307-9

情感小說 · 專屬讀者回函

書名：我的男友是條狼（2）

姓名：________________ 性別：□男 □女 生日：______年______月______日

教育程度：________________________

職業：□學生 □教師 □一般職員 □企業主管

□家庭主婦 □自由業 □醫護 □軍警 □其他________________________

電子郵件信箱（e-mail）：______________________ 電話：__________________

聯絡地址：□□□ ____

您怎麼發現這本書的？

□書店 □___________ 網路書店 □朋友推薦 □__________網站／網友推薦

□其他____

買這本書的原因是

□內容題材深得我心 □價格便宜 □封面與內頁設計很優 □其他___________

您閱讀此本小說的原因：□喜愛作者 □喜歡情感小說 □值得收藏 □想收繁體版

□其他____

您喜歡閱讀情感小說的原因

□打發時間 □滿足想像 □欣賞作者文采 □抒解心情 □其他______________

您不喜歡哪類情感小說的情節設定

□人人都愛女主角 □女主角萬能 □劇情太俗套 □太狗血 □虐戀 □黑幫

□其他____

最無法忍受的主角人物關係

□父女 □師生 □兄妹 □姊弟戀 □人獸 □ BL □其他____________________

您最常接觸情感小說的方式

□購買實體書 □租書店 □在實體書店閱讀 □圖書館借閱 □在____________

網站瀏覽 □其他____

您喜歡的情感小說種類（可複選）

□宮廷 □武俠 □架空 □歷史 □奇幻 □種田 □校園 □都會 □穿越 □修仙

□台灣言情 □其他____

推薦你喜歡的情感小說作者或作品（多多益善喔）

____

您這對本書還有其他想法嗎？請通通告訴我們：

____

____

部落格 howdo.pixnet.net/blog　粉絲團 www.facebook.com/howdobooks

請填妥後對折黏貼，直接投郵即可，無須貼郵票。

廣告回函
台灣中區郵政管理局
登記證第 3877 號
免貼郵票

好讀出版有限公司　編輯部收

407 台中市西屯區何厝里大有街 13 號

電話：04-23157795-6　傳眞：04-23144188

沿虛線對折

填問卷，送好書

詳填此張讀者回函，並附上 40 元郵票（寄書郵資），即送您好書

中視八點檔大戲｜傾世皇妃原著小說｜林心如主演

《傾世皇妃（上）一寸情思千萬縷》

定價：250 元

數量有限，送完為止